RELOAD
리로드

리로드 2

초판 1쇄 찍은 날 2010년 11월 19일
초판 1쇄 펴낸 날 2010년 11월 30일

지은이 | 이수영
펴낸이 | 서경석

책임편집 | 유경화
편집 | 이수민

펴낸곳 | 도서출판 청어람
등록번호 | 제1081-1-89호
등록일자 | 1999. 5. 31
어람번호 | 제8-0022호

주소 | 경기도 부천시 원미구 심곡2동 163-2 서경B/D 3F (우) 420-822
전화 | 032-656-4452 팩스 | 032-656-4453
http://www.chungeoram.com
E-mail | chungeoram@chungeoram.com

ⓒ 이수영, 2010

ISBN 978-89-251-2363-9 04810
ISBN 978-89-251-2361-5 (SET)

· 파본은 구입하신 서점에서 교환하여 드립니다.
· 저자와 협의하여 인지를 붙이지 않습니다.
· 이 책은 도서출판 청어람과 저작자의 계약에 의해 출판된 것이므로,
  무단 전재 및 유포 · 공유를 금합니다.

CONTENTS

제8장	7
제9장	57
제10장	107
제11장	163
제12장	211
제13장	269
제14장	325

오, 광활한 대륙을 질타하는 그대여
빛이 내려앉고 뜨거운 피가 들끓는다
장렬한 발걸음이 우리를 이끄시니
찬양하라
강철의 매와 더불어 나부끼는 핏빛 어린 깃발을

—데이하 펠리오르 〈정복자를 위한 서사시〉

(작가 미상)

RELOAD

저요? 뭘 하느냐고요? 주로 그냥 대기만 합니다. 기다리는 거죠 뭐. 이름요? 네, 네. 9번 라라입니다. 여자 이름 같다고요? 무슨 말씀을! 제 이름인 라라는 대지의 신 자우르 라라에서 따온 거랍니다. 에? 자우르 라라의 신도냐고요? 아닙니다. 전 카자르 엔더의 신도죠. 그러니까 폐하의 가디언을 하고 있죠. 그런데 왜 다른 신의 이름을 따왔냐고요? 거, 어쩔 수 없는 일이죠. 전쟁신 카자르 엔더의 이름을 언급할 수 있는 것은 황족뿐이니 별수 없잖아요. 제 이름을 지으신 제 어머니는 좀 스케일이 크신 분이라 제 동생은 바바라랍니다. 그것도 여자 이름 같다고요? 아닙니다. 강의 신 아키호 바바라에서 따온 이름이지요. 제 동생은 15번인데, 이번 기회에 같

이 인사를 드릴게요. 아, 압니다. 10번 넘어가면 이름도 안 물어보실 거죠? 저도 압니다. 10번 넘어가는 놈들은 사실 말 수도 없고 할 말도 없는 애들이에요. 저만 해도 주인님의 곁에 다가갈 일이 별로 없거든요. 취미는 구슬 꿰기하고 조각입니다. 평범하죠? 대기하는 시간이 길다 보니까 얌전한 취미를 가지게 되었답니다. 네네, 제 동생도 비슷해요. 굳이 찾아 물어보시지 마세요. 대기하는 놈들은 쫌! 서럽거든요. 바라는 게 있다면 대기조에서 좀 벗어나서 측근조로 이동했으면 좋겠습니다. 2번에서 6번에 이르는 놈들은 잠도 없고 밥도 안 먹는 놈들 같아요. 저도 좀 폐하의 곁에 가고 싶단 말입니다. 얼굴도 까먹을 거 같아요. 우리 주인님의 아름다운 백금발을 좀 만져 봤으면 좋겠습니다. 저도 한 바느질 하니까 제가 만든 옷도 좀 입혀 드리고 싶기도 하고요. 아? 물건이요? 으으으음. 저도 사실 폐자폐지의 바느질 도구를 갖고 싶어요. 그런 특별한 물건은 주문하지 않으면 구하기도 어렵답니다. 얼마 전에 폐하께서 저에게 늑대 가죽을 좀 던져 주셨는데 그거 참 좋았어요. 어딜 받았냐고요? …앞다리하고 뒷다리요. 몸통은 4번이 가져갔어요. 쳇.

✣

지상에는 두 개의 대륙이 있었다.

요정들이나 정령들이 생각하는 세계는 조금 다를지도 모

르지만 인간들이 인식할 수 있는 세계에는 분명 두 개의 대륙이 존재하고 있었다.

데이하딘 대륙과 루그나툼 대륙이다. 데이페론 제국이 반 이상을 휘어잡고 패자를 자처하고 있는 대륙이 데이하딘 대륙이다. 두 개의 대륙 사이에는 일 년 내내 폭풍우가 치는 폭풍의 대양 사할라리가 있고 연결되지 않는다. 때문에, 각 대륙의 인간들은 사할라리가 세계의 끝이라 생각했다. 결론적으로 말하자면 각 대륙의 인간들은 자신이 살고 있는 대륙만이 유일하다 믿는다. 물론 신이나 요정, 용과 정령에게 폭풍의 대양은 세계의 끝이 아니다. 그리고 전쟁의 신 카자르 엔더가 뒤튼 시간 축에서 영향을 받은 이들 중에는 신이 아닌 요정도 있었다.

요정 바바르타는 샘의 요정으로 올해 5,634살의 고위 요정이었다. 중성 요정인 그에게는 두 가지 선택이 있었는데, 여성형이 되는가, 남성형이 되는가 하는 선택이었다. 유달리 아름다운 바바르타는 푸른 머리칼과 별빛을 닮은 눈동자, 그리고 물방울이 튕기는 듯 낭랑한 목소리를 가지고 있었다. 강력한 힘을 가진 아름다운 그를 탐내는 이들은 너무도 많아 요정이나 정령, 심지어 신도 있었다.

어느 날 바바르타는 자신을 사모하는 물푸레나무의 요정 로니타와 함께 즐거운 담소를 나누고 있었다. 로니타는 여성형의 요정으로 바바르타에게 구애 중이었고, 샘의 요정은 그 구애를 받아들여 봄날 만월의 밤에 남성형으로 바뀌어 그녀와 결혼할 생각이었다. 그러나 불행이 다가왔다. 만월의 밤에 바바르타를 덮친 것은 남풍의 하위 신 루샤였다. 루샤는 물푸레나무의 요정 로니타를 죽이고 샘의 요정에게 여성이 되어 자신의 아내가 될 것을 강요했다. 샘의 요정이 가진 생성의 힘으로 자신의 신력을 강화할 속셈이었다. 샘의 요정에게는 선택의 힘이 있었다. 샘은 강이 될 수도 있고 우물이 될 수도 있다. 이미 5천 살이 넘은 샘의 요정이 가진 힘은 강력했지만 강해도 요정은 요정일 뿐 신이 아니다. 남풍의 신에게 위협당해 연인인 로니타를 잃고 강제로 여성이 되어야 하는 바로 그 순간, 신계의 깡패이자 막 나가는 전쟁신 카자르 엔더가 시간 축을 뒤틀었다. 그 순간 요정계도 영향을 받았다. 만월의 밤은 삭월의 밤이 되었으며, 여성형이 되어 남풍의 신과 결혼해야 할 바바르타는 중성으로 되돌아왔다. 물론 죽은 로니타도 돌아오긴 했지만 바바르타에 대한 애정은 사라졌다. 미묘하게 뒤틀려 있는 요정계와 인간계의 시공의 축은 같지 않기 때문이다. 하지만 그것만으로도 바바르타에겐 충분했다. 원수인 남풍의 신 루샤의 힘이 줄어들어 요정계에서 튕겨 나갔기 때문이다. 요정인 그로서는 확실한 것은 알 수 없었지만 루샤의 힘이 카자르 엔더의 신력에 휘말려 튕겨 나가 버렸다는 것은 알 수 있었다. 남풍의 신 루샤의 신체(神體)가 있던 데이페론 대륙의 남부 사막을 카자르 엔더의 신력이 날려 버렸기 때문이다. 루샤는 분노에 치를 떨고 카자르 엔더에 대한 원한에 이를 북북 갈았지만 약해진 신체 때문에 잠이 들 수밖엔 없었다. 요정 바바르타는 재탄생의 기쁨에 몸을 떨었다. 그리하여 요정은 자신의 대모인 바다의 여신 마에라에게 카자르 엔더의 후손을 위해 축복을 빌었다.

바다의 여신 마에라는 앞으로 자신의 후임이 될 샘의 요정의 재생에 크게 기뻐 전쟁신 카자르 엔더가 벌인 일에 대해 설명해 주었다. 덕분에 모든 신들이 치를 떠는 상황에서 그나마 전쟁신은 아군을 얻었다. 샘의 요정과 바다의 여신 마에라였다. 뿐이랴. 루샤의 영향에서 벗어난 물푸레나무의 요정 로니타가 되살아나자 중립을 지키고 있던 꽃의 여신 사레이아가 전쟁신의 우군이 되었다. 휘하 요정이 많으면 많을수록 신의 힘은 커지는 법. 소멸되었던 요정을 다시 얻은 꽃의 여신은 깡패라 불리는 전쟁신에게 깊은 호감을 표시하고 카자르 엔더의 후손에게 축복의 키스를 날렸다.

그건 그렇고.

크르르르— 크와와왕!

몇몇 신을 빼면 대부분의 신들이 전쟁신을 미워한다는 것은 변함없는 사실이다. 그리고 악의 축인 황제를 미워하는 신들도 변함없이 많았다.

"왜 개새끼들이 이렇게 들끓는 거지?"

팔짱을 끼고 황제가 중얼거렸다. 뒤에 있던 메리테인이 작은 소리로 고했다. 개가 아니라 늑대거든요.

뇌전기사단과 그 휘하의 보병대, 경기병대를 포함한 황제의 근위기사단 호르데마누가 서부 지역 주둔군의 안내를 거쳐 북부 지역으로 들어선 지 사흘이 지난 뒤였다. 어릴 때 북부 산맥 지역에서 뛰어놀았던 황제에게는 낯선 곳이 아니었지만 정확히 말해 황제는 초원지대보단 산악 지역에서 더 많이 놀았다. 사냥감은 산에 더 많았으니까. 황족들이 사치한 생활을 하는 것은 사실이지만 그만큼 또 거친 생활을 하는 이들도 많았다. 달리 미쳤다고 말하는 게 아니다. 괜히 어린아이를 데리고 깊은 산속에 들어가 단련한답시고 절벽에서 애들을 던지는 작자도 있었으니. 물론 황제는 어린 시절 누군가에게 끌려들어 갔던 것은 아니다. 정확히 말해 그냥 저 좋아서 헤매고 다닌 것이다.

"뭔가 이상한데."

황제는 어울리지 않게 손톱을 깨물며 중얼거렸다.

멀리서 레솔트의 경기병대가 길쭉한 장창을 들이밀며 나아가는 것이 보였다. 들끓는 늑대들을 치워 버리기 위해서다. 보통 짐승들은 말을 탄 인간들을 멀리하기 마련인데, 이상하게도 이 평원의 늑대들은 기다렸다는 듯 이를 드러내고 있었다.

"이상하군."

레솔트 후작이 부관인 메베르크 자작에게 말하는 동안 스스로 알아서 잘하는 경기병대의 1조와 2조가 나란히 길을 열고 있었다. 안 그래도 성질 더러운 말을 전쟁터에서 굴리면 이게 말인지 야수인지 구별이 잘 안 가는 상황이 온다. 레솔트 휘하의 기마대가 바로 그랬다. 전마로 태어나 전마로 살아온 말들은 스스로가 육식을 하는 맹수라 자처하고 있었다. 그래서 굳이 기수들이 시키지 않아도 말발굽을 둔기처럼 휘두르고 달려드는 놈들의 대가리를 콱콱 물어뜯었다. 늑대들은 밟혀 죽어가면서도 물러서긴커녕 무리를 지어 공격 대형으로 달려들었다. 물론, 상당히 무익한 공격이었다. 콱 하고 기수의 창에 찍히면 뒤이어 말발굽에 밟혀 뼈가 으스러진다.

캐캐캥!

요란한 비명이 들렸지만 그에 마음 아파하는 섬세한 감성의 소유자는 아무도 없었다. 경기병대가 지나가자 보조를 이루는 보병대가 뒤를 이으며 죽어버린 늑대들을 척척 집어 수레에 던졌다. 늑대 가죽은 상당히 잘 팔리는 가죽이다. 가공도 쉽고 실용적이기 때문이다. 부수입에 즐거워하는 병사들을 바라보면서 레솔트 후작이 물었다.

"이쪽 늑대들은 좀 크군. 요즘 늑대 가죽 단가가 어느 정도 하나?"

잠시 고심하던 메베르크 자작의 부관 요르크 남작이 수첩을 살피며 대답했다.

"북서부 늑대들은 에요른 종이라고 해서 털가죽이 두꺼워 상등의 가죽은 500치퍼 정도라 합니다. 진회색과 은회색이 섞여서 꽤 좋은 가격을 받습니다."

"흠. 그럭저럭 100마리는 잡은 거 같던데. 다음 도시에 가면 회식이나 할까?"

후작의 말에 요르크 남작이 은근히 뒤를 살피며 물었다.

"폐하께서 뭐라 하지 않으실까요?"

"그런 걸로는 뭐라 하시지 않아. 가디언들이 붙어 있으니까 아마 밤사냥을 나간다 하실지도 모르지만."

레솔트 후작은 잠시 뒤를 돌아보다가 황제의 지루한 얼굴을 발견했다. 황제는 당장이라도 뛰쳐나갈 것 같은 얼굴로 하품을 하고 있는 중이었다. 위기의식을 느낀 후작은 급히 황제의 곁으로 다가갔다.

"폐하."

"아아, 개새끼들은 다 잡았나?"

"네, 곧 길을 열 태세입니다. 그런데……."

후작이 막 말을 이을 순간이었다.

크아아아아앙!

갑자기 요란한 포효성이 터져 나왔다.

소름이 끼치는 섬뜩한 포효에 대담한 전마들도 놀라 허둥거릴 정도였다. 황제의 말 역시 당황해 앞다리를 들었으나 황제는 떨어지는 대신 눈을 부릅뜨고 고삐를 당겼다. 후작도 마찬가지였다.

"무슨 일이냐!"

"각하! 앞에 새로운 늑대가!"

급히 보고해 오는 병사를 뒤로하고 황제는 앞으로 달려나갔다.

"이게 무슨!"

"말도 안 돼!"

놀란 경기병대가 우왕좌왕하는 것이 보였다. 그들 사이로 보병대가 일제히 무기를 빼 들고 전투 준비를 마쳤다. 순식간에 죽어가던 늑대들만 가득하던 평원에 살기가 퍼져 나가기 시작했다.

황제는 뒤통수가 짜릿한 감각에 미간을 찌푸렸다.

크아아앙 소리와 함께 비명이 터졌다. 앞에 있던 경기병이 비명과 함께 바닥으로 굴렀다. 은회색으로 번들거리는 거대한 짐승이 전마의 목덜미를 물어 허공으로 던졌다. 놀랍게도 전마의 목이 그대로 잘려져 나가며 피를 뿌렸다. 와드득 소리를 내며 두 번째 전마의 목을 물어뜯은 짐승은 들끓는 살기를 뿌리며 성큼 뛰어올라 세 번째 희생자를 찾았다.

"크윽!"

경기병대의 1조 소속 병사는 재빨리 장창을 집어 던졌다. 그러나 거대한 짐승의 몸에 닿기도 전에 창이 부러져 나갔다. 검을 뽑아 든 병사는 동료들과 함께 뒤로 물러섰다. 겁에 질린 전마들은 짐승이 풍기는 피 냄새에 공포에 질렸다.

소리도 없이 거대한 짐승이 허공을 박차고 뛰어올랐다. 바로 앞에 창을 들고 덤비는 병사들을 향해 달려든 짐승은 앞발로 병사를 후려쳤다. 장창을 치켜든 것도 무색하게 병사의 몸이 그대로 퍽 소리와 함께 터져 나갔다. 그 모습에 악을 쓰면서 병사들이 일제히 창을 집어 던졌지만 짐승의 몸을 뚫지는 못했다. 세 번째의 희생자를 삼킨 짐승은 뒤를 이어 달려드는 병사들에게로 달려들었다.

"으아아악!"

"아악!"

비명과 함께 병사들의 몸이 갈가리 찢겨져 나갔다. 정예를 자랑하는 병사들인만큼 공포에 질려 달아나기보다는 덤벼들어 싸우려 했다. 하지만 너무도 무력했다. 은회색으로 번들거리는 짐승은 전마보다 두 배 이상 큰 거대한 야수였다. 쩍 벌린 입안에 있는 날카로운 이빨은 성인의 팔뚝만 한 크기였다.

"비켜!"

황제가 소리쳤다.

그는 방패를 들고 달려드는 병사들 사이로 돌진했다. 말안장을 박차고 솟아오른 황제의 몸이 그대로 짐승의 앞에 떨어져 내렸다. 그리고 짐승의 거대한 아가리에 물려 내장을 줄줄 흘리는 병사의 팔뚝을 잡아끌며 주먹을 날렸다.

쾅 소리와 함께 은회색 짐승이 휘청했다.

퉤 하고 짐승이 병사를 내뱉자, 황제는 주저함도 없이 늑대의 수염을 움켜쥐고 다시 한 번 주먹을 내갈겼다.

돌기둥을 내려치는 것 같은 소리가 났다. 황제는 이를 드러내며 웃었다.

"좀 맞고 시작할까!"

잠시 충격을 받은 짐승은 머리를 흔들었다. 눈앞이 핑핑 돈다. 방금 내가 뭘 맞았지? 나, 공격받은 거 맞아? 짐승이 초점이 안 맞는 눈을 부릅뜨고 적을 찾는 동안 황제는 짐승의 부숭한 털을 움켜쥐고 연달아 주먹을 날리고 있었다. 워낙 커서 맞을 곳도 많다.

소나기 같은 연타가 연이어 터졌다. 퍽퍽퍽퍽 하는 요란한 소리에 아군인 병사들과 전마들이 놀라 뒷걸음질쳤다. 싯누런 먼지가 사방에 퍼져 나가는 동안 놀란 후작이 급히 달려들었다.

"폐, 폐하!"

레솔트 후작 이하 다른 귀족들은 황제가 정녕 미친놈이라는 사실을 다시금 되새겼다. 세상에 어떤 황제가 짐승 잡겠다고 달려든단 말인가. 그것도 맨주먹으로. 짐승과 드잡이를 하니 돕겠다고 병장기를 들이밀 수도 없다. 잘못해서 황제의 몸에 맞기라도 하면 후환이 두려우니까.

또 시작하셨네. 조, 좋아하고 계셔! 아마 당신이 인간이란 사실을 가끔 잊는 모양이야. 그나저나 저렇게 생긴 짐승을 뭐라 불러야 하지? 아아, 또 옷을 망치시겠네. 이번엔 늑대 가죽으로 조끼를 만들면 좀 나을까나. 가디언들이 수다를 떨며 투덜거렸다.

가디언들과 귀족들의 생각과는 달리 평민인 병사들은 두 손 모아 눈을 빛냈다. 우와, 우리 황제님 쫌 대단하신 듯!

역시 멋지신 분! 난 이제부터 우리 황제님을 큰형님이라 부를 거야! 난 황제 형님이라 부를래. 와! 와! 저렇게 생긴 괴물도 한 손에 집어 던지시네! 우와! 역시 우리 황제님은 최고야!

세 가지의 평판이 나도는 가운데 황제는 자신을 물어뜯으려 달려드는 짐승의 아가리를 다시 한 번 후려쳤다. 콰직 소리와 함께 어금니 하나가 부러지자 캥 소리를 내며 짐승이 괴로워했다. 너, 개새끼 맞구나. 좀 크긴 해도 개새끼야. 황제는 그렇게 확신하면서 부러진 이빨에게 안타까움을 표시하는 짐승의 목덜미를 잡아 바닥으로 내동댕이쳤다. 콰앙 소리와 함께 흙먼지가 사방에 퍼졌다. 요동치는 짐승 탓에 사방은 온통 긁히고 파헤쳐진 상황이었지만 황제는 이미 흥분 상태라 보이는 게 없다. 꼬리가 휘익 날아와 황제의 뒤통수를 갈겼지만 그래 봐야 먼지만 풀풀 날릴 뿐 별 타격은 없었다. 황제는 버둥대는 짐승의 배를 걷어차고 후려쳤다. 덩치가 아무리 커도 뼈도 있고 내장도 있는 살아 있는 생물이다. 이미 인간의 힘을 벗어난 무자비한 공격에 가련한 짐승이 피거품을 물며 비명을 질러댔다.

캥캥대는 비명에 황제는 확신을 가졌다. 아, 이 새끼는 개새끼다.

황제의 무식한 확신에도 불구하고 이 짐승은 개새끼가 아닌 늑대였다. 그것도 늑대의 신 야무르챠의 피를 이어받은 신혈의 늑대왕이었다.

"폐하께 검을 드리는 게 낫지 않을까요?"

자작의 말에도 불구하고 레솔트 후작은 고개를 내저었다.

"아냐. 드리면 화를 내실지도 몰라."

검도 쓰지 않은 채 그냥 두들기고 있는 황제를 보면서 레솔트 후작은 확신하고 있었다. 저 늑대 가죽은 틀림없이 엄청난 가치를 가졌을 거야. 아마 폐하께선 저 가죽에 상처를 내고 싶지 않으신 게지.

경제적 논리와는 거리가 먼 황제의 본성을 모르는 후작이 그렇게 확신하고 있을 때다.

―그만 때려라. 이미 많이 맞았다.

황제는 기묘한 음성에 고개를 갸웃했다.

머리를 울리는 그 기묘한 음성은 카자르 엔더의 그것과 닮아 있긴 했지만 익숙한 신의 목소리와는 거리가 멀었다.

"뭐냐?"

―그만 때리라니까. 곧 죽겠다.

"죽으라고 때리는 거거든."

멍청이구나. 황제가 피식 웃자 거대한 늑대왕은 경련을 일으켰다.

―날 살려주면 보답하겠다.

"그냥 죽이고 기분을 풀 거다."

―난 늑대의 신 야무르챠의 아들이란 말이다!

늑대왕의 처절한 외침.

버둥거리며 비굴하게 외치는 모습이 가련해 보일 수도 있었다. 하나, 사람 서넛은 들어갈 끔찍한 아가리를 벌린 채 시뻘건 피를 줄줄 흘리는 모습은 당장 잡아먹겠다고 달려드는 괴물을 연상케 할 뿐이었다.

"늑대의 신도 있나?"

신학을 비롯해 모든 것에 무식한 황제의 말에 늑대왕은 다급히 설명했다.

─그렇다. 나는 야무르챠의 후예로 신의 힘을 받았노라.

"받은 것치고는 별거 없는데."

황제는 시큰둥한 태도로 두 손을 털었다. 얼마나 쥐어틀었는지 두 손아귀에서 나온 늑대 털만으로도 카펫을 짤 수 있을 정도였다. 후둑후둑 떨어지는 털을 보며 늑대왕은 눈물을 흘렸다. 군데군데 빈자리를 드러낸 자신의 모피를 보니 그저 서글플 뿐이다.

황제는 두 손을 털고는 눈물콧물 다 흘리고 있는 늑대왕의 얼굴을 바라보며 다시 물었다.

"왜 내 앞에서 알짱거렸느냐? 나, 갈 길 바쁘거든?"

─야무르챠께서 말씀하셨다. 신의 힘을 인간들에게 보여 늑대의 길을 열라고.

경건하게 말하긴 했지만 황제의 눈에는 가소로울 뿐이다.

"늑대의 길을 열어봤자 늑대 가죽만 늘릴 뿐이거든."

그는 부수입을 올린 병사들의 수레를 흘긋 보며 중얼거렸다. 일단 신의 이름이 나왔으니 죽이진 않았다. 하지만 그렇다고 그냥 놔줄 이유는 없는 것도 같았다.

―기다려라. 나의 신께서는 전쟁의 신과 싸울 생각은 없으시다. 그저 늑대의 힘을 보일 뿐!

별로 보인 것도 없이 죽기만 한 늑대들을 떠올리며 황제는 혀를 찼다. 이 늑대왕도 그렇지만 늑대의 신도 좀 모자라는구나. 늑대가 힘을 보여봐야 사냥감밖에 더 돼?

단순무식한 황제는 그렇게 생각했지만 사실 신계의 입장에서 보면 단순한 일은 아니었다.

신학자가 알면 입에 거품을 물 상황이었다.

늑대의 신 야무르챠는 인간들 사이에서는 거의 이름도 알려져 있지 않은 짐승의 신이었다. 원래 야수의 신 페트로사라는 중급 신이 있다. 그리고 야무르챠는 그 아래에 있는 하위 신이었다. 야수의 신이 미치는 영향력은 대륙 전체에 이르긴 하지만 그렇다고 해서 상위 신에 속할 정도의 파괴력을 가진 것은 아니었다. 짐승 중에는 페트로사의 신력을 잘 깨닫지 못하는 짐승도 많고 무엇보다 신을 떠받들 지능이 모자라는 경우가 많아서 그러했다. 하나, 현재 카자르 엔더가 시간 축을 뒤바꾼 결과 신계에도 지각변동이 일어났다. 페트로사의 영향력이 거대해지며 몇몇 하위 신들이 기지개를 켜고 일어난 것이다.

야수의 신 페트로사가 중위권에서 상위권을 바라보는 신력을 소유하게 되었고, 그에 따라 페트로사 계열의 하위 신들이 자신의 신력을 후예에게 보낼 수 있는 상황이 벌어졌다. 안 그래도 큼직한 북방 늑대들 중에 말보다 두 배는 큰 괴물 늑대왕이 탄생한 것이다. 이 늑대왕은 북방 늑대족을 통일하고 평원 일대에 자신의 왕국을 세웠다. 인간의 수가 적은 황야에서 늑대왕은 무적의 존재였다.

그리하여 늑대왕은 생각했다. 자신의 영토를 가로질러 가는 저 인간들에게 본때를 보여주겠노라고. 늑대들의 힘과 공포를 보여주겠다고.

그러나,

아우우우우우~!

빌어먹을, 하필이면 전쟁신의 후예였냐. 재수없게. 패배한 늑대왕이 한탄했다.

"내가 널 살려둘 이유가 있냐?"

—있다. 너도 신의 후예, 나도 신의 후예다. 신의 후예라면 서로 말이 통하는 처지다. 그렇지 않은가?

"아니."

별로 늑대와 통하고 싶은 마음이 없는 황제의 말에 늑대왕이 이를 뿌드득 갈았다.

"너, 지금 나한테 이 갈았지?"

—아, 아니다. 오해 마라. 어금니가 부러져서 아파서 낸 소리였다.

"짜식, 비굴하긴."

황제는 잠시 생각했다. 아, 착하게 살기로 신께 맹세하지 않았던가. 그래, 신께 물어봐서 죽이지 말라고 하면 죽이지 말자. 그러나 한번 확 죽여서 배때기 좀 따고 싶은데. 이 정도 크기니까 순대가 많이 나올 거 같아. 살도 많겠지. 가죽도 크고 풍성할 거야.

황제의 눈이 탐욕으로 번들거리자 늑대왕은 쫄았다.

─저, 정보를 주겠다. 이 평원은 나의 것이지만 저 멀리 있는 붉은 바위 언덕을 넘어가면 거기엔 뱀의 신 나기야 코르를 따르는 자들이 지배하는 영역이 나온다.

"뱀의 신도 있나?"

허 하고 코웃음을 치는 황제를 보고 늑대왕은 음험하게 속삭였다.

─그, 그렇다. 뱀의 신 나기야 코르는 교활하고 차가운 족속을 내렸다. 뱀의 왕은 몹시도 잔혹한 놈이니 주의해야 할 것이다.

고자질하는 늑대왕을 물끄러미 보던 황제는 먼지가 풀풀 나는 긴 머리칼을 쓸어 올리며 말했다.

"그냥 죽지?"

─아, 안 된다. 나에게는 딸린 자식들이 많다. 여자들을 과부로 만드는 것은 죄악이다!

애원하는 것인지 위협하는 것인지 미묘한 어감으로 설득을 시도하는 늑대왕을 내버려 두고 황제가 뒤에 줄지어 서 있는 부하들에게 물었다.

"몇이나 죽었나?"

"여섯이 죽고 네 명이 부상을 입었습니다."

심각한 어조로 후작이 말하자, 황제가 피떡이 되어 구르고 있는 기마의 시체를 확인했다. 온전하게 죽어 넘어진 시체가 없다. 갈가리 찢겨진 시체들을 보며 황제는 발끝으로 늑대왕의 코를 걷어찼다. 이 풍성한 고깃덩이를 살려둬선 안 될 이유는 이제 확실해졌다.

"새꺄! 여섯이나 죽여놓고 살려달라는 거냐!"

코피를 흘리며 혓바닥을 드러낸 늑대왕은 고통으로 눈물을 줄줄 흘리며 호소했다.

―늑대는 더 많이 죽었다!

"덤볐으니 죽었지!"

황제의 말에 뒤에 있던 후작이 설마하는 어조로 물었다.

"저, 폐하, 그 늑대괴물이 말을 하는 것입니까?"

"늑대왕이래. 늑대신의 후예라는데."

"헉!"

듣고 있던 이들이 모두 놀랐다. 후작은 심각한 어조로 다가와 물었다.

"그럼 신의 혈통이라는 것 아닙니까? 잘못하면 신벌이 내릴지도 모릅니다."

"괜찮아. 내가 더 세."

황제는 울부짖는 늑대왕의 혓바닥을 잡아당기며 대꾸했다.

황제는 신의 이름을 잘 몰랐다. 배웠는데 기억하지 못하는 것이기도 했다.

신학 계보는 꽤나 복잡하고 까다로운 것으로 학자들이나 언급하는 것이기에 주저리주저리 설명해 봐야 일반인들은 평생 써먹을 일이 없다. 물론 사제 격인 무녀들이나 카자르엔더의 신관들은 알고 있었다.

"늑대의 신 야무르챠, 뱀의 신 나기야 코르."

그나마 학문을 좀 배웠다 하는, 책 좀 읽은 축에 속하는 메베르크 자작은 미간을 꾹꾹 누르면서 기억을 되살리고 있었다.

"잘 모르겠습니다."

그는 신관도 무녀도 아니다. 물론 신학자도 아니었으니 소소한 하위 신의 이름을 다 일일이 기억할 리도 없었다.

"야수의 신인 페트로사의 이름은 기억이 납니다. 하지만 모든 짐승들에게 일일이 신이 붙어 계실 줄은 몰랐습니다. 만약 모든 존재에게 신이 붙어 있다면 생쥐의 신이나 지렁이의 신도 있을 법한 일이니, 그거 참 심각하네요."

허허 웃는 얼굴로 말하는 메베르크 자작의 말에 레솔트는 고개를 저었다.

"우린 인간이니 인간들이 모시는 신께 집중하면 될 일이지. 그나저나 이곳에서 낯선 신과 부딪쳤다는 것은 의외로 간단한 일이 아닐지도 몰라."

"그게 무슨 뜻입니까?"

"이 지역은 인간이 살지 않는 지역이 더 많은 곳이다. 맹수와 독충이 우글거린다는 이유로 개발도 잘 되지 않았고 야만족들이나 사는 지역이야. 이런 곳에 낯선 신을 모시는 존재가 많다는 것은 위험하다."

"그렇군요. 제국의 신은 어디까지나 전쟁신 카자르 엔더이십니다. 그분을 모시지 않거나 적대하는 자들이라면 당연히 우리의 적입니다."

레솔트는 재상의 말을 되새겼다. 황제는 무심히 넘겼지만 그는 그럴 수 없었다.

대무여관이 신탁이 내렸다고 선언했다. 북요르문 산에 올라 황금 새를 잡으라. 그곳에서 야만인들이 모시는 신이 일어난다.

레솔트는 솔직히 말해 그 이야길 들었을 때 심심해하는 황제가 신탁을 빙자해 나들이를 간다는 의미라고 생각했다. 하지만 듣도 보도 못한 괴물 늑대와 듣도 보도 못한 낯선 이름의 신이 나타났다는 것은 그 신탁이 진짜라는 의미일지도 모른다. 짐승의 신은 짐승들이 모시는 것이다. 하지만 야만족이라 무시하고 있던 유목민들의 바탕은 전사다. 그런 자들이 신의 이름 아래 통합되어 제국의 적이 된다면 그냥 넘어갈 일이 아니었다.

"마이칼루야… 라고 했던가?"

후작이 황제와 달리 갑작스런 이변에 대해 고심하고 있을 때, 신계의 한구석에서는 금빛 머리칼을 화려하게 늘어뜨린 미청년이 미소 짓고 있었다.

황금의 머리칼, 우아하게 늘어진 하얀 옷자락에 황금과 루비를 박은 허리띠를 한 미청년은 팔짱을 낀 채로 눈을 감고 있는 검은 사자에게 말을 걸고 있었다.

―페트로사여, 정말로 가만히 침묵할 셈인가?

거짓말 조금 보태서 덩치가 산만 한 검은 사자는 칠흑처럼 검은 갈기를 풍성하게 늘어뜨린 채 가만히 엎드려 있었다. 눈을 감은 모습을 봐선 잠을 자는 것처럼 보였지만 실제로 잠을 잔다기보다는 그냥 눈을 감고 있는 것에 불과했다. 야수의 신 페트로사다.

―그대의 아이들을 카자르 엔더의 아이가 해친 것 같던데, 정말 상관없는가?

황금의 머리칼을 반짝이며 미청년이 물었지만 페트로사는 반응이 없었다. 하얀 피부에 루비처럼 붉게 빛나는 눈동자를 가진 태양의 신 마이칼루야는 움직이지 않는 야수의 신에게 재차 물었다.

―그대 역시 카자르 엔더의 흉포함을 잘 알고 있지 않은가? 나의 아이들은 오랫동안 그 압정에 시달려 왔지. 그대 역시 벗어나고 싶지 않은가?

문득 페트로사의 시선이 빛나는 태양의 신을 아래위로 훑었다.

빛나는 황금빛 모발과 홍옥처럼 불타는 붉은 눈동자는 태양을 상징한다. 윤기가 흐르는 피부도 광택이 흐른다. 이리 봐도 저리 봐도 눈이 부실 정도의 미청년의 모습을 하고 있다.

―나의 아이들이 당해온 그 핍박과 굴욕, 그리고 고통의 시간들을 나는 기억하고 있다네.

흥분하는 태양신의 아름다운 얼굴을 보던 검은 사자는 한숨을 푹 내쉬었다.

―페트로사여! 그대도 나에게 힘을 주게나! 다 같이 힘을 합쳐 저 흉포한 카자르 엔더로부터 대륙을 구하세!

―별로 핍박받은 걸로는 안 보이는데?

다시 한 번 야수의 신이 한숨을 내쉬었다. 윤기 좔좔 흐르는 빛나는 얼굴을 내밀고 고통 속에서 살아왔다고 외쳐 봐야 믿는 이가 아무도 없다.

대대로 태양신은 중위 신과 고위 신 사이에서 오락가락하는데 이번에 힘을 모아 기어코 상위 신 계열에 오를 심산인 모양이다. 뭐, 그런 것은 야수의 신으로서는 사실 알 바 아니었다. 야수의 신처럼 자연계 신들은 대체적으로 무심한 편이었다. 적자생존, 자연도태를 지향하는 자연계 신은 소멸과 탄생에 대해서 그다지 집착하지 않았다. 태양신과는 사이가 좋은 편이긴 했지만 그래도 가끔은 참을 수 없었다.

―무슨 소릴 하는 건가! 그대도 이야길 들었지 않은가! 만약 이번에 카자르 엔더가 시간 축을 비틀지 않았다면 난 상위 신이 되었다구! 나같이 잘난 신이 하위 신이라는 것 자체가 이상하지 않은가! 나는 만물에게 빛을 주고 가꾸는 신이라고!

페트로사는 다시 한숨을 내쉬었다.

빛나는 걸 좋아하다 보니 좀 모자라는 경향이 있다. 대대로 태양신이 된 이들은 시끄럽고 엄살이 심하다. 거기에 자아도취적 성향이 강하다.

―페트로사! 왜 한숨만 쉬고 있는 것인가!

악을 쓰는 태양신을 보다 못한 야수의 신은 앞발에 고개를 묻고 아예 다시 눈을 감았다.

―페트로사! 그대의 종속들을 모아 저 야만스러운 카자르 엔더의 영역을 공격하자니까! 그대도 힘을 합치라고!

아예 갈기를 쥐고 흔들어대는 마이칼루야의 횡포에 페트로사는 긴 꼬리를 들어 뒤통수를 후려갈겼다. 정말 시끄러워 죽겠다.

말하지 않아도 페트로사는 알고 있었다. 태양을 사모하는 자신의 종속자들이 그의 사주로 인간계에서 날뛰고 있다는 사실을. 그리고 페트로사는 그들을 모른 척할 심산이었다. 어차피 적자생존이다. 자신의 힘을 알고 날뛰어야 좋은 결과를 얻을 수 있다. 야수의 신은 다시 한 번 하품을 하면서 눈을 감았다. 아, 그래도 다 죽지는 말아야 할 텐데. 적당히 하고 살아남길 바란다, 아이들아.

야수의 신이 적자생존, 강자지존, 자연도태의 살벌한 원칙을 고수하며 졸고 있을 때, 뱀의 신 나기야 코르의 피를 이어받은 뱀의 왕 루사바는 발발 기고 있었다.

늑대왕 때와 달리 황제는 매우 관대했다.

"흠, 뱀의 왕이란 말이지."

그는 작대기로 가느다란 은빛 뱀의 몸뚱이를 쿡쿡 찌르며 고심하고 있었다.

"폐하, 다 구워졌는데요."

메리테인이 공손히 꼬치 하나를 내밀었다. 어린애 팔뚝만 한 굵기의 큼직한 구렁이 하나를 반 토막 쳐서 구운 꼬치다. 대가리와 꼬리는 이미 누군가가 먹고 있을 뱀고기 꼬치를 집어 든 황제는 한입 베어 물었다.

"오, 맛있군."

"네, 다들 즐거워하고 있습니다."

메리테인이 흐뭇하게 웃었다. 아구아구 먹어대고 있는 황제를 바라보는 그의 시선은 아들을 향한 자애로운 어머니와도 같았다.

여기저기서 연기가 피어오른다. 모닥불 피워놓고 뱀을 구워 먹고 있는 병사들의 얼굴에는 미소가 가득했다. 몇몇은 이렇게 정력을 모아봐야 뭐하는가, 우린 써먹을 데가 없어 하며 한탄하는 이들이 있긴 했지만 어쨌거나 흔치 않은 뱀구이 파티를 즐기는 병사들의 얼굴에는 미소가 가득하다. 귀족이든 병사든 먹는 것 가지고 까다롭게 구는 이는 없다. 황제가 땅바닥에 앉아서 고기를 구워 먹는데 귀족이라고 별다르겠는가. 배가 고프면 진흙탕 속에서 지렁이라도 건져 구워 먹을 자들이다.

황제는 발발 떨고 있는 뱀의 왕을 손목에 휘휘 감았다. 팔찌인 척 얌전히 고개를 숙인 뱀의 왕은 눈만 감으면 진짜 은으로 만든 팔찌처럼 보였다. 윤기가 좔좔 흐르는 보랏빛 도는 몸체는 아름다웠다.

"예쁘니까 봐줬다."

그는 뱀 꼬치를 씹으면서 시시덕댔다. 와, 나 진짜 착해졌어.

그 소리를 들으며 뱀의 왕은 보이지 않는 눈물을 흘렸다. 지랄. 나쁜 XX.

늑대왕의 말대로 언덕을 하나 넘자, 굵은 모래와 만질만질한 바위, 그리고 가끔 보이는 마른 이끼로 뒤덮인 계곡이 나타났다. 그리고 그 계곡에서 뱀 떼와 만났다. 우글우글 들끓는 뱀 떼를 보고 기겁을 한 병사도 물론 있었다. 하지만 겁에 질려 날뛰는 자들은 나오지 않았다. 황제에 대한 들끓는 신뢰와 후작을 향한 두터운 신뢰가 그들에게서 두려움을 몰아냈던 것이다. 리더가 훌륭하면 밑에 있는 자들도 나름 훌륭해지기 마련이다.

만물박사에 가까운 메베르크 자작이 뱀을 쫓는 향불을 피우자마자 뱀 떼도 놀라 슬금슬금 물러섰다. 물론 뱀의 왕이 있는 탓인지 다른 뱀들처럼 달아나지는 않았다. 어쨌거나 작대기 하나를 쥔 병사들은 노련한 땅꾼처럼 큼직한 자루 하나를 각자 쥐고 뱀 떼 속으로 방진을 구축하며 달려들었다. 뱀이 물려고 달려들면 큼직한 사각 실드를 내세워 막고 달려든 뱀의 꼬리를 휘휘 흔들어 자루에 넣는다. 어떤 병사는 숙련된 검사처럼 작대기 하나로 달려드는 뱀을 잡아채 자루에 넣는 신기술을 선보였다. 물론 황제는 그냥 대가리만 밟으며 돌아다녔다. 가련한 뱀들은 발끝으로 날아다니는 그를 잡지 못했다. 본능과 기술을 접합시킨 황제는 발끝으로 뱀 대가리만 밟고 다녔고, 그 뒤를 이은 가디언들은 수확하느라 눈이 벌겋게 달아올랐다. 고단백의 영양 간식을 얻는 즐거움에 빠진 병사들은 뱀의 왕이 나타난 것도 몰랐다.

─카아아아! 인간 놈들! 이 간악한 놈들아!

뱀의 왕이 뿜어낸 독액이 닿자, 순식간에 바위가 녹아내렸다. 그 엄청난 위력에 놀란 병사들이 비명을 지르며 뒤로 물러섰다. 뱀 사냥에 열을 올리던 병사들이 일제히 검을 들이밀었다. 몇몇은 자신의 합금 실드가 녹아내리는 것을 보고 입을 쩌억 벌렸다. 그뿐만이 아니다. 녹아내리는 바위 근처에 있던 병사들 몇이 픽픽 쓰러졌다. 독기가 스민 공기에 중독된 것이다. 가공할 독기였다.

"물러나!"

황제는 뱀의 왕을 향해 발을, 아니, 발끝을 날렸다.

그 칼날 같은 공격에 소리도 없이 뱀의 왕이 허연 배를 드러내며 허공으로 떠올랐다가 다시 땅 위로 내려섰다. 놀라운 순발력이었다. 하지만 뱀의 왕의 은빛 몸체에 가느다란 붉은 실선이 생겨났다. 황제의 발길질을 다 피하지 못한 것이다. 뱀의 왕은 대가리를 곧추세운 채 긴장했다. 갑작스레 나타난 이 인간은 뱀의 왕이 뿜어낸 독기에도 멀쩡했다. 너무도 편안한 그 얼굴에 뱀의 왕은 혓바닥을 내밀며 외쳤다.

―네놈이 전쟁신의 아들이냐!

"아들은 아닌데."

아들은 물론 아니다. 하지만 아들의, 아들의, 아들의… 기타 등등은 될 수 있을지도 모른다. 폭력적인 전쟁신의 후예는 가볍게 부정했다.

―죽엇!

콰앙 소리를 내며 뱀의 왕이 작은 입에서 누런 독액을 뿜었다. 뿌연 독안개가 허공에 일어나자, 황제는 입고 있던 옷을 펼쳐 휘휘 내저었다. 그를 향해 날아오던 독안개가 흩어지자, 옆에 있던 병사들이 비명을 지르며 고꾸라졌다. 황제는 자신의 병사라 해도 그다지 신경 쓰지 않는 두꺼운 안면의 소유자였다.

후작의 명령에 따라 멀찌감치 병사들이 달아나자, 황제는 줄줄 녹아내리는 자신의 망토를 바닥에 던져 버렸다. 독액이 조금이라도 닿은 곳은 모두 시럽처럼 녹아내린다. 그 모습을 바라보며 그는 미간을 찌푸렸다. 맹독에도 멀쩡한 도마뱀 가죽으로 만든 최고급 방수 망토가 줄줄 녹아내리는 걸 보아 확실히 무지막지한 독이었다.

"그게 다냐?"

아깝긴 하지만 황제는 부자였다. 옷 몇 벌 버리고 병사 몇 죽었다고 슬퍼할 인간이었다면 그는 아마 폭군이 아니었을 것이다.

―이, 이!

자신의 독에도 멀쩡한 적을 본 뱀의 왕은 당혹했다. 뭐 이런 단단한 인간이 다 있냐! 이거 반칙 아니야?

상상 외로 뱀의 왕은 왜소했다. 손가락 굵기밖에는 안 되는 가느다란 몸체에 독사를 뜻하는 세모꼴의 대가리. 그 작은 대가리 위에는 자그마한 뿔이 돋아나 있었다. 말채찍보다도 짧아 보이는 그 체구. 은빛으로 번들거리는 몸체는 오각형의 무늬와 옅은 보랏빛의 비늘로 아름다움을 자랑했다.

"……."

그러나 작다.

황제는 잠시 고심했다. 저걸 잡아봐야 먹을 거나 있나.

―인간의 잔악함을 익히 알고는 있었다만! 이것은 너무 심하지 않은가!

"덤빈 것은 너희들이다."

―우리 영역을 지나가려 했잖느냐!

"그래서? 꼬면 덤비라니까."

팔짱 끼고 건들거리며 황제가 대꾸하자 뱀의 왕은 가느다란 몸을 부들부들 떨었다.

―이런 난폭한 놈이!

"까부는군."

다시 독액을 촤악 뽑아내는 뱀의 왕을 피해서 황제는 한 걸음 내디뎠다.

그의 등 뒤로 독기를 피해 움직이는 병사들은 부산하기 짝이 없다. 황제 형님, 빨리 잡고 오세요. 같이 뱀 구이 파티 해요. 이렇게 중얼대는 병사도 있었다.

―으음, 으음.

뱀의 왕은 늑대왕과는 달리 그의 눈치를 보며 슬금슬금 물러났다. 바위틈 사이로 숨어드는 그 모습을 보다가 황제는 잠시 고심했다. 그냥 놔줄까? 먹을 게 없잖아.

"폐하, 벌써 날이 어두워지고 있나이다."

뒤에서 후작이 고했다.

아닌 게 아니라 계곡에서 밤을 지내기엔 환경이 열악하다. 황제는 어깨를 으쓱거리며 손짓했다.

"적당히 구워 먹고 가자."

그 순간 카악 하고 허공을 격해 달려든 한줄기 선, 은빛 화살이 황제의 팔뚝을 물었다.

"폐하!"

놀란 가디언들이 달려드는 찰나, 황제는 자신의 팔뚝을 물고 매달린 뱀의 왕을 물끄러미 바라보았다. 뱀의 왕의 동그란 눈동자에 의기양양한 빛이 떠올라 있었다. 꼬리까지 파르르 떨면서 악착같이 물고 있는 가느다란 뱀의 왕을 보고 황제는 이를 갈았다.

"역시 착하게 살면 안 되는 거야!"

와락 소리를 내지른 황제는 뱀의 왕을 한 손으로 움켜쥐고는 패대기를 치기 시작했다. 말채찍 휘날리듯 마구 땅바닥에 패대기를 치는 그 모습은 정말로 미친놈 같았다.

그리고 약 두 시간이 지난 뒤, 황제는 벌겋게 달아오른 물린 팔뚝에 침을 발랐다. 남들은 줄줄 녹아내리는 독액에 노출되고도 그저 모기 물린 것처럼 톡 부푼 상처가 전부다. 뱀의 왕은 만신창이가 된 채 앙증맞은 두 개의 이빨 자국이 남아 있는 황제의 팔뚝을 멍하니 바라보았다. 이거, 인간 맞아? 짧지 않은 삶의 기록 중에서 이런 일은 일찍이 없었다. 슬픔과 경악의 도가니 속에서 부르르 떨고 있던 뱀의 왕은 고개를 떨어뜨린 채 한숨을 내쉬었다. 너무 맞았더니 강철보다도 단단한 몸뚱이 여기저기가 성한 곳이 없다.

"야, 독 나와. 입 다물어."

조금만 덩치가 컸어도 이 작자에게 잡혀 먹혔으리라. 뱀의 왕은 허공을 바라보며 뱀의 신 나기야 코르에게 감사했다. 최소한 늑대왕처럼 깔개는 되지 않으리라. 그냥 장신구나 애완동물 정도 되겠지.

※

―나는 원래 참 온화한 성격이란다.

"농담이시죠?"

어이가 없어 침을 뱉으려다가 도로 삼킨 비굴한 황제는 슬쩍 구겨진 전쟁신의 얼굴을 살폈다. 전쟁신의 눈빛은 살벌했다. 너, 그냥 죽을래?

"아, 아닙니다. 그런데 왜 이렇게 신의 후예라는 것들이 넘쳐 나는 걸까요?"

은근슬쩍 화제를 바꾸는 황제를 향해 카자르 엔더는 무언가를 소맷자락에서 꺼냈다. 작고 동그란 것. 전쟁신이 가지고 있는 것은 도토리였다. 그것을 본 황제의 얼굴에 긴장감이 서렸다. 아아, 서, 설마!

그 순간 신께서는 쥐고 있던 도토리를 집어 던졌다.

도토리. 다람쥐의 주식인 자그맣고 단단한 열매가 왜액하고 날아와 쐐애애액 하는 소리를 내며 황제의 복부에 틀어박혔다.

"크어어어억!"

3미터를 튕겨 나간 황제는 바닥을 데구루루 구르며 피를 토했다. 아니, 토할 뻔했지만 토하진 않았다.

―내가 아무리 온화한 성격을 가지고 있어도 개기는 놈들을 놔둘 수는 없지 않겠느냐?

전쟁신이 한숨을 내쉬면서 팔짱을 끼었다. 갑자기 허공에서 앵두 몇 개가 튀어나왔다. 반짝반짝 윤이 나는 자그마한 앵두 알을 발견한 황제의 얼굴이 굳었다. 헉! 다섯 개! 하나도 아니고 다섯 개!

―내가 좀 시간 축을 비틀었기로서니 대가를 치르지 않은 것도 아닌데, 이건 참 너무하는 것 아닌가?

팔짱을 낀 전쟁신이 아무것도 없는 허공을 바라보며 중얼거렸다.

―내가 조금만 더 젊었다면 정말 신계를 집어 던졌을지도 몰라. 너도 그렇게 생각하지?

동의를 구하는 그의 말을 황제는 듣지 못했다. 화살보다 강력한 암기 다섯 개가 그의 사지를 뻥 뚫어버렸기 때문이다. 사지에서 피를 좔좔 흘리면서 황제는 헐떡였다. 아, 씨X! 너무하는 거 아냐?

―연약한 것.

혀를 차면서 신이 비웃었다.

"어쨌든 그놈의 소소한 신의 후예들을 좀 패도 되죠?"

독기를 펄펄 풍기며 황제가 물었다. 이를 북북 가는 모습이 상당히 쌓인 것 같았다.

―할 수 있으면 패라. 그나저나.

카자르 엔더의 얼굴이 굳어졌다.

―그 재수없는 빤질빤질한 놈의 신도가 늘어나고 있어. 그 빌어먹을 것이! 내 걸 야금야금 먹고 있단 말이지!

우두둑 소리를 내면서 전쟁신이 이를 갈자, 앞에 있던 황제는 재빨리 몸을 숙였다. 그냥 평범한 살기가 아니라 위압감과 소름 끼치는 한기가 몰아치는 살기다. 말 그대로 무시무시한 그 기운에 황제마저도 겁에 질렸다.

―이게 다 너 때문이거든!

신이 이를 뿌드득 갈면서 다시 소매를 걷었다.

황제는 달달 떨면서 이를 악물었다. 아, 씨! 밤이 무서워!

─이 땅은 내 것이란 말이다아!

콰아아아앙 소리를 내면서 아무것도 없는 허공에서 벼락이 떨어졌다. 황제는 거북이처럼 몸을 숙인 채 꼼짝도 하지 않았다. 아무리 머리가 청순한 그라 해도 최소한의 학습능력은 있었다. 반항하면 반항할수록 카자르 엔더의 폭력은 심화된다. 좀 아파도 참는 게 남는 것이다.

전신이 시커멓게 타고 공간 자체가 아예 잿빛으로 변할 지경이 되었을 즈음에야 카자르 엔더는 벼락을 거두었다. 전쟁신은 팔짱을 끼고 냉담한 음성으로 말했다.

─그놈의 번쩍거리는 털을 홀라당 다 뽑아버려야겠어.

네, 네, 그렇게 하세요. 황제는 새까맣게 타버린 몸에도 불구하고 죽지 않는 자신의 신체에 경악하면서 헐떡였다. 목소리도 안 나오는 걸 보면 성대까지 타버렸나 보다. 빛나는 백금발은 이미 타버린 지 오래, 하얀 피부는 익다 못해 홀라당 탔다. 실오라기 하나 남기지 않고 홀라당 다 타버린 황제의 몰골은 참혹하기 그지없었지만 전쟁신은 신경 쓰지 않았다.

─너도 마찬가지야. 내 땅을 한 뼘이라도 잃어버리면 네놈의 사지를 갈가리 찢어서 개밥으로 주겠다.

조각상처럼 담담한 표정으로 전쟁신은 차분하게 말했다.

고저없는 음성에 담긴 무시무시한 위압감에 황제는 우둑 소리를 내며 고개를 들었다.

"당연한 말씀. 이 땅은 내 겁니다."

끔찍한 몰골을 하고 잘도 웃는다. 시꺼먼 얼굴에서 하얀 것은 이빨뿐이다. 그 꼬락서니를 보던 전쟁신은 시큰둥한 얼굴로 손짓했다. 순식간에 몸이 복구되는 것을 보면서 황제는 재가 되었다가 복구된 주먹을 쥐었다. 태양신과 전쟁신이 신계에서 싸우는 동안, 그는 아마도 신의 힘을 이어받았다는 떨거지들과 싸워야 할 모양이다.

싸움이라면, 전쟁이라면 절대로 질 수 없지. 늑대든 뱀이든 돼지든 나와보라고 해. 이 대륙은 내 것이야. 한 뼘이라도 못 내놔.

어느새 데이하던 대륙 전체가 그의 것이 되어 있다.

음산하게 웃는 데이페론 제국 황제의 얼굴은 살벌했다. 아무리 잘생겨도 얼굴에서 풍기는 살벌한 광기는 지워지지 않는다. 카자르 엔더는 혀를 찼다.

전쟁신께서는 부정하고 있지만 제국의 황제가 대대로 성질 더럽고 미친놈인 것은 조상을 너무 닮은 탓인 게다.

⚜

유목민족, 타지의 거주민들이 흔히들 야만인들이라 부르는 이들은 사실 길고도 긴 역사를 가지고 있었다. 하늘을 지붕 삼아 초원을 달리는 이들은 황량한 바람이 이는 언덕에 서서 항상 태양을 올려다보았다. 초원의 태양은 잔혹하다. 메마른 땅덩이 위에 이글거리는 아지랑이가 솟을 때면 유목민들은 자신들이 기르는 양과 염소 떼를 이끌고 아직도 물기를 머금은 초지를 찾아 떠나야 했다. 이글거리는 빛의 화살을 받아 버석하게 메마른 대지 위를 달리면서도 그들은 태양을 숭앙했다.

대륙의 유랑민이며 가장 오래된 혈통을 가진 베이딘족은 데이하던 대륙의 지붕이라 할 수 있는 북부 고원지대에서 살고 있었다. 대부분의 제국인들은 베이딘족이 하나의 부족이라 착각을 하곤 하는데 사실은 열세 개의 씨족으로 나뉘어져 동서남북으로 흩어져 살고 있었다. 그중에서 특히 동베이딘족과 북베이딘족은 사이가 나빴다. 오랫동안 약탈과 전쟁을 거듭해 온 결과 관습마저 달라져 사나운 북베이딘족과 다른 베이딘족 사이에는 깊고 어두운 원한만이 가득했다. 물이 부족하면 살아갈 수 없으니 소소한 다툼과 분쟁은 줄어들지 않는다. 특히나 호전적인 북베이딘족은 피부색도 조금 달라서 자신들이 태양신에게 선택받은 자들이라 거만하게 굴었다. 북고원에서 사는 그들과 조금 아래에서 지내는 베이딘족들 사이에서는 항상 피비린내만이 존재했다. 특히나 메마른 봄철이 되면 북베이딘족의 대이동이 시작되어 다른 부족들은 모두 공포에 떨었다.

가장 수가 많고 가장 호전적인 북베이딘족에 대해서 다른 부족들이 서로 연합전선을 펴기 시작한 것은 동베이딘족의 아들과 서베이딘족의 딸 사이에서 나온 전사 리카르 때문이었다. 항상 유랑하는 이들인지라 연합한다는 것은 쉬운 일이 아니었다. 한줄기 시냇물을 두고 피 튀기는 싸움과 분쟁이 끊이지 않는 불신의 땅에서 연합, 연맹이라는 것은 기적과도 같았다. 원래 동베이딘족과 서베이딘족의 혼인은 예부터 내려오는 오래된 관습이었다. 사막 동베이딘족과 서베이딘족의 족장이 낳은 둘째는 서로 태어나면서부터 태중 혼인을 맺는다. 그리하여 열 살이 되면 여자 쪽이 남편의 부족에 가서 지내게 된다. 그러면서 자연스럽게 부족 간의 교류가 이루어지는 것이다. 강수량에 따라서 이합집산이 이루어지는 터라 미리 정해놓지 않으면 쉽게 만나기도 어려운 처지다. 매 계절마다 거의 이백여 명 단위로 물길을 따라 유랑하는 각각의 씨족들에게는 전통적으로 정해놓은 결혼 상대의 존재란 쉽게 무시할 수 있는 것이 아니었다.

어쨌든 리카르는 태어나면서부터 비범함을 보였다. 강인한 부친의 뒤를 따라다니며 어릴 때부터 전사로서 성장해 온 그는 외가와 친가를 오가며 혼자서 황야와 초원을 탐험했다. 아무리 강인함을 자랑하는 이들도 홀로 황야를 떠돌진 않는다. 하지만 리카르는 바람의 소리를 듣는다면서 어린 시절부터 홀로 말을 타고 거친 지평선이 보이는 들판을 내달리곤 했다.

"존엄한 신 태양신 마이칼루야께서 말씀하셨다."

아직 스물다섯 살밖에 안 된 청년 리카르가 빛나는 화살과 활을 가지고 부족으로 돌아왔을 때, 부족의 큰어미 샤먼은 몸을 떨었다. 바짝 마른 샤먼은 눈을 허옇게 뒤집으며 예언했다.

"피와 죽음이 가득할지어다! 그러나 위대한 신의 그림자가 황금빛 광채를 뿜을지니! 유일하신 태양신께서 우리와 함께하신다!"

그 예언을 등에 업고 리카르는 각 부족을 돌며 전언을 넣었다. 기적적으로 각 부족의 샤먼들도 신탁을 받았는지라 그의 부름에 적극적으로 응하는 이가 대부분이었다.

"천 년! 우리의 고대로부터 이어 내려온 핏줄의 인연에 걸고! 위대하신 태양께서 현신하셨다!"

거부하는 이들에겐 피의 보복이 뒤따랐다.

리카르가 날리는 빛의 화살을 맞은 이들은 새까맣게 타 죽었고, 메마른 대지는 불길에 휩싸였다. 초원에서 가장 두려워하는 불길의 옹호를 받는 신의 전사 리카르는 북베이딘족을 빼고 모든 베이딘족을 통합했다.

그는 부족의 오랜 원수이며 이질적인 냄새를 풍기고 있는 북베이딘족을 공격하기 위해 모든 부족을 총동원하여 고원으로 올라가 전설적인 전사인 북베이딘의 족장 파샤르타와 대결을 벌였다. 그리고 마침내 파샤르타의 팔을 베고 그의 딸을 아내로 삼았다.

가장 호전적이고 사나운 북베이딘족이 리카르의 휘하에 들어오는 순간이었다.

북부 고원의 주인이 된 리카르는 태양신의 신탁을 받고 모든 이들에게 통고했다.

"태양신께서는 우리를 굽어보시며 명하신다. 전사의 피를 받은 이들이여! 저 잔혹한 제국에게 태양신 전사들의 힘을 보여라! 신께서는 우리를 위하여 황금 새를 보내셨나니, 그 새를 품 안에 안아 세상을 불길로 정화하는 것이다!"

수천 년 역사 속에 비로소 통일된 베이딘족은 신탁에 따라 파죽지세로 동진했다. 그리고 대륙에서 가장 강대한 제국과 충돌했다.

데이페론의 회춘한 황제는 모르는 일이었지만 초원지대에도 영주는 존재했다. 정확히 말하자면 영주라기보다는 서북부 주둔군 사령관쯤 된다 할 수 있겠다.

적이 없는 무적의 제국이다. 성질 더러운 황제의 비위를 거스를 외국은 거의 없다. 전쟁이 나면 제국이 항상 이겼다. 그 때문에 황제의 측근이나 중앙군을 제외한 변방의 주둔 군대는 비교적 느슨한 편이었다. 아니, 그들은 개판이었다.

황제가 허구한 날 병력을 일으키는 남부나 서부와는 달리 북부, 그것도 황량한 서북부 고원지대는 제국의 관심에서 먼 지역이었다. 그래도 그럭저럭 잘 운영되는 이유는 개판인 병사들과 뇌물을 밝히는 중간 간부와 달리 기본적으로 병력을 정비해야 한다는 지침에 충실한 하급 관리들 때문이었다. 까막눈 황제는 모르지만 지나치게 유능한 황제의 관리들은 주기적으로 변방에 사람을 보내 감사를 실시했다. 때문에 아무리 못해도 기본은 해야 한다는 압박감에 시달리게 된다. 그리하여 뇌물을 밝히고 여색을 밝히는 변방의 군사령관들도 최소한 복부 비만에 걸릴 여가는 없었다. 배가 나오는 순간 인생이 끝나는 게 데이페론 제국군이다.

"야만인들이 쳐들어오고 있습니다!"

보고가 들어왔을 때 히누 요새의 군사령관 마그로 백작은 코웃음 쳤다. 무적 제국군에게 덤비는 가련한 야만인들. 배고파서 니들이 돌았구나. 그뿐만이 아니라 대부분의 병사들이 그렇게 생각했다.

하지만 지나치게 유능하고 지나치게 얄미운 황제직속 정보꾼들이 알려온 소식은 제법 살벌했다.

"뭐? 이만?"

황당해서 입을 쩍 벌렸다.

부족 단위로 움직이는 베이딘족은 대부분 연합해 봐야 이천을 넘기기가 어려웠다. 사나운 북베이딘족의 대이동 때나 삼천의 기마가 움직인다. 그런데 지금은 북베이딘족이 이동을 하는 건기가 아니었다. 그럭저럭 살 만한 건기 초입이다.

"잘못 본 것 아니냐?"

"아닙니다, 각하! 능선 전체가 야만인들로 가득 차 있습니다!"

악을 쓰는 병사의 얼굴이 시퍼렇다.

비로소 심각해진 마그로 백작은 군 간부들을 부랴부랴 소집하고 요새를 사수할 준비를 갖추기 시작했다. 아무리 가진 게 없는 야만인들이라 해도 그 숫자가 이만이면 이천 명의 병력으로는 막아내기 어렵다. 게다가 이곳은 벽돌과 나무 방책으로 세운 평지의 군사 요새였다. 당연한 말이지만 방벽도 약하고 해자도 없다.

능선이 움직인다.

"맙소사!"

"저런 일이!"

앞이 탁 트인 능선 위로 새까만 선이 흔들린다. 말이 이만이지 베이딘족은 전원이 다 기수다. 말이 흔한 만큼 마술에 서툰 자들은 없다. 그런 자들이 아무런 두려움 없이 요새의 방책으로 천천히 다가서고 있는 것이다.

"궁병 준비!"

변방이라도 무구만은 충실한 궁병들이 방벽에 달라붙어 포진하자 선두에 서 있던 베이딘 기병들 역시 긴장하고 있는 모습이 보였다. 하지만 이만이나 되는 대병력이다. 바짝 마른 입술을 핥으며 마그로 백작은 한 개 조의 기병을 내보냈다.

"루라이 남작! 저들의 목적을 알아보고 오라!"

그들의 모습을 확인한 마그로 백작은 기사단이 아닌 일반 기병들을 먼저 움직이려 했다. 처음부터 기사를 움직이는 것은 무리고, 또 사실 기사도 별로 없다. 요새에 있는 제대로 된 기사의 수는 고작 다섯 명이 전부다. 그중 하나인 루라이 남작은 아침부터 취해 있긴 했지만 그렇다고 무능한 인간은 아니었다. 뇌물 수수로 변방으로 좌천된 가련한 중년의 기사는 일단 자신의 가병들을 무턱대고 적진에 돌격시킬 생각은 처음부터 없었다. 적과 어느 정도 거리를 유지한 후 남작의 병사들은 베이딘족의 모습을 살폈다.

생각과 달리 무표정한 얼굴에 살기가 넘쳤다.

"피 냄새가 난다."

남작은 미간을 찌푸렸다.

"루아스! 가봐라!"

그는 베이딘 어를 할 줄 아는 병사를 먼저 보냈다. 하지만 그 병사가 베이딘족의 앞에 당도하기도 전에 화살 한 대를 맞고 그대로 고꾸라지는 것을 보고 숨을 삼켰다.

"물러서!"

남작의 말을 듣지 않아도 상황은 분명했다. 무표정한 야만인들은 요새를 공격할 생각이었다. 그리고 그 규모가 상상 외로 컸다.

그들의 모습을 보며 남작이 공격하라 소리쳤고, 그 순간 일백의 궁병들이 일제히 적의 기병을 향해 활을 쏘기 시작했다.

"아악!"

"악!"

전쟁의 신을 모시는 자들답게 제국의 무구는 훌륭했다.

제국의 병사들이 지닌 활은 베이딘족의 것보다 훨씬 더 강력했다. 훨씬 더 긴 사거리를 가진 제국 궁병들은 일사불란하게 활을 쏘며 요새 안으로 후퇴했다.

"계속 쏴!"

기병에게 가장 효과적인 것은 궁병이다. 특히 요새의 궁병들은 기병에게 특히 효과가 높은 강궁을 사용하고 있었는데, 그 탓에 베이딘족이 날리는 화살은 제국군에 닿기도 전에 바닥으로 떨어졌다. 뿐이랴. 베이딘족의 가죽 방패는 제국군의 화살을 막지 못했다.

익은 열매가 떨어지는 것처럼 시체가 바닥으로 곤두박질쳤다. 요새의 제국군들은 그 모습에 의기양양해 외쳤다. 저런 야만인들은 우리 상대도 안 돼!

그러나,

족히 이만 정도 되는 베이딘 전사들이 일제히 요새를 향해 함성을 지르며 진격해 오기 시작했고, 그들의 진군에 대지는 큰 소리와 함께 뒤흔들리기 시작했다. 싯누런 흙먼지가 작은 요새를 뒤덮었다. 수만에 이르는 말들이 일제히 땅을 구르며 달려오고 있었으니.

"맙소사!"

본래 북베이딘족 출신인 전사 디하는 덩치 큰 전사로 샤먼의 피를 이어받아 미친 전사라는 별명까지 있는 자였다. 그는 열렬한 태양신의 추종자였고, 자신의 피와 용기를 신께 바칠 예정이었다.

"쳐!"

"저것들을 지워 버려!"

악을 지르듯이 소리치면서 북베이딘의 전사들은 이를 드러내며 포효했다.

무시무시한 위력의 화살이 빗발쳤지만 신앙으로 불타오르는 전사의 앞을 막진 못했다. 요새의 나무 방책을 향해 정면으로 달려들면서도 그들의 눈에는 어떠한 두려움조차 보이지 않고 있었다.

"까아아악!"

족히 20여 미터 정도의 거리까지 닿자 선두에 서 있던 북베이딘 전사들의 손에서 투척용 손도끼가 일제히 허공을 가르며 뻗어나갔다. 나무 방책에 박힌 도끼들을 밟으며 북베이딘 전사들은 날아올랐다.

"끄악!!"

히히힝!!

변변한 방어구도 없다. 고작해야 말린 가죽을 덧댄 조악한 조끼가 전부다. 그들의 등 뒤로 피범벅이 되어 쓰러지고 죽어가는 자들이 즐비했다. 화살에 맞아 죽는 자들, 말굽에 차이고 전신을 짓밟히는 자들. 시체가 순식간에 쌓였지만 물러서는 자들은 아무도 없다.

"태양신께서 우리와 함께하신다!"

"영광을!"

"피와 영혼을 바쳐라!"

거대한 물결이 날카롭게 치솟은 나무 방책을 뚫고 지나갔다. 그것은 변화의 물결, 한 번도 겪어보지 못한 그 광기 어린 공격에 나태한 제국군의 얼굴이 시퍼렇게 질렸다. 이들의 기세는 결코 일반 병사들이 막을 수 있는 수준의 것이 아니었다.

"후퇴해!"

제국군은 그대로 이만의 군세에 쓸려 나갔다. 목숨을 도외시하고 달려드는 이들을 막아설 자신은 이미 없었다. 그들은 공포에 질린 채 달아났다.

그리고 태양신의 신탁을 받은 통일 베이딘족의 대족장 리카르는 그 이후 열흘 동안 제국의 요새 일곱 개를 점령하는 기염을 토했다. 그리고 그 놀라운 소식이 제국의 수도에 채 알려지기도 전에 스스로 자신을 왕이라 칭하며 왕국을 선포했다.

베이딘 왕국의 건국이었다.

"왕?"

어이가 없어서 로리랜드는 입을 벌렸다.

"베이딘족이란 자들은 빈약한 야만인들이 아니었나? 그런 것들이 왕국을 칭한다고?"

"태양신을 믿는 자들은 전부 자신들의 왕국민이라 우기고 있습니다."

전쟁신의 충실한 신도이자 무녀와는 다른 신관이 보고했다. 카자르 엔더의 신관 중 야히슨이라는 집단이 있다. 그들은 야히라 불리며 평생에 걸쳐 무도를 추구하며 싸우는 전사들로, 대륙 전역에 흩어져 황제의 눈과 귀가 되는 이들이었다. 평상시 그들의 목표는 강해지는 것, 전투와 싸움, 그리고 강자가 되기 위해 끊임없이 자기 수련에 매달리는 자들로 수도자에 가깝다. 기도를 하고 신탁을 받는 대무여관과는 다른 계열로 명목상 황제직속의 신관들이지만 정치력은 거의 없는 무관의 신도였다.

"이미 서북 요새 일곱이 넘어갔고, 북부 총사령부에서는 비상을 선포했습니다. 게다가 병력은 계속해서 늘어나 추정, 약 십만으로 불어났습니다."

"끄응."

로리랜드는 신음했다. 일주일도 안 되었는데 벌써 십만. 북부의 모든 야만족들이 집결하려는 징조다.

"알고 있겠지만 폐하께서 그쪽으로 가셨다. 아마도 내일이면 북부군의 전방 사령부에 도착하실 듯한데."

문제는 황제의 발광이다. 그건 좀 무섭다.

싸움에 졌다. 전쟁에 져서 요새가 적에게 넘어갔다.

이쯤 되면 황제의 성정상 전면전이다. 뿐이랴. 태양신을 추종하는 자들이니 전쟁신 카자르 엔더의 모든 신관들이 들고일어나야 할 상황이다. 카자르 엔더의 교황이나 다름없는 황제는 전력을 기울여 그 태양신을 치죄할 것이 분명했다.

"긴급 예산을 짜도록!"

재상은 먼저 전쟁 물자를 확보하는 것으로 자신의 일을 결정했다.

　보라, 역사는 비정한 승자의 영광만을 기억하리니. 그 어떤 장렬한 죽음도 승자의 뇌리에는 남아 있지 아니하도다. 하지만 패자의 슬픔은 식자(識者)의 마음을 울리는 법. 승자나 패자나 모두 어머니의 자식, 어머니의 비탄은 바위도 녹여 저 먼 황천의 땅을 젖과 꿀로 적신다네. 어머니, 어머니, 울지 마소서.

—서사시 〈비탄의 계곡〉 中에서
계관시인 루사인 파르 著

RELOAD

 사랑이란 뭘까요? 아아, 사랑에 고뇌하는 연인들을 보며 같이 고뇌하고 있는 10번 유라이입니다. 제 이름만 들어도 아시겠지만 전 감성적인 가디언입니다. 가디언치고는 이상하다고요? 네, 저도 압니다. 전 가디언 중에서 가장 감성이 풍부한 가디언입니다. 아, 남들은 모른다고요? 당연한 일입니다. 가디언이 감정적이란 건 심각한 결함입니다. 그래서 저는 감추고 있습니다. 12번 라치와는 형제 사이입니다. 그리고 11번 노아르와는 사촌간이죠. 가디언들도 조금만 멀리 보면 다 같은 형제입니다. 사촌, 팔촌, 육촌 등으로 얼기설기 얽혀 있으니까 따져 보면 다 거기서 거기인 혈통인 게지요. 제 취미는 시를 짓는 것입니다. 아, 3번하고 잘 어울릴 거 같

다고요? 후, 천만의 말씀입니다. 그의 취향은 저와는 안 맞습니다. 너무 고전만 파고드는 편이라서 고리타분합니다. 전전위적이고 파격적인 문학을 꿈꿉니다. 요즘 들어 우리 주인님을 뵙다 보면 전신을 관통하는 알싸한 문학의 향기를 느끼곤 합니다. 3번은 우리 폐하가 영 어설프다는 둥 어휘력이 모자란다는 둥 떠들어댑니다만, 제 생각은 다릅니다. 문학이란, 어디까지나 자신의 마음을 피력하는 것! 솔직하고 소박한 표현이 모자란다고는 생각지 않습니다. 폐하의 표현은 굉장히 솔직하고 단순합니다만 소박하고 소담한 매력이 있지 않습니까? 아, 소담이라기보다는 대담이군요. 대담하면서 솔직한 표현을 즐겨 쓰시지요. 이것은 요 근래 문학 경향과는 차이가 많지만 그래도 진솔한 면에서는 높은 예술 점수를 드리고 싶습니다.

⚜

세상은 전쟁과 다툼으로 가득 차 있다. 그러니까 내가 세지.

라고 전쟁의 신은 말씀하셨다. 물론 전쟁이란 별로 좋을 게 없긴 하지만 인간이라는 존재가 경쟁이라는 두 글자에 눈을 부릅뜨고 엉덩이를 들썩이는 본능을 가지고 있는 것은 사실이다. 허니, 전쟁의 신이 대륙의 유력 신이 되는 것도 당연한 일인지도 모른다.

카자르 엔더가 제국의 국조신이 된 사연은 이러하다.

어느 날 주신 팔키루 테다이스는 정결의 여신 헤레나이 크로네를 두고 죽음의 신 데아토스 팔리에와 줄다리기를 하고 있었다. 이를테면 삼각관계, 고쳐 말하면 사랑의 미로에 빠졌다는 이야기다. 팔키루 테다이스는 등 뒤에서 돌진하는 잘생긴 남신 데아토스 팔리에에게 위험을 감지하고 재빨리 헤레나이 크로네에게 청혼을 감행했다. 갑작스런 청혼에 당황한 여신이 잠시 동안 머뭇거린 순간, 뒤늦게 사태를 알아챈 죽음의 신이 급히 달려와 그녀의 옷자락을 잡아끌었다. 중요한 순간에 방해를 받은 주신은 화가 나 칼을 뽑아 들고 죽음의 신 데아토스 팔리에의 손목을 잘랐다. 주신은 성격이 급했다. 참혹한 광경을 목격한 여신은 놀라 달아나 버렸고, 고통과 충격에 휩싸인 죽음의 신은 이를 벅벅 갈며 주저 없이 칼을 빼 들었다. 일단 여자가 얽히면 주신이고 뭐고 없는 법. 사나이 사랑에 계급 따윈 없다. 살기를 풀풀 날리며 죽음의 신은 주신을 향해 달려들었다. 싸움에 특화된 주신이 아니라 정치에 특화된 주신인지라 프로페셔널한 죽음의 신에게 완력으로 쫓긴 주신은 다급히 달아났다. 그 모습을 보고 많은 신들이 서로 외면했는데, 그중 번개의 신이 차마 그 꼬라지를 못 보겠다며 번개 한 두름을 집어 두 신들 사이로 집어 던졌다. 갑자기 눈앞에서 불꽃이 튀자 놀란 주신이 나동그라지고 죽음의 신이 휘두른 칼은 주신의 목이 아닌 허벅지를 푸욱 찔렀다. 정말로 목을 잘랐다면 신의 계보를 다시 작성할 뻔했으나 다행히 그냥 대출혈 사태로 끝났다. 그 상황을 보다 못한 대지의 여신이 벌떡 일어나 두 신의 귀싸대기를 후려쳤던 것이다. 그때 얻어맞아 두 신의 어금니 두 조각이 바닥에 떨어졌다. 대지의 여신이 날린 일격이 워낙 강력했기 때문이다. 그리고 데아토스 팔리에와 팔키루테다이스가 흘린 그 어금니와 피 속에서 잘생긴 남신 하나가 몸을 일으켰다. 바로 전쟁과 다툼을 상징하는 신 카자르 엔더다. 물론 이것으로 모든 일이 종료되었다면 어린 신의 생일 축하로 끝이었겠지만 사나이의 자존심이라는 것은 그다지 쉽게 풀리는 것이 아닌지라 정결의 여신이 거인신 레노보라스와 결혼한 이후에도 다툼은 계속되었다. 주신과 죽음의 신, 그리고 각각을 지지하는 신들이 저마다 둘로 셋으로 갈라져 전쟁이 일어났다. 그리고 신혈 속에서 일어난 전쟁의 신은 싸우는 두 신 사이에 서서 그 싸움을 이간질과 부추김으로 교활하게 확산시켰다. 이름값을 제대로 했다는 말이다. 덕분에 소소한 치정 싸움이 마침내 제1차 신계전쟁으로 확산되었다. 그 피 튀기는 치졸한 전쟁은 참다못한 대지의 여신이 벌떡 일어나 주먹을 들어 보이는 그 순간 종료되었다. 나중에 전쟁 확산의 책임을 지고 전쟁신 카자르 엔더는 인간의 몸으로 잠시 지상으로 추방당했는데 그때 인간 여성과 가정을 이루었다. 그것이 바로 데이페론 제국 황가의 시작이다. 처음엔 작은 나라를 세우고, 곧 그 나라를 제국 규모로 키워 상상을 초월한 강력한 권력을 가진 왕을 만들어내더니 곧장 제국을 선포해 황제까지 이르렀다. 전쟁신이 주도하는 전쟁이 질 리 없는 법. 데이페론 제국은 불패의 전설을 지니고 건국되었다.

즉, 제국의 시작은 신과 인간 여성과의 사랑에서 비롯되었다. 타국의 주인들이 주장하는 것처럼 신의 이름을 빌린 게 아니라 진짜 신의 후예가 세운 나라였다. 뭐, 물론 세상에는 그런 것을 믿지 않는 이들도 많다. 특히 타국인들은 다 헛소리라면서 화를 냈지만 제국인들은 그 말을 믿었다. 실제로 황족들 중에는 도저히 인간이라고는 믿기지 않는 자들이 워낙 많았기 때문이다. 두 살인 꼬마가 열 살쯤 되어 보인다든지, 어제 태어났다는 황자가 말을 타겠다고 우기는 바람에 마구간지기가 잘렸다든지, 열두 살짜리 황자가 애를 대여섯씩 낳았다는 것은 저잣거리의 과장된 소문이라 우길 수도 있다. 하지만 세 살짜리 황자님이 미행 중에 저잣거리의 날뛰는 황소 세 마리를 한 방에 날렸다든가, 여자를 희롱하는 불량배 열 명을 세 살짜리 황녀님이 XX를 밟아 갱생시켰다든가, 심지어 홍수로 물이 범람할 때 어린 황자가 나타나 바윗돌을 굴려 댐을 만들었다든가, 사람을 잡아먹는 맹수를 한 방에 잡아서 질질 끌고 나타난 다섯 살짜리 황녀님이 자주 보인다면 안 믿을 수도 없는 일이다.

황족들이 초인적인 힘을 가졌다는 것은 제국민이라면 다들 안다. 특히 제국의 수도에 사는 사람들이라면 직접 보기도 하고 듣기도 했다. 그래서 제국민들은 네 살짜리 쌍둥이 황자님이 제도를 분노와 슬픔으로 몰아넣었던 유아 연쇄살인마를 잡아다가 갈가리 찢어 죽였다는 말을 듣고도 놀라지 않았다. 그저 감탄할 뿐. 우와, 역시 우리 황자님이셔!

귀족, 그것도 백작 이상의 고위 귀족은 평민들 입장에서 하늘 위에 있는 존재다. 그런 존재가 어린아이 죽였다고 항의할 수 있는 평민은 몇 없다. 그러한 시대다. 재판을 한다 해도 유력한 증거가 없는 한은 관리들도 형을 집행하기 어렵다. 타 왕국에선 그런 일조차 없다. 연쇄살인을 하던 유아 살인을 하던 평민을 죽였다고 영주를 체포하는 일은 없다. 그나마 제국 관습에 강한 귀족이 어린애를 죽인다는 건 추악한 죄라는 인식은 있기에 재판이라도 걸 수 있었다. 물론 처벌이 어찌 내려질지는 불투명하다. 백작이란 고위 귀족이 애 몇 죽였다고 설마하니 사형을 당할 가능성은 별로 없다. 실제로 잡아들인 재상 역시 살인보다는 탈세로 그를 처형하려 했었다. 그런데 지루한 재판 과정은 생략되었다. 어린 황자가 달려들어 손수 처형했으니까. 신혈의 황족은 구름 위 존재, 인간이 아니니 천재지변이다. 백작이 아니라 공작이라도 뭐라 항의할 수 없다. 제국인들은 카타르시스를 느꼈다. 그 황자가 바로 차대 황제인 황태자라는 말을 듣고는 제국민들은 기꺼워했다. 우와, 우리 황태자님, 멋지셔. 역시 정통 후계자는 다르셔. 황후님, 만만세.

이런 분위기가 널리 퍼지자 가슴이 뻐근해지면서 식욕부진에 시달리는 이들이 늘어났다.

"우리 아들도 거리에 내보내 볼까?"

"우리 아들도 뭔가를 해야 하는 것 아니오?"

후궁들은 초조해졌다. 아예 힘없는 황자들이야 아무 생각 없었지만 그래도 힘을 타고난 아이들을 가진 후궁들은 마음이 급해졌다. 별거 없는 천한 백성이라 해도 입이 있고 귀가 있으니 여론을 조성하는 것은 당연지사. 안 그래도 황제가 너무 젊고 강해서 황자들의 입지가 약한데 거기에 황후의 적자가 황태자가 되니 마음이 급하다. 속된 말로 황가의 전통(?)에 따라 황태자가 기분 나쁘다고 힘없는 황자들을 죽여 버린다 해도 거기에 항의할 수 있는 이는 없다. 황제의 후궁은 건드릴 수 없지만 힘없는 형제 따위는 죽여도 상관없다는 게 황가의 피비린내 나는 전통(?)이다.

"절대로 혼자 다니면 안 됩니다! 알겠습니까?"

"혼자 다니면 죽습니다. 어미 속 터지는 꼴 보기 싫으면 반드시 뭉쳐 다녀야 합니다!"

"황태자나 그 쌍둥이가 보이면 재빨리 피해야 합니다. 재수없어서 마주치게 되면 고개를 푹 숙이고 공손히 굴어요. 인적 없는 곳에서 마주치지 않도록 조심, 또 조심해야 합니다!"

후궁들은 저마다 교육시키느라 바빴다.

황태자 제흐나므와 다흐마르는 현재 유래가 없을 정도로 강대한 세력과 힘을 자랑했다. 황후의 적자인 데다가 네 살밖에 안 된 주제에 힘도 좋고 머리도 좋다. 하나라도 이기기 어려운데 쌍둥이라 둘이 한 세트로 굴러다닌다. 어지간한 신혈의 황자들도 이길 가능성이 없다. 거기에 재상 로리랜드를 비롯한 관리들과 황후의 애인인 레솔트 후작을 배경으로 둔 무장들까지 모두 다 황태자 제흐나므의 세력이라 할 수 있었다. 뿐이랴. 이유는 알 수 없지만 저 잔혹한 황제도 이들 쌍둥이를 총애하는 눈치다. 게다가 불길하게도 하얀 머리칼을 한 어린 이국의 공주를 데려와 총애하고 있지 않은가. 황후가 레솔트 후작을 끌어안고 있는 것처럼 황제도 백발의 공주를 끌어안고 총애하고 있다. 이렇게 되면 후궁들만 가련했다. 애를 낳아도 황후의 자식들보다 더 대접받을 가망성은 적었다. 여색을 무지하게 밝히고 애정이란 걸 모르는 젊은 황제라 후계자 선정에는 급하지 않을 거라 여겨 느긋했던 후궁들에게는 날벼락이 따로 없었다.

"어떻게 해서든 우리 애들의 미래를 확보해야 합니다."

진지한 얼굴로 레나 8궁비가 말하자, 손톱을 깨물던 비올레타 15궁비가 호소하듯 말했다.

"하지만 뭘 어떻게 하지요? 황후에게 덤벼들 수도 없고."

"어떻게든 아이들의 세력을 미리 마련해 두어야지요. 미래를 위해서."

레나는 진지하게 말하면서 아들 마르세르두를 끌어안았다. 성미가 사납긴 했지만 마르세르두는 기꺼이 모친에게 안겼다. 힘이 있는 모친이니 황자가 거부할 리가 없다. 하지만 28궁비 라지에는 조금 달랐다. 그녀는 타국에서 온 여성으로 황제가 전쟁에서 이겨 전리품으로 받아온 공녀였다. 그 때문인지 친자식인 도르바인은 자신의 친모를 항상 무시했다.

라지에가 부러운 듯한 시선으로 레나를 바라보는 동안 도르바인은 의자에 앉아 과자를 먹었다. 옆에 나란히 앉은 멜바인도 모친 비올레타와 그다지 친하지 않았다. 비올레타 15궁비는 소국의 여기사였다가 전쟁에 패해 황제의 후궁이 된 경우다. 여성치고는 강했지만 신력을 타고난 이들과는 달라서 멜바인에게 그다지 인정을 받지 못하고 있었다.

"소문은 들었나요?"

갑자기 가만히 있던 아나리아 7궁비가 입을 열었다.

아나리아 궁비는 아직 어린 아들을 데리고 오지 않았다. 저 사나운 황자들 사이에 끼면 좋을 게 없다는 것을 이미 알고 있었기 때문이다. 신력이 약한 그녀의 아들은 아직도 어린애의 모습을 고스란히 간직하고 있었다. 그나마 그럭저럭 서열이 높긴 해도 아나리아는 레나를 당해낼 수 없었다. 무엇보다 레나의 차가운 눈빛과 마주치면 가슴이 철렁했다. 미모와 교태를 자랑하는 아나리아였지만 완력에는 역시 약했다.

"무슨?"

레나가 나른하게 마르세르두의 머리칼을 쓰다듬으며 묻자, 그녀는 조용히 대답했다.

"하얀 궁비 말이에요. 폐하께서 총애하신다는 32번째 후궁이요."

"흥, 말은 32번째지만 그 애는 제1후궁이지."

레나가 코웃음을 쳤다.

재미있게도 황후는 1~5후궁까지의 번호는 빼놓았다. 즉, 이번에 후궁이 된 안데르는 사실상 32번째이면서도 제1후궁이다. 황제가 직접 명했으니까. 다음에 황제가 여자를 데려오면 2후궁이 될 것이고, 그다음은 총애하는 순으로 채워질 것이다. 일단 7번과 8번으로 정해진 이상 아나리아와 레나의 서열이 올라가는 일은 거의 불가능했다. 황제의 변덕이 튀어나오지 않는 이상.

"그게 뭐 어때서요? 그래 봐야 그 애가 아이를 가질 가능성은 적다 하던걸?"

비올레타의 말에 아나리아는 진지하게 말했다.

"물론 그렇죠. 하지만 그것이 폐하의 총애를 믿고 날뛸 가능성은 충분해요. 전에도 봤지요? 그것은 황후조차 무시하는 몹쓸 것이에요."

"황후와 그것이 사이가 나쁠까?"

흥미진진한 얼굴로 레나가 묻자, 아나리아가 진지하게 대답했다.

"좋을 수가 없을 거예요. 황후도 자존심이 강하잖아요? 그런 콩알만 한 천한 계집이 기이한 생김새만으로 폐하의 총애를 받는다면 얼마나 기가 막히겠어요?"

그녀는 연회석에서 있었던 모욕적인 상황을 잊지 않고 있었다.

안데르는 황제를 보자마자 그녀를 지나쳐 달려가더니 품에 안겼다. 황후도, 관리도, 재상도 염두에 두지 않는 발칙한 태도였다.

"그래서요?"

"황후와 대적할 것은 그 계집밖에는 없다는 이야깁니다. 그 계집애가 뭐라 말하면 폐하는 무조건 들어준다더군요. 이야기 들었어요? 무조건! 이랍니다. 그 잔혹한 분이 그 계집애가 한마디 하면 무조건! 들어준대요!"

보석이고 드레스고 시녀, 호위기사들까지 무조건 내어준다니 그게 말이나 됩니까? 애 한 번 안 낳은 어린 계집애한테! 발끈하는 아나리아의 말에 레나는 코웃음을 쳤다.

"그래 봐야 얼마 안 갈 거요. 희한하게 생겨서 귀여운 것뿐이야. 황제 폐하는 냉혹하고 잔인한 분이니 그 애를 희롱하는 것에 불과하단 말이지. 생각해 봐요. 소문에 따르면 그 애는 숫처녀라는군. 비록 작은 체구지만 열네 살이나 된 계집애가 처녀라니. 후궁전에 들어앉혀 놓고 아직도 합방은 안 했다니! 그런 걸 우리가 신경 쓸 필요가 있을까?"

그 말에 아나리아가 고개를 저었다.

"아니, 내 생각은 달라요. 무녀들의 말에 따르면 폐하께서는 그것이 너무 작아서 다치거나 아플까 봐 더 키워서 합방하겠다고 했답니다. 그래서 매일매일 몸을 보하는 음식과 좋은 약을 골라 먹이고 있대요."

"뭐요?"

그 말에는 다른 후궁들도 놀라 눈을 부릅떴다.

"그게 말이 된단 말이오?"

"저, 폐, 폐하께서 어찌?"

열세 살의 나이에 황제와 반강제로 합방한 기억이 아직도 생생한 라지에가 입을 벌리자 비올레타는 혀를 찼다.

"정말 폐하께서 제정신이 아닌 게 분명하구려. 소문에 따르면 그 계집을 눈토끼라 부르며 총애한다더니. 얼마 전에는 표범 가죽으로 폐하와 한 쌍으로 옷을 맞췄다는 말도 있더이다."

"미쳤군."

설마하니 그 나이에 새삼스럽게 알콩달콩 연애라도 한단 말인가! 사실상 황제의 나이가 18세밖에는 안 된다는 것을 잊고 있는 후궁들이다. 실제로 몇 명만 빼고 대부분의 후궁은 황제보다 연상이었다.

"어쨌든! 자존심 강한 황후가 그것과 사이가 좋을 리 없으니 우리가 뭔가를 도모할 수는 있을 거라 봅니다."

"무엇을 하려고?"

"폐하는 아직 젊으시니 그것이 아이를 가지게 된다면 황후의 적이 될 가능성이 커요. 그럼 당연히 적대하게 될 것이고, 타국에서 온 그것은 세력을 필요로 하게 될 겁니다."

후후후 하고 웃는 아나리아의 얼굴을 보고 레나도 같이 웃었다.

"뭐어, 그건 그렇군. 이름도 알려지지 않은 소국의 미천한 것이 세력이 있을 리가. 그 계집애가 바라보는 건 폐하의 총애뿐이지?"

"황후는 세력이 너무 강하니 우리에게 몸을 의탁할 수밖엔 없다는 말이네요."

같이 웃으며 비올레타가 손뼉을 치자, 옆에서 과자를 먹고 있던 멜바인이 물었다.

"그럼 그 토끼를 가지고 놀면 안 된다는 말이야?"

"그렇지. 조심해서 이쪽으로 끌어들여야지."

오호호 하고 웃는 레나의 얼굴을 본 멜바인은 나른한 표정으로 모친의 발치에 앉아 있는 마르세르두를 훔쳐보았다. 사실 마르세르두와 함께 안데르의 궁에서 난장판을 좀 쳐볼까 생각 중이었던 터라 멜바인은 좀 아쉽게 생각되었다.

이렇게 후궁들이 황후가 가진 〈여자로서의 자존심〉에 대해 나름대로 의견을 피력하고 있는 동안, 안데르는 무엇을 하고 있었을까. 아니, 어디에 있었을까.

사실 그때 그녀는 황후궁에 있었다.

수많은 여자들이 착각하는 것 중 하나는 자신이 이런 생각을 하면 다른 여자도 이럴 것이라고 확신하는 것이다. 내가 좋아하는 거라면 너도 좋아하지? 안 좋아하면 배신이야!

자, 후궁들의 예상대로 황후는 황제를 바꾼 소녀 안데르에 대해 흥미를 가지긴 했다. 하지만 질투를 느끼거나 자존심을 상해하진 않았다. 왜냐면 다른 이들이 상상하는 것처럼 황후와 황제 간의 사이는 부부라기보다는 남매, 혹은 정치적인 파트너에 가까웠기 때문이다. 아니, 그전에 질투하고 자시고 할 정도로 애정이란 게 있지도 않았다. 한 십 년 정도 헤어졌다 다시 만나 연애를 시작했으면 모를까, 이들 두 이복남매는 어릴 때부터 치고받으며 살아온 사이다. 생긴 것도 비슷하고 힘도 비슷하고 성질도 비슷하다(서로 부정하고 있지만 기본적으론 같다). 같은 곳에서 지내는 맹수 두 마리가 어찌 사이가 좋겠는가. 어린 시절부터 무지막지하게 싸우며 살아온 황제와 황후는 18세가 된 이 상황에 결코 새콤달콤한 연애 감정이 쌓일 수가 없다. 황제에게 황후는 앙칼진 돌덩이고 황후에게 황제는 멍청한 돌덩이에 불과했다. 말하기 민망하지만 이들은 아직 질풍노도의 십대인 것이다.

"그래, 어쩌다가 저놈에게 잡혔느냐?"

황후는 신기했다. 하얗고 조그마한 것이 신기하기도 하지만 약한 것은 질색이라는 황제가 이 작은 소녀에게 홀려 착해졌다는 것도 신기하기 짝이 없었다.

"아, 잡힌 게 아니고……."

아직 대인관계가 협소하기 짝이 없는 안데르. 하얀 소녀는 얌전히 두 손을 모으고 앉아서 고개를 떨어뜨리고 있었다. 위압감 풀풀 날리는 황후를 마주 보기도 두려웠지만 본처 앞에 선 첩의 신분으로 당연히 주눅이 든다. 그냥 본처도 아니고 무려 황후다. 항상 측근의 시녀들이 황후에 대해 공손하라고 강조해서 더 무섭다. 황후 폐하 앞에서는 눈도 마주치지 마세요. 얼마나 무서운 분인데요. 적이 되면 끝장입니다.

"그래, 넌 그놈, 아니, 그에 대해 어찌 생각하느냐?"

황후가 웃음을 참고 묻자, 작은 소녀는 하얀 머리통을 바르르 떨었다. 황후는 속으로 외치고 있었다. 진짜 눈토끼다! 하얀 토끼!

"사, 사모하고 있사옵니다."

떨고 있던 소녀가 그렇게 말하며 고개를 들자 황후는 눈을 크게 뜨고 그 얼굴을 빤히 들여다보았다.

붉은 눈, 하얀 피부에 하트형의 얼굴형. 메마른 어깨며 거친 손끝이 그녀가 흔히 보던 유형의 쭉쭉빵빵한 미녀와는 거리가 멀었다.

"귀, 귀… 귀엽구나!"

황후가 외쳤다.

붉은 눈이 신기하긴 했지만 하얀 얼굴에 붉은 눈이 아니라 까만 눈이면 더 이상했으리라. 물론 파란 눈일 수도 있겠지만 저 하얀 얼굴에 파란 눈이면 꼭 망령처럼 보이리라. 황후는 혼자서 결론을 내리고 손을 뻗어 안데르의 작은 머리통을 움켜쥐었다.

"헉!"

안데르가 놀라는 것과 동시에 뒤에 있던 시녀 루키아도 헉 소리를 냈다. 물론 안데르는 모르겠지만 황후의 악력은 황제의 것과 비슷하다. 말 그대로 자갈도 으스러뜨린다.

"오호호호! 한 손에 머리가 다 잡힌다. 신기하구나."

황후는 그녀의 작은 머리통을 이리저리 매만지며 말했다. 뒤에 있던 시녀들은 황후가 작은 소녀의 머리통을 터뜨릴까 봐 안절부절못했다. 황제가 처음으로 총애하는 후궁의 머리통을 터뜨리면 그 뒷감당을 해야 하는 건 시녀들이다. 그녀들이 안달복달하는 것도 모르고 안데르는 어색한 얼굴로 배시시 웃었다. 머리를 쓰다듬는 방식이 어딘가 황제랑 비슷해서다. 그녀의 상식상 여성이 한 손으로 사람 머리통을 으스러뜨리는 건 불가능했다. 물론 상식을 벗어난 존재들이 주변에 널려 있다는 것을 안데르는 몰랐다. 그래도 황제보다는 부드러운 손길이었다. 안데르가 어색한 미소를 머금고 얌전히 머리통을 맡기고 있는 동안 황후는 다시 물었다. 손바닥에 닿은 가느다란 하얀 머리가 보들보들해서 진짜 어린 짐승을 만지는 기분이 된 황후는 기분이 꽤 좋았다.

"그놈이 진짜 좋으냐? 그 잔혹하고 끔찍한 놈이? 게다가 네 부모형제도 전부 다 죽여 버린 원수가?"

황후의 보랏빛 눈동자가 불꽃을 머금고 안데르의 눈을 직시했다.

그녀는 굳었다. 야수와 마주친 것처럼 온몸이 굳어 움직일 수 없었다. 눈빛 하나만으로도 그녀는 두려웠다. 황후의 눈빛은 황제와 비슷했다. 나른하고 오만한 포식자의 눈빛. 상대를 동등하게 여기지 않는 굽어보는 눈동자. 지극히 비

인간적인 눈빛이었다.

"나, 나는……."

얼어버린 혀를 억지로 움직여 안데르는 침을 삼켰다.

"그래도 그분이 좋아요."

"어째서?"

잘생겨서 그런 거야? 아니면 황제라 그래? 그도 아니면 부자라서? 황후가 연달아 묻자, 안데르는 숨을 삼켰다. 덜덜 떨리는 손가락이 차가워졌다.

"저, 저를 예쁘다 해주셨어요."

그녀의 말에 황후가 어리둥절한 표정이 되었다.

"뭐?"

"저를 예쁘다고 해주신 분이에요."

"그게 뭐가?"

안데르는 황후의 말에 입술을 깨물었다.

그녀의 눈에도 황후는 눈부시도록 아름다웠다. 모든 이가 숭배하고 따르는 강렬한 아름다움의 소유자이니 언제나 예쁘고 아름답다는 찬사를 들어왔으리라. 괴물이라 불렸던 자신과는 달리. 왠지 눈가가 뜨거워져서 안데르는 다시 입을 다물고 말았다.

"그놈이 널 예쁘다고 했기 때문에 사랑하게 되었다는 그런 이야기야?"

황후의 말에 그녀는 말없이 눈을 감고 고개를 끄덕였다.

황후는 팔짱을 끼고 안데르를 물끄러미 지켜보았다. 감히 황후 앞에서 눈을 감고 버티다니. 무례한 태도라고 뒤에서 시녀들이 미간을 찌푸리고 있었지만 황후는 신경 쓰지 않았다.

황제와 달리 황후는 무식하거나 남을 이해하지 못하는 것은 아니었다. 이해는 하지만 봐주지 않는 것뿐이다. 따지고 보면 더 냉혹한 것이 황후였다.

"흠, 정말로 오리새끼로군."

황후는 피식 웃으며 손을 벌려 시녀에게서 곰방대를 받아들었다. 담배에 불을 붙여주는 시녀의 손놀림이 급해졌다. 늦으면 맞는다.

"하얀 오리야. 어여쁜 하얀 오리."

그녀는 나른하게 웃었다.

"너는 예쁘단다, 어린 오리야."

놀란 얼굴로 고개를 드는 안데르를 보며 황후는 하얗게 연기를 내뿜었다. 독한 연기에 기침을 하는 그녀를 보고 황후는 깔깔 웃었다.

"네 고국에서는 너를 보고 다른 이들이 뭐라 했더냐?"

안데르는 창백한 얼굴로 대답했다.

"괴물이라 불렀습니다. 추물이라 불렀습니다."

가느다란 목소리에 맺힌 감정을 들으며 황후는 눈썹을 치켜 올렸다.

"그래서 너도 그리 생각했더냐?"

뜻밖의 질문에 안데르는 입술을 다시 깨물었다. 모든 이들이 일제히 괴물이라 외치면 아무리 자신감이 넘치는 사람이라도 별수 없다. 어린 시절부터 모두에게서 불길한 괴물로 취급받아 왔다. 유모가 아니라 외쳐도 마음은 여전히 생채기투성이.

황후는 후후 웃었다. 처음 예쁘다 하는 사람을 사랑하게 되었다니 이거야 진짜 새끼 오리로다. 그녀의 웃음소리가 점점 커졌다.

"그것들은 눈이 없느니라."

안데르는 놀라 눈을 동그랗게 떴다.

"하리아드라 했던가? 사막과 황야에 홀로 있는 작은 도시 국가가 아니었던가. 나는 그따위 나라의 이름조차도 모르노라. 이 제국의 황후가 이름도 모르는 조그마한 벽지의 왕국인들보다 견문이 부족하다 여기느냐?"

"아, 아니오."

"그렇다면 믿어라. 항아리 속 쥐새끼가 어찌 하늘을 다 안다 할까? 일단 태어났으면 인간의 시야를 가져야지."

황후는 연기를 다시 내뿜으며 다리를 꼬았다. 하얀 허벅지가 적나라하게 드러났다. 하지만 안데르는 그 뽀얀 허벅지보다 허벅지 안쪽에 매달린 단검 벨트에 눈이 돌아갔다.

"모자란 것들은 잊어라. 너는 예쁘고 귀여운 외모를 가졌느니라. 쥐새끼들의 말에 상처 입지 말거라. 그런 걸 믿는 게 병신이란다."

황제와는 달랐지만 황후도 예쁘다 말해주었다. 안데르는

눈가에 눈물이 고이는 것을 느꼈다. 연적인데, 황제를 사이에 둔 연적인데 이 황후는 연적이라기보다는 든든한 어른처럼 느껴졌다. 아직 어린 안데르는 외치고 싶었다. 언니라 부르게 해주세요!

그녀가 눈물을 똑똑 떨어뜨리고 있노라니, 황후의 얼굴에 장난기가 솟았다.

"내 너를 나의 하얀 오리라 부르도록 하겠노라."

"에?"

하얀 눈토끼에 이어 하얀 오리라는 호칭이 그녀에게 하사되었다.

뒤에 있던 시녀들이 눈을 크게 뜨며 정색했다. 몇몇은 숨을 들이켰지만 내색은 삼갔다. 안데르는 몰랐다. 황후의 그 말은 안데르를 자신의 보호하에 두겠다는 의미다.

"그나저나 열네 살치고는 너무 작구나. 너에겐 단련이 필요하다. 합방도 하지 않았다며?"

황후의 말에 안데르의 얼굴이 빨개졌다.

황후는 곰방대를 시녀에게 돌리며 발끝을 까딱였다.

"약한 것은 죄이노라. 약한데도 노력하지 않는다면 더 큰 죄이노라. 모자란 것은 채우면 되는 법!"

황후의 눈이 안데르의 뒤에 서 있는 루키아를 향했다.

"너는 나의 오리를 키울 방책을 세우도록 하라. 먹고 자는 것만으로는 부족하다. 단련시키고 채워야겠다."

안데르는 어리둥절했지만 뒤에 있던 루키아는 등 뒤로 식은땀이 주룩 흘렀다. 와, 맙소사. 황제도 모자라 황후까지 육성 계획을 세우고 있었다.

"나의 것이라면 당연히 크고 아름다워야 한다! 알겠느냐?"

언제부터 제1후궁이 황후의 것이 되었습니까! 시녀들이 일제히 속으로 외치는 가운데 안데르는 황후가 뿜어내는 정체불명의 기운에 함락되었다. 그녀는 황후의 것이 아니라 황제의 후궁이지만 어쨌거나 남매는 남매. 큰 것을 좋아하는 취향은 비슷할지도 모른다.

오리를 발견한 황후의 기분과 달리 황제는 우울했다. 욕구불만과 고독감에 몸부림을 치고 있었다. 모처럼 되살아나고 회춘했는데 이러면 예전과 다를 게 뭔가. 지금 그는 냄새 나는 사내놈들과 어울려 말안장 위에서 흔들릴 때가 아니었다. 안데르에게 간질간질하다 못해 코가 녹아버릴 달콤한 말들을 건네며 어린 그녀를 키워야 할 때였다. 얼른 키워 잡아먹어야 하는데. 키도 몸도 빨리 키워야 하는데! 주변이 잠잠하니 올 때 안데르가 보였던 표정만이 생각난다. 울먹울먹하면서 자신을 올려다보던 동그란 눈동자. 날 데려가면 안 돼요? 없으면 저는 슬퍼요. 다치시면 안 돼요오. 시장하시면 절 먹어주세요. 꼬옥 안아주세요. 망상에 망상이 꼬리를 문다. 울먹이던 그 목소리. 아아, 데려왔어야 했는데.

"XXXX."

차마 형용할 수 없는 욕설을 중얼대는 황제의 몰골은 정상이라 보기 어려웠다. 옆에 있는 이들은 언제 황제가 발작할까 두려워 바들바들 떨었지만 뜻밖에도 기사나 가디언들에게 손을 대지 않았다. 하지만 살벌하기 짝이 없는 살기가 음산하게 안개처럼 주변에 깔린다. 황제 주변만 시커멓다. 가디언들은 익숙했지만 마음 약한 기사들은 숨 쉬기도 거북했다. 식사 시간이 되어도 차마 목에 음식이 넘어가질 않는다. 그들은 차라리 한 대 때려주세요 하고 외치고 싶었다.

"죄송합니다, 주인님. 식사가 부실하지요?"

덜 익은 갈색 흑돼지 고기를 질겅질겅 씹는 황제를 향해 메리테인이 고개를 숙이고 사죄했지만 그의 귀에는 들어가지 않았다.

이 멧돼지 고기는 밤마다 몸부림치는 황제가 참다못해 뛰쳐나가 잡아온 사냥감이었다. 납작한 몸체에 싯누런 털을 가지고 있어 잘 눈에 띄지도 않는 이 야행성 흑돼지를 무슨 수로 잡았는지 황제는 단검 하나 달랑 들고 나가 잡아왔다. 피 줄줄 흘려가면서. 시종들을 줄줄이 끌고 다니는 취미가 없던 터라 식사는 가디언들의 몫이다. 하지만 가디언들에게도 한계는 있는 법. 하루 온종일 달리고 또 달리고도 모자라 한밤중에도 나돌아 다니는 황제를 따라다니다 보니 식사 준비가 미흡했다. 그래 봐야 다른 기사들보단 나았지만.

먹는 게 문제가 아니다. 황제가 마땅히 누리는 사치에 대한 열망도 아니다. 그냥 여자와 살육이 그리웠던 것뿐이다.

넓고도 넓은 평원을 지나 나른한 둔덕을 넘어 목표로 했던 산이 멀리 보이는 지역까지 달려왔다. 하루 온종일 쉼없이 달려 주위 기사단은 탈진 직전까지 갔지만 황제는 지치기는커녕 욕구불만 중이다.

여자도 없고 싸움도 없고, 특이한 광경도 없다. 그냥 밋밋한 풍경과 울퉁불퉁한 지평선이 보이는 것의 전부다. 늑대 왕과 뱀의 왕을 만날 때까지는 좋았다. 딱 그때까지만 좋았다. 그 이후로는 걸리는 것도 없고 만나는 것도 없었다. 지루해서 미칠 지경이다.

옛날이었다면 뒤따르는 기사든 병사 중에서 한둘을 골라 트집 잡아 찢어 죽이거나 고문을 하면서 즐겼겠지만 착해진 그는 그럴 수가 없었다. 주변에 있는 놈들은 모두 옛날 그가 미쳤을 때 자신을 위해 목숨을 버렸던 바보 같은 수하들이다. 그런 걸 기억하고 있는 이상 심심풀이로 그들을 죽일 수는 없는 일. 게다가 카자르 엔더가 밤마다 꿈속에서 그를 두들겨 패는 통에 울화는 켜켜이 쌓이기만 했다.

"다음번 언덕을 넘으면 만지르 강입니다. 전에 한 번 이곳에 와보셨다 들었습니다만."

육포도 아닌 생살을 씹으며 성질을 죽이고 있는 황제를 향해 겁도 없이 레솔트의 부관이 고해왔다. 이름은 기억하지 못하지만 상당히 불손한 눈초리를 하고 있는 주제에 일은 잘한다. 황제는 근육질의 전형적인 미남을 향해 시선을 던졌다. 전형적인 미남이란 건 흔한 얼굴이란 뜻이다.

"서부연합사령부에 소속된 메베르크 자작입니다, 폐하."

눈치도 빠르다. 황제가 자신의 이름을 기억하지 못한다는 것을 알아챈 것이다.

"아아."

황제는 기억하고 있는 것을 마구 뒤져 보았다. 별로 머리에 남아 있는 것은 없지만 희미하게 남은 기억 속에서 바로 앞에 있는 메베르크 자작, 아니, 메베르크 후작이 자신을 죽이려 날뛴 서부 귀족연합의 총수라는 것이 기억났다. 재상인 로리랜드와 손을 잡고 서부 귀족연합과 동부 귀족연합이 연방을 선언하고 사생아 리게르트를 제위에 올렸다. 지장이라 손꼽히던 노련한 장수였다.

'이 반역도 놈! 이걸 콱 죽여 버릴까.'

칼날 같은 살기가 새어나갔다. 바로 앞에 있던 메베르크 자작은 물론, 주변에 있던 가디언들이 일제히 그 살기에 반응했다.

그는 새파랗게 굳은 메베르크 자작을 보며 이를 갈았다. 아니, 이를 드러내며 웃었다.

"메베르크 자작, 서부 귀족연합?"

이를 드러내고 웃는 황제는 더 무서웠다. 당장이라도 송곳니로 목줄기를 물어뜯을 것 같은 기세다. 자작이 파르르 떨고 있는 그 순간, 선두에 있던 레솔트 후작이 말을 몰며 다가왔다.

"폐하, 무슨 일이라도?"

그의 네모난 얼굴을 보자 당장 메베르크의 모가지를 잡아채려던 황제는 억지로 살기를 가라앉혔다. 바로 눈앞에 서 있는 레솔트 후작을 보자니 절로 살기가 가라앉는다. 그가 황후 마노의 돼지다. 저게 죽으면 곤란하다.

 '저 돼지는 반역할 놈이 아니었는데.'

 그러고 보니 황후의 돼지 레솔트는 서부 귀족연합의 부총수다. 그리고 서부 귀족들 중 가장 부유하고 가장 강력한 군대를 소유한 작자이기도 했다. 강하지만 정치에는 그다지 관심이 없는, 정치가로서는 가장 써먹기 좋은 놈. 부관으로 삼았다는 건 가신이나 다름없이 신뢰하고 있다는 이야기다. 전쟁밖에는 관심없는 황제가 그렇듯 전쟁터에서의 최측근이라는 건 등을 맡길 수 있는 자여야만 하는 법이다.

 '저걸 죽여, 살려?'

 망설이다니. 내 생전 그런 법은 없었거늘. 나, 너무 착해진 거 아니야? 황제는 굳어 있는 미래의 반역도를 바라보며 미간을 찌푸렸다. 레솔트가 황후와 그렇고 그런 사이라 해도 레솔트에겐 별다른 감정이 없었다. 그냥 잘 싸우고 말만 잘 들으면 그만이니까. 아니, 아주 약간, 아주아주 약간 얄밉다는 생각이 들기도 했다. 아주 가끔.

 성질 더러운 황후가 돼지 레솔트만 보면 달달한 사탕 꾸러미처럼 변하는 점이라든가, 쌍둥이 중 둘째 다흐마르의 이름이 저 돼지 레솔트의 이름 마흐마르에서 나왔다는 걸 알게 된 순간이라든가, 건방지게도 쌍둥이를 바라보는 시선이 자기 자식 바라보듯 할 때라든가, 기타 등등, 기타 등등.

하지만 어쨌든 황후의 애완 돼지는 죽었고, 그 부관이자 심복이었던 남자는 황제를 폐위시키는 반역에 가담해 결국은 성공시켰다. 결국 자신의 상관을 죽인 보복을 했던 것일까? 그도 아니면 단순히 정치적인 가담이었을까? 만약 레솔트가 오래오래 살았다면 메베르크는 반역에 가담하지 않았을지도 모른다. 이제 와서 자세한 것을 알 수는 없다. 황제는 순순히 단념했다. 어차피 세상이 뒤집혀 신도 인간도 요상한 시점에 와 있는 상태.

황제는 괜히 한숨을 내쉬었다. 머리를 너무 굴리다 보니 두통이 생겼다.

"강이다!"

앞에서 달리고 있던 기사 하나가 큰 소리로 외쳤다.

황제는 짜증난 얼굴로 고개를 돌렸다. 황제의 심상찮은 표정을 긴장하며 보고 있던 후작도 고개를 돌렸다. 그뿐만 아니라 다른 이들도 모두 전방을 주시했다. 살았구나 하면서.

황제는 메베르크와 레솔트를 내버려 두고 강가로 달렸다. 뒤에서 만류하는 소리가 들렸지만 여전히 무시했다. 가디언들은 잔소리 대신 재빨리 그의 뒤로 따라붙었다.

시뻘건 강물이 도도히 흐르고 있다. 하얀 거품을 문 세찬 물결은 깎아지른 듯한 협곡을 후려치면서 굉음을 낸다. 자칫 물길에 휘말리면 그대로 서부 끝까지 끌려갈 것 같은 거친 강. 강폭이 좁고 수심은 깊다. 만지르 강의 발원지 벡기르 산맥은 붉은 토양으로 유명했다. 그 때문에 벡기르 산맥을 반쯤 뚫고 내려온 강물의 색은 붉은빛을 띠었다. 협곡 사이로 세차게 굽이치며 흘러가는 만지르 강은 데이하딘 대륙에서 가장 길고 거친 강이다. 굽이굽이 꺾인 협곡을 내려와 평원을 향해 흐르는 강은 처음에는 적토를 머금고 와 평원에 쌓아 기름진 토양을 만들고 중부에 이르러 붉은 모래를 머금고 서부로 흘러간다. 이것이 북부 평원의 젖줄 만지르 강.

깎아지른 듯이 보이는 협곡과 절벽을 살핀 길잡이들은 긴장한 얼굴로 아래를 살피고 있었다. 우기가 지난 지 꽤 되었는데도 강물의 속도와 유량은 제법 대단했다.

이 만지르 강을 경계로 북부와 중부로 나뉜다. 황제는 붉은 강물을 바라보며 북부사령부에 대해 아는 것을 떠올렸다.

"……"

별로 기억나지 않는 걸 보니 중요한 게 없는 모양이다.

"저쪽에 다리가 있습니다."

메리테인이 손가락으로 아래를 가리켰다. 협곡과 협곡을 연결한 다리가 걸려 있다. 까마득한 높이의 나무다리는 뜻밖에도 단단해 보였지만 연결 고리가 유별나게 거슬렸다. 그는 몰랐지만 레솔트와 메베르크는 지나기도 버거운 좁은 다리를 건너는 대신 조금 더 하류에 주민들이 사용하는 큼직한 다리가 있다는 것을 알고 있었다.

"여길 가라고? 기마대가 여길 지날 순 없잖아?"

짜증난 얼굴로 황제가 말하자, 레솔트가 무뚝뚝하게 대답했다.

"조금 더 하류에 석재 다리가 있습니다."

황제는 무뚝뚝한 얼굴의 레솔트를 보았다. 별로 안 귀엽다.

"야."

레솔트는 흠칫했다.

"북부사령부에 대해 아는 대로 말해봐."

도저히 고위 귀족인 후작에게 할 말이 아니다. 옆에 있던 메베르크의 얼굴이 시뻘겋게 달아오르고 다른 이들의 얼굴이 굳는 게 눈에 보일 정도였지만 황제는 무시했다.

"북부 주둔 사령부 말입니까?"

레솔트가 담담히 대꾸하자 황제는 고개를 끄덕였다.

"북부 주둔군은 총 오만 오천. 룩사나에 본부를 두고 있고 병참기지로 일곱 개의 위성도시와 보조 영지로 두 개. 총사령관은 룩사나 백작. 북부 주둔군 총사령관은 비상시 북부 연합 측에 오만 명 동원령을 내릴 수 있는 권한이 있습니다. 따라서 가용 병력은 총 십만 오천."

"그래, 기억이 났다. 제일 병력이 적은 곳이었지."

황제는 까마득히 잊고 있던 기억을 되살려 보았다. 모처럼.

"북부연합군의 수장이 데로드엔 후작이었던가?"

"그렇습니다. 현재 후작이 병석에 있어 그 후계자인 장남이 대신하고 있습니다."

제국군의 편성은 황제직속과 지방 영주 직속의 이중 구조였다. 타국에 비해 황제의 권한이 강한 것은 사실이지만 실제로 황제가 직속군을 마구 휘두르는 법은 거의 없었다. 초대 황제가 걸어놓은 규범과 법칙이 제국을 조율했다. 황제직속군의 역할은 지방 영주들의 견제다. 폭주하거나 황제의 위엄을 거스를 영주들을 짓누르는 역할. 견제와 규제가 기본이 된다. 때문에 황제직속군은 대개가 직업병과 자원병으로 이루어져 있다. 그들은 황제에게서 급여를 받는다. 정확히 말해 황제직속령에서 나오는 세금으로 급여를 받는다. 지방군은 각각의 영주에 속해 있으므로 징집병이 대부분이다. 물론 급여는 거의 없다.

동서남북의 주요 지역에 황제직속군이 있다. 보통 서부 주둔군, 동부 주둔군 등등으로 불리는데, 각각 지역 특성에 맞추어 편성되어 있다. 산악이 많은 서부 주둔군에는 타 지역과는 다른, 특수기사단이 있다. 흔히 산악기사단, 레인저 기사단이라 불리는 자들로 기마 이외에 각종 잡기에 능통한 특수기사단이다. 또 동부 주둔군에는 타 지역과 달리 해군부가 있어서 해병대와 해군기사단, 항해기술사단이라는 특수군이 있다. 물론 황제는 그들을 일컬어 산적단과 해적단이라 부르지만. 북부와 남부는 특수군이 없지만 각각의 특성에 맞추어 편성되어 있기 때문에 지방색이 강하다.

만지르 강의 다리를 건너자 탁 트인 관도를 따라 먼지가 뿌옇게 일어나는 것이 보였다. 황제를 마중하러 나오는 병력이었다.

"폐하."

메리테인이 뒤에서 황제를 불렀다.

그가 돌아보자, 어느새 작달막한 사내 한 명이 공손히 서 있는 게 보였다. 갑자기 나타난 그의 등장으로 곁에 있던 근위기사단이 일제히 검을 뽑아 들었지만 황제의 손짓에 모두 검에서 손을 뗐다.

"야히입니다, 폐하."

그 말에 근위기사단에게서 살기가 빠져나갔다. 옆에서 보고 있던 메베르크와 레솔트는 새삼스레 평범하기 짝이 없는 모양새의 사내를 눈여겨보았다.

야히, 야히슨.

전쟁신 카자르 엔더의 뜻에 따르는 사도. 대무여관이 신탁을 받드는 무녀인 것과 마찬가지로 그들은 만사를 전투와 투쟁으로 바라보는 투사들이다. 평생을 무예 수련과 황제를 위한 정보 수집으로 보낸다. 각 대륙 전역에 그 조직망이 있고, 카자르 엔더의 눈이라 자칭하는 광신도에 가까운 신관들이었다.

"존귀하신 신체(神體)를 뵈옵니다."

야히라 스스로를 밝힌 사내가 두 무릎을 꿇고 극상의 예를 올렸다. 이마를 땅에 대는 굴종에 가까운 자세다. 경건해 보이는 그 모습에 다른 이들도 절로 옷깃을 여밀 정도였지만 황제는 시큰둥했다.

"뭐냐?"

"급히 보고드릴 것이 있사옵니다, 존귀하신 폐하. 현 북부에 왕국을 자처하는 자들이 나타났습니다. 베이딘족의 족장 리카르가 칭왕(稱王)하며 북부군 요새 일곱을 무너뜨렸습니다."

"뭐야?"

황제가 버럭 소리를 질렀다.

하나, 덤덤한 무신관은 황제가 소리를 지르거나 말거나, 살기를 날리거나 말거나 신경 쓰지 않고 보고했다.

"북부 주둔군 총사령관 룩사나 백작은 이미 북부연합군에 전군 동원령을 내렸고, 북부연합군 측에서도 병력이 움직이고 있습니다. 점령당한 요새는 히루, 야임르, 잔달, 루가, 잔투라, 람베, 메도리아. 현재 공격받고 있는 곳은 북부연합 소속의 요르딜의 최전방 영지로 요르딜 남작령입니다. 병력 지원이 이루어지고 있긴 하지만 베이딘 측의 병력은 총 삼만이 넘는다 하니 가망성은 거의 없습니다. 다음 공격 예상 지역은 요르딜의 동북부에 위치한 마빈 남작령입니다."

"지도오!"

그 말이 끝나기가 무섭게 메리테인이 등짐에서 재빨리 지도를 꺼냈다. 물론 황제는 글자를 모른다. 하지만 최소한 방향만은 알 수가 있다. 메리테인이 꼼꼼하게 지도를 가리키면서 그에게 요새들의 위치를 알려주고 있는 동안 레솔트 후작은 무신관에게 말을 걸었다.

"혹시 재상께서도 알고 계신지?"

아무리 평민 출신이라 해도 상대는 야히다. 신관에게 하대를 할 수는 없는 일.

"이미 소식이 닿았을 겁니다. 궁으로 제일 먼저 보고되었습니다. 재상께서는 조치를 취하고 계실 겁니다."

황제는 황량한 곳에 있어 소식을 받는 게 늦었다.

지도를 들여다보고 있던 황제가 땅바닥에 줄을 좍좍 그으며 물었다.

"그러니까 그놈들이 제국의 영토를 침범했다는 이야긴데… 야, 돼지."

"네, 폐하."

레솔트가 고개를 숙이자 땅바닥에 쭈그리고 앉아 있던 황제는 차분한 어조로 물었다.

"너 먼저 마빈 영지로 가라."

"네?"

황제는 길게 줄을 그어 보였다.

"이쪽으로 주우욱 가면 신탁에 나오는 그 북요르문 산이 있다는 말이지. 그놈들이 새삼스럽게 동진하는 것도 그 때문일걸."

메리테인은 황제 옆에 쭈그리고 앉아서 감탄했다. 우와, 우리 펠님이 이렇게 영리하셨나.

"아마 그놈들도 그 황금 새를 잡기 위해 출발했을 거야. 그리고 다른 것들은 다 제국의 이목을 흐리기 위해 날뛰고 있는 것일지도."

우리 펠님이 이렇게 명석할 리가 없어! 황제를 어릴 때부터 잘 알고 있는 메리테인은 놀라고 또 놀라고 있었지만 레솔트 이하 다른 이들은 그저 고개만 끄덕였다. 그럴듯했다.

"칭왕을 했든 말든 맘대로 하라 해. 그 왕을 죽여 버리면 일은 끝이니까. 나는 그대로 북요르문 산으로 간다. 돼지, 너는 마빈 영지로 가서 놈들을 밟아라."

황제의 시선이 이번에는 근위기사단장 루네릭 백작을 향했다. 백작이 재빨리 다가오자 황제는 턱짓하면서 명했다.

"니들도 쟤 따라가."

"네?"

어지간한 루네릭 백작의 얼굴도 굳었다.

"폐하, 저희는 근위기사단입니다! 폐하의 곁을 떠날 수 없습니다!"

"됐어. 저쪽이 더 급하니까 돼지 따라가."

안 된다고 막 소리치려는 백작의 입을 막은 것은 황제의 눈에 떠오른 눈빛이었다. 토 달면 죽인다는 노골적인 의미를 담은 살벌한 눈빛은 아주 익숙했다.

근위기사단 일동은 일제히 입을 다물었다. 황제의 더러운 성격은 익히 알고 있다. 요즘 들어 잠잠해졌지만 원래 근위기사 중에서도 황제의 말을 안 들었다는 이유로 맞아 죽은 이들이 많았다. 힘이 얼마나 센지 머리통을 정통으로 맞으면 그대로 골로 간다.

"그, 그럼 홀로 가시겠단 말입니까?"

그러나 레솔트 후작은 익숙하지 않았다. 그는 즉각 반대했다. 그의 상식에 황제가 아무리 강해도 적지나 다름없는 고립된 지역에서 혼자서 움직인다는 건 말도 안 되는 일이다.

"절대 불가합니다! 어찌 존귀하신 황제께서 홀로 가실 수 있단 말입니까? 그건 안 됩니다! 최소한 근위기사단은 거느리고 가셔야 합니다."

흥분해서 씩씩대는 그를 보고 황제는 피식 웃었다.

"야, 내 말대로 해."

"안 됩니다!"

레솔트는 굵은 목청을 자랑하면서 반대했다. 그 순간 헉 소리를 낼 새도 없이 후작의 두툼한 몸체가 뒤로 나뒹굴었다. 먼지가 풀썩 일었다.

싸아한 침묵이 주변을 휘감았다. 부하들에게 절대적인 충성을 받는 레솔트다. 그런 후작을 폭행한 황제의 행위에 놀란 레솔트의 기사들 얼굴이 잔뜩 굳었다. 메베르크 자작의 얼굴에는 살기마저 돋아났다.

숨 막히는 침묵이 감도는 가운데 황제는 천천히 일어나

쓰러져 있는 후작의 배를 쿡쿡 밟았다.

"내가 아무리 착해져도 그렇지, 내 앞에서 악을 지르다니. 너, 간이 부었지?"

"폐, 폐하."

입안이 피투성이가 된 후작이 손등으로 입가를 닦으면서 겨우 일어나 앉았다. 그러자 황제는 다시 쭈그리고 앉아서 후작의 뺨을 툭툭 쳤다. 핏방울이 튄다. 지극히 모욕적인 상황이었다. 레솔트 후작은 서부 귀족연합의 부총수이며 명장으로 알려져 있었다. 그의 기사단과 병사들은 제국 최고라 불릴 정도의 정예. 후작이라는 지위는 낮은 것이 아니다. 아무리 황제라지만 자신보다 나이가 많은 후작을 발로 걷어찬 것으로도 모자라 짓밟고 뺨을 치는 모욕이라니. 후작의 기사들은 저도 모르게 이를 악물었다.

흉흉한 분위기가 삽시간에 일어났다. 근위기사단은 암암리에 검에 손을 올렸다. 숫자는 모자라지만 황제의 근위대는 물러설 수 없었다. 루네릭 백작이 메리테인과 눈빛을 마주했다.

"하지만, 폐하."

불량배마냥 근엄한 후작의 뺨을 툭툭 치고 있는 황제를 향해 후작이 입을 열었다. 그는 잔뜩 굳은 표정이었지만 그럼에도 불구하고 황제를 향한 시선은 덤덤했다. 보통 사람이라면 황제의 한 방에 기절했겠지만 후작은 그래도 형형한 눈빛을 자랑하고 있었다.

"닥쳐라, 돼지. 마노만 아니었으면 넌 이미 죽었어."

황제는 입가를 비죽거리며 조용히 말했다. 아, 정말 성질 많이 죽었다.

뜻밖의 말에 후작이 눈을 크게 뜨자 황제는 친한 척 그의 어깨를 두들기면서 말했다. 퍽퍽 두들기는 힘이 좀 센지 후작이 쿨럭거렸다. 사실 진짜 두들기고 싶은 것을 참고 있긴 했다.

"그 계집애가 얼마나 성질 더러운지 넌 모르겠지만 네놈이 잘못되면 그 계집애는 황궁 안에 있는 이들이라면 모조리 다 찢어 죽이고도 모자라 네놈 기사단까지 댕강댕강 잘라 죽일 거야."

그래서 내가 참는 거거든. 감사히 여겨. 황제는 말을 덧붙이고는 혼자 감탄했다. 아, 이 관대함. 나의 이 온화함.

"이제 가라. 마빈으로. 내 땅을 한 뼘이라도 뺏기면 나 미치거든?"

나 미치는 꼴 보고 싶으면 그냥 뺏겨도 좋아. 그럼 지옥을 보여주지. 황제는 이를 드러내고 웃었다. 범상치 않은 살벌한 기운에 질리기도 하련만 후작은 꼭 한마디를 더했다.

"저도 폐하께서 옥체에 해라도 입으시면 황후께서 슬퍼하실 거란 걸 알고 있습니다. 그래서 저도……."

황제는 거리의 부랑배처럼 쭈그리고 앉은 채 그의 얼굴을 빤히 바라보았다. 뭐 이런 게 다 있어? 보통 정부(情夫)라는 종자들은 남편이 죽길 바라는 거 아냐?

그러나 후작의 얼굴은 진지하다. 네모진 얼굴 안에 든 눈빛은 놀랄 정도로 확고하다.

황제는 저도 모르게 손을 내밀어 나이 든 후작의 머리통을 쓰다듬었다. 여기저기서 우헉 하는 소리가 터졌지만 나이 든 후작의 머리통을 쓰다듬는 황제는 별 위화감도 느끼지 못했다. 다른 이들은 몰랐겠지만 이 자리에 있는 황제는 겉이야 18세지만 속은 레솔트 후작보다 나이가 많다.

"귀여운 소릴 하는군. 난 안 죽어. 그리고 그 계집애는 절대 안 슬퍼해."

레솔트 후작은 멍한 표정으로 황제를 보았다.

겉은 분명 청년인 황제인데 눈빛만은 성숙하다 못해 노숙했다. 레솔트 후작은 자신이 그동안 들어왔던 황제에 대한 소문에 의문을 느꼈다. 그가 지금 보고 있는 황제는 말투는 거칠지만 다른 이들의 말처럼 끔찍하고 잔혹한 괴물로는 보이지 않았다. 피비린내 나는 쟁투 끝에 제위에 오른 지 겨우 1년. 이 청년 황제에 대해 그가 아는 것은 얼마나 될까. 어쩌면 그는 괴물이란 소문을 업고 자신의 본모습을 숨기고 있던 영웅일지도 모른다.

그는 갑자기 죄책감을 느꼈다. 아름다운 황후와 부정을 저지르고 있는 자신이 너무나 부도덕한 인물로 느껴졌기 때문이다. 정말로 이 젊은 황제가 소문의 괴물이 아니라면 자신은 타인의 아내와 부정을 저지르고 있는 것이다.

이쯤에서 눈치챘겠지만 레솔트 후작은 무인, 그는 어릴

때 영웅전을 너무 많이 읽었다.

후작이 무슨 엄청난 오해를 하고 있는지 모르는 황제는 얌전히 땅바닥에 쭈그리고 있는 후작의 머리통을 쓰다듬으며 킬킬 웃었다.

"됐다. 걱정 안 해도 된다, 나의 돼지. 내게는 카자르 엔더의 가호가 붙어 있다."

관대한 척 웃으며 근엄한 후작의 머리통을 툭툭 두들기는 황제의 손길은 꽤 거칠었다. 더 세게 쳤으면 혹이라도 났으리라. 옆에서 보고 있던 후작의 기사들은 얼굴이 새파랗게 질린 채 그 대화를 듣고 있었다.

"그럼 마빈 영지로 가서 동부 총사령관과 협조하도록. 야, 너도 돼지 말 들어."

지명을 받은 근위기사단의 루네릭 백작은 한숨을 내쉬었다. 그래도 그렇지, 어떻게 근위기사단을 내버려 두고 황제 혼자 나간단 말인가. 뭐라 항의하고 싶었지만 황제의 평소 행동을 잘 알고 있는 근위기사단장은 아무런 말도 못했다. 그저 가디언의 수장 메리테인을 향해 연민의 시선을 보낼 뿐이다.

의젓하게 명을 내린 황제는 아직도 자신을 보고 있는 무신관을 향해 턱짓했다.

"야, 너, 북요르문 산으로 가는 길로 안내해라. 길 알지?"

방향 이외엔 아는 것이 없는 까막눈 황제의 명령에 무신관은 고개를 숙여 보였다. 그는 난생처음 황제를 보았지만 어디서 많이 본 것 같다는 기시감을 느끼고 있었다. 무리도 아니다. 확실히 그는 카자르 엔더와 많이 닮아 있었다.

"명을 받들겠습니다."

야히가 대답하자마자 황제는 다시 말 위로 올랐다. 가디언들이 서두르고 있는 가운데 걱정의 기색이 완연한 레솔트 후작이 갑자기 허리춤에서 자신의 장검을 뽑아 내밀었다.

"폐하, 받아주십시오."

손잡이에 흠집이 나 있긴 하지만 분명 이름있는 보검이었다. 황제는 후작의 검을 받아 허리춤에 대강 끼워 넣었다. 사실 황제는 좋은 검을 쓴 적이 거의 없었다. 항상 되는대로 움직였기 때문이다. 정확히 말하면 아무거나 줍거나 빼앗아 썼다. 세상의 모든 것은 그의 소유니까.

"조심하셔야 합니다."

후작의 말에 황제는 피식 웃었다. 이렇게 그의 얼굴을 빤히 보고 말하는 이는 처음이라 왠지 낯이 간지러웠다. 아씨. 마노가 예뻐하는 이유가 있었어. 이건 왜 이렇게 진지해?

황제가 가디언들과 함께 떠나는 모습을 레솔트 후작은 루네릭 백작과 나란히 서서 지켜보았다. 잠시 동안 황제의 근위기사들과 황후의 근위기사단에 가까운 자들이 약간 어색한 분위기를 연출하긴 했지만 어쨌거나 그들은 조심스레 말 위로 올랐다.

"괜찮으십니까?"

루네릭 백작을 흘긋 쏘아보면서 메베르크 자작이 후작에

게 손수건을 건네주며 묻자, 후작은 묵묵히 고개를 끄덕였다. 배에 멍이 들었을지도 모른다. 피까지 토했으니. 하지만 그럭저럭 견딜 만은 했다. 순간적으로 방어하지 않았다면 진짜 내장이 터졌을지도 모른다.

"도저히 알 수 없는 분이군요."

자작이 중얼거리듯 말하자, 옆에 있던 기사가 투덜댔다.

"그래도 그렇지, 어떻게 후작님께 그런 손찌검을……."

"사정을 두신 게 맞다."

후작이 짧게 말했다.

"네?"

"나는 예전 황후 폐하께 맞아본 적이 있다. 단 한 대였는데 갈비뼈 세 대가 날아가고 내상을 입었다."

내장이 조금 터졌었지. 후작이 먼 산을 바라보며 덧붙이자 옆에 있던 메베르크 자작은 물론이고 기사들은 동시에 외쳤다. 물론 속으로. 그런 여자랑 잘도!

"완력으로 따지자면 황후 폐하보다 황제 폐하께서 더 강하실 것이다. 그런데 이 정도로 끝났으니 정말로 사정을 봐주신 거다."

"그래도……."

이런 걸 기뻐해야 하는가 싶어 다른 기사들의 얼굴이 일그러질 때 후작은 한숨을 내쉬었다.

"배포가 대단하신 분이다. 역시 많은 부분을 감추고 계셨던 모양이다. 잔학무도하다는 소문과 달리 영웅호걸의 면모가 있으시다."

고개를 끄덕이며 혼자서 납득하고 있는 후작과 달리 근위기사들은 내심 고개를 젓고 있었다. 전혀 감출 분이 아닌데요. 원래 잔학무도한 분 맞아요.

"그러합니다. 다른 이들은 폐하를 오해하고 있으시지요."

갑자기 루네릭 백작이 진지하게 말을 이었다.

근위기사들은 뜨악하게 자신들의 단장을 바라보았다. 이 분이 왜 이래? 황제가 아직 황자이던 시절도 아는 분이! 아니, 훈련생을 시건방지다고 찢어 죽이던 그때를 잊으셨나요? 자기 형제인 황자들을 꼬챙이에 찔러 죽이던 분 잊었어요? 어린애들을 불구덩이에 집어넣고 킬킬대던 그분의 어디에 오해의 여지가 있답니까?

무언의 외침이 연달아 터지는 가운데 루네릭 백작은 진지하게 후작과 말을 나누었다.

"사실 폐하께서 잔혹한 부분이 있는 건 사실입니다만 그런 정도야 황족 누구나가 다 그러하지요. 게다가 폐하께선 피로 제위에 오른 분. 다른 자들의 반발심을 막기 위해 더 잔혹하게 구신 부분이 있습니다."

근위기사들과는 달리 루네릭 백작은 얼마 전 황제가 자신에게 여자를 내리고 자신의 하나밖에 없는 아들의 생일을 챙겨주던 때 깨달았다. 황제는 어린 황자이던 시절부터 배려라는 말 자체를 몰랐다. 수틀리면 죽이고 괴롭히고 없애는 데 열중했다. 특히 제위 쟁탈전이 벌어졌을 때 황제가 보여준 그 끔찍한 살육은 그뿐만 아니라 근위기사단 모두가 치를 떨 정도로 끔찍한 것이었다. 피의 황가라 해도 유그 펠리오르처럼 인정사정없이 숙청을 가한 황제는 없었을 것이다. 오죽하면 페자페지의 공방에서 앞으로 100년 이상 재료가 부족하지 않다고 했을까. 참고로 페자페지 방어구는 황족의 피를 섞어 만든다.

그런데 제위에 오르자 바뀌었다. 자신의 사람이라 여기는 근위기사들을 챙겨주고, 가디언들에게 방어구를 내려주고, 함부로 시종이나 시녀조차 죽이지 않았다. 사람의 피를 마시는 행위도 없어졌고, 살점을 보며 입맛을 다시는 미친 행동도 보이지 않았다. 황후와도 더 이상 주먹질을 하지 않았고, 황태자도 재빨리 임명해 후계 구도도 틀을 잡았다. 유능한 재상을 활용해 국가재정을 정비하고 심지어 국정회의에도 참석하셨다.

루네릭 백작은 이것이 황제의 진면목이라 생각하고 있었다.

"그런 것 같소. 내가 아무래도 폐하에 대해 너무나 모르고 있었던 것 같아 후회막심이오. 이 얼마나 불충한 일인지."

후작의 진지한 말에 루네릭 백작도 진지하게 웃었다. 이명장 역시 황제 폐하의 충신이라 생각하니 단순한 백작은 기쁠 뿐이다.

"자책하지 마십시오. 황제 폐하의 진면모를 아는 이들은 몇 되지 않습니다. 가장 측근이라 하는 저도 얼마 전 깨달았습니다. 후작 각하의 명을 받들라 제게 명하신 것을 보니 역시 폐하께서는 각하를 굉장히 신임하시는 모양입니다."

"허허허, 이 불민한 자를……."

후작은 죄책감과 기쁨을 동시에 느끼며 민망해했다. 무리도 아니다. 그는 바로 그 신임을 주는 주인의 아내와 밀회(?)를 벌이고 있는 부도덕한 인물이 아니던가.

"그나저나 이렇게나 멀쩡하시다니 놀랍습니다. 저는 열 살이시던 폐하의 주먹을 맞고 그대로 기절했었거든요."

한 보름 동안 못 일어났습니다, 하고 덧붙이는 루네릭 백작의 말에 후작 주변 기사들은 참으로 착잡한 심정이었다. 자신들의 주인이 맞은 것에 분노해야 하나, 아니면 맞아도 멀쩡하다고 자랑스러워해야 하나.

옆에서 가만히 듣고 있던 메베르크 자작 역시 착잡했다. 그는 황제라는 인물을 도저히 알 수 없다고 생각했다. 근위기사단은 황명만 듣는 친위군이다. 그런 이들을 후작에게 덥석 맡기다니. 그것도 아내의 정부가 아닌가. 보통이라면 가장 적대해야 하는 상대가 아닌가?

"그냥 제정신이 아닌 건가."

자작은 고심했다. 그는 루네릭 백작이나 레솔트 후작처럼 단순하지 않았다. 그는 사실 근위기사단을 후작에게 맡긴 건 후작이 실책을 범하는 것을 노리기 위해서라 의심하고 있었다. 게다가 이번에 신탁을 받았다면서 후작의 병력을 이끌고 북부로 나온 것도 의심스럽다. 불온한 황후의 정부를 쥐도 새도 모르게 오지에서 죽여 버리기 위한 음모가 아닌가 생각했던 것이다. 그러나 숫자상으로 봐서 근위대의 수보다는 후작의 병력이 훨씬 더 많다. 상식적으로 생각할 때 위험한 것은 후작이 아니라 황제다.

"하긴 그렇지요. 아무리 황제께서 이제 겨우 18세라고는 해도 신혈을 받으신 카자르 엔더의 적자(嫡子). 도저히 그분을 어린 청년이라 여길 수가 없습니다."

"그렇습니다. 저도 황후 폐하를 뵈면 저도 모르게 고개를 숙이게 됩니다. 그분 역시 아직 18세이신데. 도무지 나이를 생각할 수도 없습니다."

"맞습니다. 가끔 저는 그분이 저보다 연상인 것처럼 느껴질 때도 있습니다."

후작은 백작의 말을 듣고 문득 입을 다물었다.

아까 황제에게 맞고도 그다지 모욕감을 느끼지 못했던 이유를 깨달았던 것이다.

"그렇군요. 확실히."

후작은 잠시 쓴웃음을 지었다. 황제의 그 눈빛. 그것은 아내의 정부나 불충한 신하를 보는 시선이 아니었다.

"폐하, 폐하. 펠님!"

아무도 없어지자 메리테인이 갑자기 수다스러워졌다.

"왜?"

짜증과 함께 술을 삼키고 있던 황제가 짜증을 내자, 가디언의 수장은 조심스레 물었다.

"아까 왜 후작을 그냥 놔두셨습니까?"

아무리 황후가 총애하는 인물이라 해도 평소라면 최소한 반대하던 입을 뭉개고 턱뼈를 으스러뜨렸을 것이다 확신하고 있는 메리테인의 질문에 황제는 뱀 피를 섞은 독주를 삼키면서 고개를 갸웃했다. 참고로, 술에 들어간 뱀의 피는 그의 손목에 얌전히 감겨 있는 뱀의 왕이 바친 피였다.

"그놈 눈빛이 누구랑 닮은 거 같았다."

황제는 심각한 어조로 중얼거렸다. 옆에서 빈혈 상태인 뱀의 왕이 물었다.

―누구?

그와 좀 친해져서 빈혈상태를 면하고 싶은 소박한 꿈을 가진 뱀의 왕이었다.

"내 눈토끼."

황제는 아련한 눈빛으로 먼 곳을 돌아보았다.

참으로 아련한 눈빛이었지만 가디언 일동은 조용히 한숨을 삼켰다. 역시나 우리 주인님은 제정신이 아니야. 저 후작이 어떻게 그 하얗고 어린 후궁 마마를 닮았단 말인가.

가디언들과 달리 무신관과 뱀의 왕은 심각하게 놀랐다.

저 과묵하게 생긴 중년의 무장 어디가 토끼와 닮았단 말인가!

그때 안데르는 황후전에서 수를 놓고 있었다.

황후는 정무가 끝나면 안데르와 함께 식사를 하거나 차를 마셨다. 어린 주제에 이미 덩치가 큰 쌍둥이 황자는 제멋대로 황궁을 누비고 다니느라 모후와 식사를 안 한 지 오래되었다.

"그런데 왜 돼지를 수놓으라 하시는 거지요?"

"후후후… 나의 돼지가 돌아오면 선물로 주려는 거란다."

"돼지요?"

안데르가 고개를 갸웃했다. 그녀는 아직 황후와 레솔트의 소문을 듣지 못했던 것이다. 그래서 그녀는 황후가 어울리지 않게 돼지를 애완동물로 키우고 있는 줄 알아들었다. 토끼는 몰라도 하리아드에도 돼지는 흔했다. 그러나 두툼하게 생긴 제국 돼지와 달리 하리아드의 돼지는 주로 늪돼지의 종자로 누렇고 짧은 털에 날카로운 엄니를 가진 것이었다. 야생 돼지는 늪지에 살면서 사람을 공격하기도 하는 제법 사나운 짐승이다. 물론 가축으로 키우고 있는 돼지도 있다. 엄니를 뽑은 까맣고 통통한 흑돼지의 일종이었다. 설마하니 황후가 사나운 야생 돼지를 키우고 있진 않을 듯해서 안데르는 가축인 흑돼지를 떠올렸다. 주로 통구이로 쓰는 돼지다.

"털색이 까만가요?"

"아니, 갈색이란다. 노란빛에 가까운 갈색이지. 어깨도 넓고."

황후의 말에 안데르는 눈을 크게 떴다. 우와, 황후께서는 저 사나운 늪돼지를 키우시나 봐.

"이빨도 날카로운가요?"

흉기에 가까운 늪돼지의 엄니를 생각하며 안데르가 묻자 황후는 깔깔대며 대답했다.

"물론이지! 길고 날카로워. 하지만 나에겐 귀엽기만 하단다. 나의 아기 오리."

"굉장히 아끼시는군요."

안데르는 엄니가 굉장히 긴 사나운 늪돼지를 연상했다. 엄니가 길면 길수록 늪돼지는 서열이 높다. 사실을 오해하든 말든 안데르는 핵심을 짚었다. 제국인들이 생각하는 큼직한 집돼지보다 황후의 돼지는 사실상 하리아드의 늪돼지를 닮았다.

두 사람은 마주 보고 웃었다. 요염하게 웃는 황후의 표정을 따라 하려고 애쓰면서 안데르는 진지하게 생각했다. 눈토끼가 정말 어떻게 생긴 것인지 반드시 알아내고야 말리라.

여러분, 잊지 마세요. 고위 장교의 가장 근본적인 의무는 병사들을 거둬 먹이는 겁니다. 굶기는 상관은 자다가 모가지 잘려도 할 말이 없는 법입니다. 명심하십시오! 항상 병참을 체크하고 닦달하고 고문하세요. 인간의 대표적인 먹거리는 인육이 아니에요. 빵이라구요! 알겠습니까? 장교에게 있어 무엇보다 중요한 것은 무기가 아닙니다. 식량이죠. 식량이 없으면 군대는 끝입니다. 굶는 군대는 군대가 아니라 야적, 해적, 산적, 양아치에 날건달, 승냥이 떼가 되는 법이거든요. 카자르 엔더께서도 말씀하셨습니다. 병사를 굶기는 자는 우두머리가 될 수 없다고.

—⟨필승을 위한 장교들의 지침서⟩ 中에서
육군 원수 루고 자비에 베르그히 후작 著

CHAPTER 10

RELOAD

 당신이십니까. 가디언에게 일일이 이름을 묻고 다닌다는 분이? 뭐, 주인님께서 명하셨으니 상관은 없겠지요. 제 이름은 라팃드. 오래전에 버린 이름입니다. 가디언 13번이라 부르시면 됩니다. 11번이나 12번을 먼저 부른다 생각했는데 의외입니다. 궁금한 게 있으시다면 물어보십시오. 음… 없습니다. 아뇨. 전 취미 같은 것 없습니다. 다른 가디언들도 사실 다 비슷할 겁니다. 아마 그들이 발랄하게 대답했다면 당신이 일부러 물었기 때문에 그렇겠지요. 바라는 것이오? 아아, 제가 주인님보다 먼저 죽는 것, 그게 제 소원입니다. 특이하다고요? 글쎄요, 다른 가디언들도 다 그렇지 않을까요? 주인님이 먼저 돌아가신다면 저는 아마 심장이 터져 버리거나 미쳐

버릴 겁니다. 그러기 전에 할 일을 마치고 죽는 게 훨씬 좋은 일이겠지요. 원망? 누가 누구에게 원망을 한단 말입니까? 저를 제단에 바친 부모에게? 그도 아니면 세례를 퍼부은 무녀들에게? 그도 아니면 황가에?

✤

어느새 바람이 차가워졌다. 모피로 감싼 피부 위로 한기가 스쳐 나가며 소름이 돋았다. 황제는 걸친 모피를 추스르면서 뒤를 돌아보았다.

잔뜩 흐린 하늘은 당장이라도 뭔가가 쏟아질 것처럼 무거워 보였다. 얼룩덜룩한 회색 하늘은 지평선과 맞닿아 더더욱 사람을 짓누르는 압력을 행사했다. 건물 하나 없고 변화가 전혀 없는 황야의 지평선. 바람은 차갑고 매섭다.

메리테인은 앞선 신관 야히를 뒤따라 달리는 황제의 등을 걱정스럽게 응시했다. 아무리 황제가 강하다 해도 혼자서 야만인 소굴을 뒤지는 것은 위험한 일이다. 최소한 근위대라도 이끌고 왔으면 좋았을 것을.

"식량은 넉넉한가?"

"먹을 것은 넉넉합니다만 식수는 조금 문제가 있습니다."

샘을 찾을 수가 없다며 충실한 가디언 12번이 대답했다.

"야히가 알고 있을지도 몰라. 걱정스럽군. 지도에 의하면 아직도 닷새는 가야 해."

"날씨가 고약합니다. 이런 곳에서 폭풍우를 만날 수도 있습니다. 자칫 용권풍이라도 만나면……."

세찬 바람을 신경 쓰면서 2번이 중얼거리자 옆에 있던 3번이 덧붙였다.

"그렇습니다. 날씨가 불길하지 말입니다. 제가 보기엔 당장 은신처를 만드는 게 좋을 듯지 말입니다."

그들의 말에 잠시 망설이고 있던 메리테인은 잽싸게 황제의 곁으로 다가가 물었다.

"펠님, 날씨가 범상치 않습니다."

그 말에 대답한 것은 앞서 가던 신관 야히였다. 그는 두건을 눌러쓰면서 작은 소리로 설명했다.

"조금 더 가시면 사막족이 쓰는 은신처가 나옵니다. 샘가에 있는 곳인데 바람을 피할 수 있을 겁니다."

그 말에 메리테인은 황제를 흘긋 보았다. 그는 아무래도 상관없다는 표정이었다.

무신관 야히, 바인데는 무뚝뚝한 얼굴로 말을 재촉했다. 말을 타고 달리는 일행이 속도를 높이자 흙먼지가 높이 솟았다.

바인데가 카자르 엔더의 신관이 된 것은 그의 나이 열세 살 때의 일이다. 다른 무신관들이 다 그렇듯 극단적인 그의 부친은 사막의 유목민이었던 어미에게서 난 아들을 받아 세상을 떠돌았다. 무심한 아비에게서 무예를 익히고 야히슨의 허름한 신전에서 신관인을 받았다. 전쟁신 카자르 엔더의 무신관들에게는 특별한 의무가 없다. 그들은 그저 타고난 무재를 익히고 익혀 자신들의 능력을 높이고 강자를 찾아가 대결하는 것을 즐거움으로 여기는 무리였다. 보통 신관들이 봉사하고 신앙심을 높이기 위해 신전에 틀어박혀 기도하는 대신 이들은 신관이라는 말이 무색할 정도로 자유로웠다. 그들이 가진 단 하나의 의무는 황제의 명령에 복종하는 것뿐이다. 하지만 실제로 황제를 본 야히는 거의 없었다. 대륙에서 제일 큰 제국의 가장 강력한 황제가 황야를 떠도는 부랑자와 같은 야히들의 힘을 빌릴 일이 뭐가 있으랴. 그저 그들이 하는 일은 보고 들은 사실을 가끔 야히슨의 신전에 알리는 것이 전부다. 특히 분쟁이 일어나기 전에는 그들 자신도 자신들이 야히슨이라는 것을 잊고 있는 경우가 태반이었다. 무심한 신에 걸맞은 무심한 신관이라고나 할까.

그는 슬쩍 말로만 듣던 제국의 황제를 바라보았다. 뜻밖에도 별로 황제답지 않았다.

외모를 봤을 땐 조금 놀랐다. 듣긴 했지만 정말로 카자르엔더의 신상과 비슷한 얼굴이다. 이목구비며 덩치, 그 눈부신 백금발은 정말로 신화에서 뽑아온 신의 화신처럼 보일 정도였다. 하지만 상상한 것과 달리 위엄이 넘친다거나 위압감이 느껴지는 것은 아니었다. 그저 야히들과 비슷한 느낌이랄까. 강자의 느낌이 날 뿐, 신적인 존재라 숭앙할 정도는 아니다.

'황제는 확실히 인간이구나.'

바인데는 혼자 납득했다. 신과 닮은 인간이다. 그리고 카자르 엔더의 대제사장이자 대신관장. 신의 피를 이은 자.

"야."

갑작스런 말에 바인데는 황제가 자신에게 말을 거는 줄 몰랐다.

"야."

재차 부르는 말에 놀라 고개를 돌리자 황제가 그를 보며 눈을 빛내고 있었다. 다소 위험한 눈빛이라 흠칫했다.

"얼마나 더 가야 하냐?"

뒷골목 불량배와 비슷한 말투다. 절로 환상이 깨진다.

"몇 분만 달리면 됩니다."

"뒤통수에서 뭐가 따라오는 것 같다."

"네?"

바인데가 뒤를 돌아보자 시커먼 하늘이 보인다. 먼지가 부숭부숭 이는 것 이외엔 별로 보이는 게 없다.

"서둘러."

황제의 말에 바인데는 말을 재촉했다.

아닌 게 아니라 등덜미가 묵직했다. 세차게 이는 바람, 그리고 음습한 공기와 함께 올라오는 흙냄새. 범상치 않은 날씨다. 폭풍이 올 징조다. 은신처를 찾는 것은 금방이었다. 능숙한 길잡이가 서두른 보람이 있었는지 금방 황야 한가운데 움푹 파놓은 굴을 발견했다.

"머리를 조심하십시오."

장신인 황제와 가디언들은 고개를 숙여야 했다. 안 들어가려고 버둥대는 말을 끌고 가보니 은신처의 입구는 모진 바람에 잔뜩 마모된 바위가 구겨진 모양새로 자빠져 있는 틈새였다. 누런 흙먼지가 눈앞을 가리는 탓에 두건과 수건을 잔뜩 얼굴에 휘감은 일행은 흥분하는 말들을 질질 끌며 바위 틈새로 걸어 들어갔다. 안으로 들어서자 뜻밖에도 꽤나 넓다.

칙 소리를 내며 바인데는 벽에 붙어 있는 낡은 홰에 불을 붙였다. 바짝 말라 있는 홰에 불이 붙자 대낮에도 어두운 굴 안이 훤히 밝아졌다.

"이쪽으로 오십시오. 말은 저쪽에."

바인데의 손짓에 따라 가디언들이 움직였다.

황제는 굴 안을 천천히 살폈다. 천장은 시커멓고 지저분했지만 굉장히 넓고 높았다. 평평한 바닥은 뜻밖에도 꽤 아늑했다. 재빨리 바닥에 늑대 가죽을 깐 메리테인이 황제가 쉴 자리를 마련했다. 바인데는 안쪽에 위치한 샘에서 물을 떠다가 황제에게 바쳤다.

"드시지요. 앞으로 닷새간은 샘을 찾을 수 없으니 넉넉하게 물을 담아야 합니다."

차가운 물을 마시며 황제는 채찍 휘두르는 소리를 내고 있는 밖을 흘긋 보았다. 안쪽에서는 밖이 전혀 보이지 않는다. 하지만 휭휭 정도가 아니라 여자의 비명과도 같은 바람 소리만으로도 밖에서 일고 있는 폭풍이 어느 정도인지 짐작이 갔다.

"불은 이쪽에서 피우시면 됩니다."

바인데의 손짓에 가디언들이 재빨리 등에 지고 있던 솥을 꺼내놓았다. 그 모습에 바인데의 눈이 커졌다. 어라? 이상한데? 바인데는 급히 가디언의 숫자를 세어보았다. 그가 처음 봤을 때 황제의 가디언은 모두 여덟 명이었다. 그런데 어느새 열두 명으로 늘어나 있다. 이런 황당한 일이? 실제로 말은 황제의 말을 포함해 모두 아홉 마리뿐이었다. 그런데 어디서 네 명이 늘어났을까. 옷차림이 아주 똑같지 않았다면 적이나 첩자가 스며든 줄 알았을 것이다.

"적어도 넉넉히 60명은 지낼 수 있을 것 같은 크기입니다."

불쑥 어둠 속에서 또 하나의 가디언이 튀어나왔다. 헉 소리를 낼 뻔한 바인데는 눈을 부릅떴다. 어? 그럼 모두 열세 명?

"공용으로 쓰는 곳인가? 이방인은 찾지 못할 위치던데."

황제가 중얼거리면서 깔아놓은 가죽 위에 엉덩이를 붙이자 가디언 하나가 재빨리 그에게 뜨거운 차를 내놓았다. 아니, 찻물을 섞은 술을 내놓았다.

김이 모락모락 나는 차를 들이켜면서 황제는 가디언들이 내미는 육포를 씹었다. 먼지를 하도 마셔서 입안이 깔깔했지만 차를 마시니 괜찮았다. 북쪽으로 올수록 추워지는 날씨에 짜증이 절로 났다. 추위를 거의 타지 않는 황제는 입구에서 상황을 살피고 있을 남은 가디언을 생각해 냈다.

"야, 메리."

"넵."

"밖에 있는 애 불러와. 이 바람에 날아가겠다."

"넵."

밖을 전혀 볼 수 없으니 불안하긴 했지만 메리테인은 주인의 짐승 같은 감을 믿고 순순히 명에 따르기로 했다. 그가 손짓하자 어느새 굴 안으로 두 명의 가디언이 굴러들어 왔다. 바인데의 눈은 다시 커졌다. 어느새 열다섯 명이나 된다. 그래도 나름 자신이 있던 무신관은 자신이 가디언의 기척을 전혀 알아차리지 못했다는 데 경악했다. 한둘도 아니고 대여섯 명이나 숨어 있었는데 몰랐다니!

황제의 엉킨 머리칼을 빗기면서 메리테인이 손짓하자, 가디언 3번과 4번이 황제의 손발을 씻기기 시작했다. 다른 가디언들이 더운 차와 음식을 마련하는 가운데 황제는 눈을 크게 떴다.

"어? 너, 누구야?"

황제가 손짓도 아니고 무려 발끝으로 가리키며 묻자 막 7번을 도와 황제 전용 욕조를 씻고 있던 가디언은 움찔했다. 가디언 특유의 밋밋한 검은 튜닉에 방어구, 누런 로브를 걸친 가디언은 심히 당황해하면서 고개를 숙였다.

"펠님, 13번인데요."

반쯤 썩은 표정을 지으며 메리테인이 말하자, 황제는 고개를 갸웃했다.

"12번까지 있는 거 아니었나?"

"그건 3년 전 이야기죠. 3년 전에는 열두 명이었고 요즘은 기본이 열다섯 명입니다. 그리고 예비 인력이 여섯 명 더 있고요."

그럼 스무 명이 넘는 거냐? 이상한데? 전에는 열두 명이었잖아! 헷갈리는 표정을 짓는 황제를 보고는 메리테인은 그럼 그렇지 하는 표정을 지었다. 실제로 가디언의 숫자는 수시로 바뀐다. 황제는 기억하고 있지 않겠지만 죽거나 다치면 곧장 다른 자로 교체되기 때문이다. 뿐이랴. 황족에게 죽임을 당하는 경우도 있으니 예비 인력은 항상 넉넉하다. 황제는 워낙에 날뛰었기 때문에 황자 시절부터 가디언의 수는 수시로 바뀌었다. 그를 위해 준비된 가디언의 수는 스무 명이 넘는다.

사실상 기억하지 못하는 황제는 미간을 찌푸렸다. 하리아드에서는 분명히 열두 명이었는데. 사실 낯익은 가디언은 메리테인을 비롯해서 열 명 남짓하다. 어쩐지 페자페지 공방에서 잡소리가 많더라니. 스무 개가 넘는 방어구 세트를 가져왔으니 그랬나 보다.

"나머지 대기 인원은 그럼 어디 있냐?"

황제의 질문에 메리테인이 답했다.

"혹시나 싶어 눈토끼 마마의 신변에 붙여놓았습니다, 폐하."

이럴 수가! 황제의 눈이 커졌다. 메리 놈이 이렇게나 유능했다니! 그는 불신의 시선으로 바라보았다. 주인의 살벌한 시선을 받은 가디언의 수장은 거구를 구기며 잽싸게 엎드렸다.

"폐하? 제가 뭔가 잘못을?"

엎드린 채 비굴하게 묻고 있는 그를 보며 황제는 깨끗이 씻은 발바닥으로 그의 머리를 쓰다듬었다. 말이 쓰다듬는 것이지 그냥 밟는 것이지만.

"아냐, 잘했다."

"오오, 주인님께서 저에게 칭찬을!"

비굴하게 웃고 있는 메리테인을 가디언들은 부러운 시선으로 지켜보았다. 오오! 칭찬받았어! 부러워, 부러워! 어느새 황제의 주머니에서 이름 모를 후궁의 귀고리가 한 개 튀어나왔다. 누구 것을 빼앗아왔는지 기억은 잘 안 난다. 하지만 화려하게 세공된 것이 상당한 고가의 물품으로 보였다. 가격은 몰라도 황제는 어쨌든 눈에 띄면 그냥 집어온다. 세상의 모든 것은 다 내 거니까.

"자, 나중에 까까 사 먹어라."

"감사합니다요!"

황제는 결코 말로만 칭찬하지 않는다. 그의 칭찬에는 요즘 물질이 따라붙고 있었다. 덕분에 가디언들은 부자가 되었다. 물론 그 돈을 쓸 새가 없긴 하지만 황금과 보석이 싫은 이는 아무도 없으리라.

황제의 큼직한 발바닥에 뒤통수를 대고 헤헤거리는 가디언의 수장을 연민의 시선으로 보던 무신관은 허망한 한숨을 내쉬었다. 그래, 환상을 가지면 안 돼. 카자르 엔더의 화신이라는 황제가 저런 짓거리라니. 흑.

"아, 카자르 엔더시여."

30년간 쌓아온 신앙의 위기를 느끼며 중년의 신관은 서글픈 탄식을 내뱉었다.

가디언들이 마련한 욕조에서 가볍게 목욕까지 마치고 난 황제는 하품을 했다. 사막 부족들이 보면 절규할 이 횡포를 보면서도 바인데는 아무런 말을 하지 못했다. 어차피 그들밖에 없다.

"이제 쉬시지요."

마사지까지 열심히 하며 취침을 권하는 가디언들 사이에서 황제는 한숨을 내쉬었다.

"허해."

"허하다니오."

"아주 허하다."

메리테인의 얼굴이 일그러졌다. 아씨, 이래서 난 밤이 무서워.

"침상이 너무 허해."

그렇다고 모래폭풍이 불고 있는 밖으로 뛰어나가 젊은 처자를 업어올 수는 없지 않은가. 혹시 막 뛰쳐나가면 어쩌지? 가디언들이 두 손 잡고 불안해하는 동안 황제도 나름 심각했다. 실제로 그는 밤이 무서웠다.

정확히 말해 카자르 엔더가 무섭다. 더 정확히 말해 카자르 엔더의 구타가 무섭다. 얼마 전부터 말하기도 간지러운 장미 꽃다발이나 앵두 알, 포도 알 따위로 구타를 시작했는데 어떤 방면에서는 그게 차라리 모닝스타로 얻어맞는 것보다 더 심하다. 몸의 타격은 둘째 치고 마음의 상처가 더 크달까. 요즘은 꽃이나 과일을 보면 저도 모르게 살기가 치솟곤 했다. 그래도 여자랑 자다가 걸리면 신의 명령을 잘 이행하고 있다는 증거가 되어 구타의 강도가 줄어드는데 여자도 없이 자다가 걸리면 정말로 인정사정없이 얻어맞는다. 서글픈 인생이다.

"여자가 필요하다."

그가 뜬금없이 말하는 순간, 가디언들의 얼굴은 사색이 되었고 무신관의 얼굴은 썩었다. 모래폭풍 이는 이 살벌한 풍경 어디에 여자가 있단 말인가!

"주, 주인님, 이 무능력한 놈을 용서해 주십시오."

진지하게 메리테인이 말하며 갑자기 웃통을 벗었다. 원하신다면 저라도 품어주세요! 비장한 그 말이 튀어나오기가 무섭게 가디언들 전원이 웃통을 벗어 던졌다. 저라도 괜찮으시다면 받아주세요! 아니, 저요! 저! 일제히 달려드는 근육질의 돌격에 황제의 얼굴이 일그러졌다.

"이것들이 미쳤나!"

눈을 버린 황제는 입에서 불을 뿜었다.

모래폭풍이 이는 굴 안에서 폭풍의 구타가 시작되자 가련한 무신관은 신의 이름을 부르며 벽에 달라붙었다. 신이여, 이 시련은 가혹하나이다.

바로 그때, 입구를 지키고 있던 가디언 하나가 챙 하고 검을 빼 들었다.

"누구냐!"

갑자기 기세가 바뀐 가디언들이 일제히 시선을 돌렸다. 몇몇은 바닥에 구르면서도 재빨리 무기를 쥐고 황제의 곁으로 포진했다. 메리테인의 머리채를 움켜쥔 채 다른 가디언들을 걷어차고 있던 황제도 고개를 돌렸다.

온몸을 회갈색으로 둘둘 감은 이가 가디언의 손에 잡혀 끌려 들어왔다.

"콜록콜록."

기침을 연신 하면서 회갈색의 물체가 헐떡이자, 시퍼런 검날을 들고 있던 가디언이 두건을 헤쳤다. 흙먼지가 풀풀 이는 상황에도 가디언의 얼굴은 무표정했다.

"넌 누구냐?"

"*********……."

낯선 언어의 등장에 가디언을 비롯한 모든 이들이 굳었다. 하지만 구석에 박혀 있던 바인데가 다가와 설명했다.

"홀리족의 언어입니다. 살려달라고 하는군요."

"홀리족? 반역도인 베이딘족과는 다른가?"

황제의 질문에 누런 헝겊에 둘둘 말려 있던 넝마가 소리를 질렀다. 뭐라 지르는지 알 수는 없었지만 한 가지는 분명해서 황제는 입가를 치켜 올렸다.

"여자군."

그 의미심장한 미소에 얼어붙은 누런 넝마는 부르르 떨었다. 마침내 가디언이 그 넝마를 잡아당겨 해치우자, 그 자리에는 검은 머리칼의 소녀 한 명이 나타났다. 가느다란 사지에 바짝 마른 체구, 그러나 눈은 크고 푸르렀다. 생각 외로, 상상 외로 상당한 미인이었다. 흙먼지를 뒤집어써서 원래의 피부색이 모호함에도 불구하고.

"씻겨."

황제의 명에 따라 말도 알아듣지 못한 채 악을 지르는 이름 모를 홀리족의 처자는 옷을 홀라당 잃고 북북 씻을 수밖에 없었다. 울며불며 뭐라 소리를 쳤지만 알아듣는 이는 하나밖에 없고 신경 써주는 이도 하나밖에 없었다. 앙칼지게 손톱까지 세워가며 가디언들의 굵직한 팔뚝을 할퀴었지만 그들은 여전히 고자답게 무시했다.

"뭐라는 거야?"

한결 느긋해진 얼굴로 황제가 묻자, 떨떠름한 얼굴이 된 바인데가 대답했다.

"살려달라고 합니다."

"죽인다는 말 안 했는데?"

"더러운 음적아, 꺼져라, 라고 말했습니다."

"아직 건들지도 않았는데?"

"날 건들면 신의 노여움이 네놈을 태워 죽일 것이다, 라고 외치는데요."

바인데의 얼굴이 묘해졌다.

"괜찮아. 나는 세."

황제의 대꾸에 그의 얼굴이 더더욱 묘해졌다.

"폐하."

"왜?"

"저 여자는 아마도 홀리족의 무녀인 모양입니다."

"뭐라고?"

"며칠 전 홀리족 부락을 베이딘족이 습격했다고 합니다. 저 여자는 그때 살아남은 모양입니다. 태양신의 분노를 받으리라고 소리치고 있는 중입니다."

황제는 벌떡 일어나 앉았다.

"태양신의 무녀? 그럼 반역도냐?"

황제의 얼굴이 살벌해지자 가디언의 기세도 사나워졌다. 헐벗은 여자의 몸을 북북 씻기고 있던 가디언들이 손을 멈추자, 치부를 가리려 애쓰던 여자의 얼굴도 새파랗게 질렸다. 황제가 풍기는 살기를 느꼈는지 그녀는 부들부들 떨었다.

"홀리족도 베이딘족에게 가담했지?"

"완전히 가담한 것은 아닌 듯합니다. 모두 태양신을 모시고는 있지만 홀리족은 조금 다르니까요."

"어디가 달라?"

까무잡잡한 피부에 푸른 눈동자를 가진 여자의 얼굴을 빤히 보며 황제가 묻자, 바인데가 설명했다.

"베이딘족보다 오래된 것이 홀리족입니다. 홀리족은 태양신과 달의 신을 동시에 모십니다. 아마 일부는 베이딘족에 동조하고 일부는 반대했나 봅니다. 습격받아 몰살당했다는 것을 보면."

"흐음."

황제가 입을 다물자, 바인데는 여자에게 이런저런 것을 묻기 시작했다. 반항하던 여자는 그의 질문에 천천히 대답했다. 그 와중에도 가디언들은 그녀를 북북 씻기는 것을 멈추지 않았다. 마침내 목욕이 끝나자, 제법 깨끗한 옷가지와 따끈한 차를 여자에게 주었다. 흥분하던 여자는 갑자기 건네는 따끈한 차에 눈물을 글썽였다.

혀를 차며 뭔가 바인데가 말하자 여자는 눈물을 와락 터뜨리며 설명을 시작했다.

가련한 그녀의 이름은 반니레다. 홀리족 족장의 조카이자 신을 모시는 무녀였다.

홀리족의 무녀들은 태양신과 달의 여신을 모신다. 여자가 귀한 터라 여성을 보호한다는 달의 여신을 따로 또 모시는 것이 베이딘족과 다른 홀리족의 관습이었다. 그녀의 부족민은 그다지 많지 않았지만 족장의 직계 혈족과 방계 혈족으로 이루어진 자그마한 씨족 집단이었다. 모두 180여 명 정도 되었고, 항상 물길을 찾아 떠도는 생활의 연속이었지만 그럭저럭 행복했다.

어느 날 그녀의 부락에 베이딘족의 사자가 도착했다.

베이딘족의 사자는 태양신의 신탁에 따라 왕국을 세웠으며 이에 동조하도록 하라고 일렀다. 신탁을 전혀 받지 못했던 반니레다와 다른 무녀들은 당황했다. 베이딘족의 사자는 이미 베이딘 왕국이 성립되어 성전을 치르고자 하니 전사들을 내놓으라고 요구했다. 장성한 전사가 겨우 20명도 채 되지 않는 작은 부락에서 30명을 요구한 사자는, 만약 왕국에 협력하지 않는다면 태양신에 대한 모독이라며 신벌을 각오하라고 으름장을 놓았다. 그 일방적인 최후통첩을 듣고 자존심이 강한 그녀의 숙부이자 족장인 유젠은 분노했다. 태양신의 신탁 어디에도 베이딘족의 족장인 리카르를 왕으로 섬기란 말은 없었다며 항의했다.

"베이딘족이 아니라 홀리족 부족연맹체에서 합의된 결과가 아니면 승복할 수 없소! 일방적인 말을 듣고 어떻게 혈육을 내놓으란 말이오?"

"이미 많은 전사들이 성전을 치르고 있는데 그대들은 참여하지 않겠다는 건가? 배신이로군. 배반이야."

베이딘족의 사자는 각오하라는 의미심장한 말을 남기고는 떠났다. 협박에 가까운 말을 들은 족장은 다른 씨족에게 급히 연락을 보냈다. 족장의 둘째 아들 루데이가 다른 씨족과의 연락을 위해 부랴부랴 떠났다.

그리고 이틀이 지난 어느 밤이었다.

루데이가 돌아오기도 전에 약 삼백의 기마가 그녀의 부락을 습격했다. 베이딘족의 전사들이었다. 그들은 항거할 힘도 없는 반니레다의 혈족 전체를 몰살시켰다. 울부짖는 어린애나 여자를 참혹하게 학살하고는 태양신의 부름을 거절한 배덕자들이라며 침을 뱉었다. 십여 명의 전사들이 목숨을 걸고 결사적으로 싸웠지만 차례로 쓰러졌다. 반니레다의 부락에는 세 명의 무녀가 있었다. 그중 나이 든 무녀는 목숨을 바쳐 혈족의 전사들에게 힘을 전해주다가 힘이 다해 죽었고, 가장 아름다웠던 무녀는 몸을 더럽히자 혀를 깨물고 자살했다. 그중 족장의 조카인 반니레다는 베이딘족의 대장 앞으로 끌려갔다. 그들은 신탁을 못 받은 여자는 무녀가 아니라며 갖은 모욕을 다 가했다. 그리고는 발가벗겨 신표인 팔찌를 찢고 노예의 낙인을 찍었다. 뜨거운 인두로 노예의 낙인을 찍힌 순간 하늘이 검어지고 모래폭풍이 일어났다. 놀란 베이딘족들이 물러서자, 그녀는 넝마가 된 헝겊으로 몸을 휘감고 결사적으로 사막을 향해 달렸다. 차라리 폭풍에 휘말려 죽어버리고 싶었다. 그녀는 울부짖으며 신을 향해 원망을 토해냈다.

그리고 목소리를 들었다.

―은신처가 가까이에 있노라. 내가 너의 길을 밝혀주리라.

날카로운 모래알이 살갗을 때리고 시야를 가렸지만 그녀는 신의 목소리를 들었다. 그 목소리를 들으며 하염없이 걸었다. 메마른 바람에 눈물도 피도 말라붙었다.

"달의 여신께서 응답하셨던 모양입니다."

바인데는 한탄하며 설명했다.

눈물조차 마른 듯 파리한 얼굴을 한 태양신의 무녀는 자신의 팔뚝에 찍힌 조잡한 화상 자국을 보였다. 인두로 찍힌 듯한 쐐기 모양의 삼각형은 아직도 진물이 흘렀다. 그 상처에 바인데는 한숨을 쉬며 약을 발라주었다.

"어떻게 같은 신을 모시면서 무녀에게 이런 짓을 할 수 있지요?"

메리테인이 중얼거리자, 바인데가 조용히 말했다.

"그래서 낙인을 찍은 겁니다. 태양신을 모시는 부족의 무녀는 붉은색과 하얀색의 가죽 팔찌를 하는데 그걸 빼앗겼다는군요. 강제로 신표를 잃은 셈입니다."

그녀의 푸른 눈에서 눈물이 뚝 떨어졌다.

"그럼 이 여자는 태양신의 무녀가 아니란 겁니까?"

"조금 모호하긴 하지만 신앙을 버리지 않는 이상 무녀가 아닌 건 아닙니다. 게다가 여신께서 예시를 내렸다면 신이 버린 무녀는 아니란 이야기지요."

바인데가 설명하다 말고 뭐라 묻자, 그녀는 눈물을 닦으며 대답했다. 웅얼거리는 목소리는 노래를 부르는 것처럼 고왔다.

"달의 여신께서 아직도 돌봐주신다고 합니다. 달의 여신 주브프레이야께서는 여자들을 보호하시지요."

떨고 있던 소녀는 벌거벗기긴 했지만 그저 씻기고 입혀주기만 하는 가디언들에게서 조금은 긴장을 풀었다. 고자로 훈련된 가디언들의 시선에서 육욕이나 수컷다운 잔인한 감정을 느끼지 못했기 때문이다. 게다가 말이 통하는 바인데가 있다. 잔뜩 독기가 서렸던 눈가에는 같은 직종의 동업자(?)를 만난 기쁨에 안도의 기색이 역력했다.

그러나,

"그건 그렇고, 그 여자, 임신은 안 했지?"

고자도 아니고 신관도 아닌 남자가 입을 열자, 그 안온한 분위기는 왕창 깨졌다.

"아, 안 했을 겁니다. 아직 열일곱 살이라는데요. 보통 부족의 무녀는 특별한 일이 없는 이상 결혼하지 않습니다."

당혹한 음성으로 바인데가 설명하자 황제는 손을 뻗었다.

"그래? 그럼 이리 오라고 해."

"에?"

"밤시중 들라고."

"에엑?"

바인데가 입을 쩍 벌리자, 같이 앉아 있던 반니레다도 다시 긴장했다.

"얼굴이 좀 모자라긴 하지만 여자라곤 하나밖에 없으니 할 수 없지."

하지만 가디언들은 충실하게 그녀를 황제의 앞까지 끌어다 놓았다. 그들에겐 일상적인 광경이었지만 가련한 소녀에게는 절망적인 일이었다. 결사적인 그녀의 시선이 바인데에게 닿았다. 말이 통하는데다가 신을 모시는 자라는 점에서 어떻게든 애원이 통하지 않을까 하는 그녀의 바람에도 불구하고 바인데는 슬그머니 시선을 외면했다.

반니레다는 이를 악물었다.

겨우 신의 인도를 받아 살아났다 생각했더니 결국은 이방인에게 몸을 더럽히게 생겼다. 만신창이가 된 몸으로 그렇게 필사적으로 달아났던 것이 허사가 된 셈이다. 절망이 그녀를 덮었다. 차라리 죽겠다 싶은 마음이 생기자 절로 독기가 서렸다. 무기라고는 아무것도 없지만 이대로 당할 수는 없다. 비참하게 살지 말자고 그녀가 결심하는 순간, 갑자기 낯선 목소리가 들렸다.

―애야. 가엾은 것.

기이한 목소리였다.

그녀는 혹여 모시는 달의 여신이 도와주시는 건 아닐까 싶어 눈을 빛냈다.

바로 그때 메리테인이 술잔에 술을 가득히 따라서 그녀의 앞에 내려놓았다.

똑.

빨간 액체가 백금으로 만든 잔에 떨어졌다. 짙은 피 냄새와 함께 기묘한 단 향내가 굴 안으로 퍼져 나갔다. 피인 것 같긴 한데 피라고 말하기엔 묘한 향내.

반니레다는 눈을 부릅뜨고 천천히 고개를 들었다. 눈앞에 앉아 있는 거구의 남자의 손끝에서 흘러나오는 피가 보였다. 정확히 말하면 손목에서 피가 흘렀다.

더 정확히 말하면 손목에 감긴 은빛 뱀의 몸에서 흐르는 피다. 루비처럼 붉고 짙은 핏방울이 방울방울 잔에 떨어졌다. 반 정도 잔이 차오르자 덩치 큰 사내가 그 안에 말간 술을 따랐다. 뱀의 피를 섞은 술. 냄새만 맡아도 취할 독주.

―후우우우.

깊은 한숨 소리가 들려왔다.

반니레다는 황제의 팔뚝에 감긴 은빛 뱀을 보고 경악했다.

뱀의 왕. 그 어떤 뱀보다도 영활하고 강력한 독을 지닌 뿔을 가진 뱀의 왕. 숨결 한 번으로 수십의 전사를 죽이고 덩치 큰 들소도 한 번에 물어 죽이는 끔찍한 독사이자 잔혹한 신의 사자.

바들바들 떠는 그녀를 향해 피를 강탈당하고 있는 빈혈 직전의 뱀의 왕이 카아 하고 한마디 해줬다.

―달의 딸아, 나를 알아보았느냐.

"어, 어찌하여 당신께서 이곳에?"

―불쌍한 것. 이 무지막지한 놈에게 반항하면 죽는다. 그냥 얌전히 있어라.

"하지만! 대체 어떻게 왕께서는 이 자리에 계신 것입니까?"

―보면 모르냐. 이 전쟁신의 아들에게 패해 노리개가 되었느니라. 가련한지고. 나의 백성들이 걱정이다.

반니레다의 얼굴에 공포가 서렸다. 그녀는 뱀의 왕이 하는 말에 부들부들 떨었다.

전쟁신의 아들이라면 저 흉포한 제국의 황제다. 어떻게 황제가 여기에 있을 수 있어?

―저 깔개는 늑대왕의 가죽이다. 가엾게도 반항하던 늑대왕은 그의 깔개가 되었느니라.

뱀의 왕은 슬픔에 겨워 눈물을 똑똑 흘렸다. 매 끼니마다 이렇게 피를 잃게 되면 언젠간 바짝 말라 미라가 되리라.

반니레다는 조심스레 바닥에 깔린 아직 덜 마른 늑대 가죽을 쓰다듬었다. 냄새가 좀 나긴 했지만 확실히 어마어마하게 큰 가죽이었다. 이것이 한 장으로 만든 깔개라면 더욱.

술을 마시다 말고 황제는 뱀의 왕이 떠드는 소리에 짜증을 냈다.

"무슨 말이 이렇게 많아? 그런데 너, 말을 알아듣는 게냐?"

반니레다는 공포의 시선으로 황제를 훔쳐보다 말고 답삭 머리를 조아렸다.

그녀의 머릿속에 공포 이외에 다른 생각이 떠올랐다. 황야와 초원을 지배하는 늑대왕과 뱀의 왕을 죽인 용사인 제국의 황제. 그는 전쟁신의 아들이자 화신이라 불리는 강력한 용자다. 그렇다면 부족민을 모조리 죽여 버린 원수인 베이딘족과는 적이 아닌가.

그녀는 새파랗게 타오르는 눈빛으로 황제를 올려다보았다.

보통 남자보다 머리 하나는 더 큰 키에 넓은 어깨, 벌거벗은 상체는 희고도 희었지만 터질 듯한 근육은 단련된 전사의 그것이다. 불빛을 받아 빛나는 백금발은 태양처럼 눈이 부셨다. 터질 듯한 근육과 달리 매끈한 얼굴에는 흉터 하나 없다.

―절대 반항하지 마라. 이 잔혹무비한 놈은 전쟁신의 아들이다. 인간이 아니라 괴물이야.

한탄하는 뱀의 왕의 말을 들으며 반니레다는 그의 몸에서 신성의 빛을 보았다. 눈이 멀 정도로 강렬한 오라가 그의 몸을 휘감고 일렁인다. 태양신의 무녀는 고개를 숙이고 그의 손에 입을 맞췄다.

"애교를 제법 부리는군. 천한 계집치고는 귀여운 데가 있어."

그래, 세상의 모든 여자들은 말이 통하지 않아도 다 내게 안기고 싶어한다는 걸 알아. 그래, 너도 이게 기회다 싶은 거지? 황제는 관대한 어조로 말하며 그녀의 머리통을 쓰다듬어 주었다. 몸매는 좀 빈약하지만 강단이 있어 보이는 터라 그럭저럭 나쁘진 않아 보였다. 침상이 허하면 마음도 허하단 말이야.

그가 그렇게 중얼거리며 그녀의 알몸을 살피는 동안 달달 떨면서 태양신의 무녀는 결심했다.

적의 적은 아군이 되는 법. 어차피 몸을 더럽힐 거라면 이 강자의 마음에 들어 부족의 복수를 노리는 것이 이득이다. 그녀의 뇌리에는 비명을 지르며 죽어가던 부족민들의 얼굴이 고스란히 새겨져 있었다. 홀리족이든 베이딘족이든 유목민들은 보통 마적 떼라 해도 사람이 귀한 황야에서는 어린애나 여자는 죽이지 않는 것이 관습이었다. 그러나 베이딘족의 전사들은 모두 죽였다. 그녀의 보금자리를 불태우고 그녀의 작은 제단에 재를 뿌리고 팔뚝에 낙인을 찍고 모독했다. 잊지 않으리라. 절대로 그들의 만행을 잊지 않으리라.

가련한 작은 유목민 처녀가 원한을 되새기고 있었지만 황제는 그것을 몰랐다. 정확히 말해 염두에 두지도 않았다. 그는 당장 침상을 데울 여자와 카자르 엔더의 구타에 대한 걱정으로 머릿속이 가득했기 때문이다. 보잘것없는 약한 여자 따위 알 바 아니었던 것이다.

그러나 복수심으로 고개를 숙이는 그녀를 알아챈 뱀의 왕은 어울리지 않게 작은 머리통으로 한숨을 내쉬었다.

―이 아이는 달의 딸이다. 무녀니까 내 말을 알아들을 수 있는 게지. 그러니까 살살 다뤄다오.

"놀고 있네."

황제는 피 주머니와 팔찌 이외의 용도를 알아내고는 기뻐했다. 통역도 되는구나.

"자자, 그럼 옷이나 마저 벗어라. 허긴 걸친 것도 별로 없다만."

황제의 재촉에 반니레다의 얼굴이 시퍼렇게 굳었다. 뒤에 있던 바인데는 뭐라 말릴 수가 없어 입을 다물었고, 가디언들은 잽싸게 벽으로 붙었다. 황제의 정사를 항상 지켜보던 그들이라 별로 놀랄 것도 없었지만 바인데는 좀 다르다. 그들은 바인데의 앞을 막아 가렸다.

살짝 불길을 낮추자, 황제는 달달 떨고 있는 그녀의 알몸을 끌어안았다.

눈물이 그녀의 얼굴에서 뚝뚝 떨어졌다. 반항도 못하고 빳빳하게 굳어 있는 몸은 가련하기 짝이 없었지만 황제는 후안무치한 놈이었기에 떳떳하게 무시했다. 아, 그래. 긴장이 되겠지. 이 멋진 나에게 안긴다니 얼마나 긴장이 되겠어. 관대하게 이해해 주마.

―가여운 것.

뱀의 왕이 탄식하며 눈을 감았다. 독이 통하는 놈이라면 콱 물어줄 텐데 그것도 안 된다. 무력한 뱀은 고개만 떨어뜨렸다. 나쁜 XX.

⚜

옅은 안개가 깔린 숲.

황제는 놀라지도 않고 뽀얀 안개가 휘감고 있는 짙푸른 숲을 노려보았다. 한숨이 절로 나온다. 카자르 엔더는 나타날 때마다 다양한 배경을 지고 등장하는데 이번엔 숲이다.

 이번엔 뭐로 맞을까. 고통을 넘어서자 황제는 이제 즐기자고 애써 다짐했다. 어차피 맞는 거, 그냥 죗값 치른다고 생각하자.

 그래도 여자에게 씨를 뿌렸으니 고이 명을 따르고 있는 것 아닌가. 난 잘하고 있다고 스스로 되뇌며 황제는 땅바닥에 퍼질러 앉았다. 물론 그의 머릿속에는 여자를 강간했다는 생각 자체가 없었다. 그의 상식으로 모든 여자는 기본적으로 그의 것이었고, 특별히 임자가 있지 않는 한 취하는 것은 당연한 것이었다. 이 모든 것이 그의 모친이 넓은 도덕관을 가지고 있었던 탓이다.

 딱.

 뭔가 날아와 이마를 맞췄지만 그는 동요하지 않았다. 후, 이 정도야 괜찮지. 피도 안 났어. 혹은 날 것 같지만. 부풀어 오르는 이마를 매만지며 그는 태연하게 씨익 웃었다. 그러나 뒤이어 갑자기 눈앞에 불꽃이 튄다. 커억. 뒤통수에 거센 충격이 왔다. 콰앙. 콰앙. 연속타가 터지자 눈앞이 핑 돌고 머리가 아찔해서 앞으로 고꾸라질 뻔했지만 황제는 애써 자세를 유지했다. 버틸 수 있어. 그래, 난 버틸 수 있어!

 너무 아파 숨이 가빴다. 이번엔 대체 뭘까? 곤봉으로 맞은 것인가 싶어 뒤를 돌아보자, 들큼하고 비릿한 냄새가 났다.

"……."

크고 노란 호박이다. 지나치게 커서 신전에 바칠 만한 크기의 탐스러운 호박.

만약 그 호박이 식탁 위에 놓여 있었다면 황제도 기뻐했을 터이다. 호박파이라든가 호박수프라든가 호박찜이라든가 기타 등등. 그러나 그 호박은 그의 뒤통수를 두들기고 있었다.

탁, 퍽, 쾅, 쿵.

다섯 개의 노란 호박이 그의 주변에 그득히 쌓였다. 그의 머리통에 맞아 깨진 것도 있고 그의 어깨에 거센 충격을 주면서도 꿋꿋하게 형태를 유지하고 있는 것도 있다. 다 끝났나 싶었더니 약간의 시간을 두고 그의 허벅지로 큼직한 뭔가가 떨어져 내렸다.

퍼억.

"크아아악!"

자칫 소중한 XX를 잃을 뻔한 끔찍한 타격에 온몸을 뒤틀며 부들부들 떨었다. 하필이면! 하필이면! 그의 등 위로 가차없이 길쭉하고 두툼한 열매가 우박 떨어지듯 떨어져 내렸다. 퍽퍽퍽. 이번에는 초록 호박이다. 길쭉하고 탐스러운 자태를 자랑하면서 호박들은 그의 전신을 고르게 두들겼다.

"크허어어억……."

눈물이 줄줄 쏟아질 충격에 헐떡이고 있노라니 북소리와

함께 점잖게 그의 조상께서 등장하셨다. 카자르 엔더는 팔짱을 낀 채 부들부들 떨고 있는 그를 향해 클클 웃었다.

"너무하십니다."

그가 바닥을 벅벅 기며 중얼거리자, 카자르 엔더는 턱을 쥔 채 잠시 생각에 잠기는 듯 손가락을 까닥였다.

―흐음.

"대체 언제까지 절 두들겨 패실 심산이죠? 씨XX."

소중한 XX의 상처를 걱정하며 그가 고개를 들자, 카자르 엔더는 갑자기 씨익 웃었다.

―잘했다, 종마.

황제는 경계했다. 지금 뭐라 했지? 헛소릴 들었나?

이 괴팍한 전쟁신은 칭찬을 할 인물이 아니다. 그는 슬그머니 한 발자국 물러서면서 신의 얼굴을 노려보았다. 가까이 다가온 것이 수상쩍다. 씨익 웃으면서 호두 알과 그의 눈알을 바꿔칠지도 모른다.

―올해 호박 농사가 대풍이라 하더군. 서부에서 호박이 많이 올라왔어.

호박을 저주할 거야! 특히 초록 호박! 황제는 무쇠를 방불케 하는 단단한 호박을 원망하며 이를 갈았다.

―그건 그렇고, 잘했다, 얼간아.

"얼간이라 부르지 마십쇼!"

황제가 이를 북북 갈자, 전쟁신은 코웃음을 쳤다. 그렇지만 다시 호박비를 내리지는 않았다.

갑자기 생긴 여유에 황제는 긴장하면서 주변을 살폈다. 언제 어디서 호박비든 가지비든 수박비가 내릴지는 알 수 없다.

―칭찬해도 지랄이구나.

전쟁신이 트릿하게 말하면서 느긋하게 자리에 앉았다. 허공에서 등장한 우아한 대리석 의자는 덩치 큰 카자르 엔더의 자세에 맞추어 변했다.

새삼 흘러내리는 코피를 확인하면서 황제는 몸을 도사렸다.

"그런데 무슨 일로 절 부르셨습니까?"

―언젠 일이 있어 널 불렀더냐.

황제는 침묵했다. 허긴 거의 매일 밤마다 불러 두들겨 팼지. 오늘도 그거냐. 이미 구타에 익숙해진 스스로의 몸뚱이에 절망하면서 그는 한숨을 내쉬었다.

―그나저나 잘했다고.

"뭘 잘했는데요?"

그가 다시 시큰둥하게 묻자 카자르 엔더는 씨익 웃었다.

―그 여자.

"네?"

―네가 태양신의 무녀를 취했더구나.

"에?"

무슨 소리인지 알아들을 수 없어 고개를 갸웃하자 카자르 엔더는 혀를 찼다. 사람을 무시하는 버릇은 여전한 모양이다. 머리가 나빠서 사람을 기억하지 못하는 게 아니다. 황제는 인간을 무시하기에 기억하지 않는 것이다.

―**태양신의 무녀가 내게 귀의했다.**

"에?"

다시 한 번 멍청한 소리가 나오자, 결국 전쟁신의 주먹이 날았다.

약 10미터를 날아가 나뒹구는 황제를 밟으며 전쟁신께서는 진지하게 말했다.

―**태양신의 무녀가 내게 귀의했단 말이다. 한마디로 배교했다는 의미지.**

무슨 소린지 여전히 알아들을 수는 없었지만 일단 황제는 수긍하고 보았다. 고개만 끄덕이는 것만으로도 힘들었다. 컥컥대며 숨을 못 쉬는 그를 보고 카자르 엔더의 손이 흔들렸다. 순식간에 복구되는 몸을 느끼며 황제는 한숨을 길게 내쉬었다. 요즘 들어 평생 동안 쉰 적이 없는 한숨을 다 내쉬고 있는 중이다. 아파 죽겠다.

"잘되었네요."

아무렇게나 맞장구를 치는 그를 보고 카자르 엔더는 조소했다.

황제의 뇌리에는 울면서 안긴 작은 부족의 처녀는 남아 있지 않았다. 태양신의 무녀였던 그녀가 전쟁신의 신관장인 황제에게 안기며 배교한 것도 눈치채지 못했다. 무녀가 갖고 있던 신앙을 버리면 얼마나 대단한 수치와 죄업을 쌓게 되는지도 몰랐다. 착해졌다고, 온순해졌다고 말은 하지만 사실상 달라진 것은 없었다.

―멍청한 것. 아직 멀었구나.

맞아봐야 아픈 것을 알고 당해봐야 서러운 것을 안다.

전쟁의 신께서는 아직도 멀고 먼 재교육의 여정을 생각하며 한숨을 내쉬었다.

⚜

가디언은 무신경하다.

어쩔 수 없는 일이다. 그들의 모든 관심사는 모조리 주인에게 쏠려 있다. 자신의 모든 것을 전부 주인에게 쏟아붓다 보니 타인에 대해서나 자신에 대해서도 무신경하기 이를 데가 없는 것이다. 황제가 눈을 감자마자 살아 있는 조각상이 된 가디언들은 미동도 하지 않았다.

신체 자극, 감정, 의사 모두가 주인을 위해 열려 있다. 그 목숨까지도 계산하지 않고 바치는 게 황실의 가디언이다. 황제의 가디언이라면 말할 나위도 없이 최강.

그들의 얼굴에서 표정이 사라지고 감정이 사라진 것은 순식간이었다. 어느 정도 가디언에 대해서 알고 있었던 바인데조차 소름이 끼쳤다.

"드시오."

중년의 신관은 입술이 터진 채 늘어져 있는 소녀에게 따스한 수프를 내밀었다. 비록 곡식 가루와 육포를 넣고 끓인 것이었지만 굶주린 그녀에게는 대단한 성찬이었다.

태양신의 무녀였다가 황제에게 안긴 사막 부족의 소녀는 떨리는 손을 겨우 억누르며 그릇을 집어 들었다. 터진 입가에 음식물이 닿자 쓰라리고 아팠다. 퉁퉁 부은 눈가 때문에 눈 뜨기가 거북할 정도였지만 그녀는 애써 담담하려고 했다. 낯선 사내들이 보고 있는 가운데 난생처음 남자와 합방을 한 뒤다. 게다가 그 남자는 적이었던 이교도. 합방을 했다고는 해도 강간이나 다름없는 상황이었다.

터진 입가를 손끝으로 만져 보면서 그녀는 애써 음식물을 삼켰다. 며칠을 굶었는데도 배가 고픈 것이 잘 느껴지지가 않는다. 그저 숨이 멎을 것 같은 허탈감에 기계적으로 음식물을 삼킬 뿐이다.

온몸이 아팠다. 부상을 입은 것도 있지만 황제가 난폭해서 그런 것도 있다. 지나치게 덩치가 크더니 지나치게 힘이 좋기도 해서 온몸이 멍이 들어 얼룩덜룩했다. 그래도 반항을 하지 않아서 그런지 생각보단 심하지 않았다. 끔찍한 광경을 목격한 지 얼마 되지 않은 그녀는 어린애처럼 잘 자고 있는 황제의 얼굴을 슬쩍 살펴보다가 한숨을 내쉬었다. 아마도 꿈속에서 황제가 묵사발이 되도록 맞고 있다는 것을 알았다면 마음이 풀렸겠지만 남의 꿈까지 엿볼 정도로 대단한 힘은 그녀에게 없었다.

"상처를 봅시다."

바인데가 약통을 들고 다가와 아직도 알몸인 그녀의 몸 여기저기에 약을 발라주었다. 알몸에 걸레가 다 된 옷가지를 간신히 걸친 반니레다는 얌전히 호의에 응했다.

가디언들은 모두 무심한 얼굴로 그 광경을 지켜보고 있었다. 황제가 자고 있는 동안 가디언들은 미동도 하지 않았다. 신음하는 소녀를 앞에 두고도 그들은 무감했다. 그들의 시선은 자고 있는 황제의 몸에서 떠나지 않았다. 황제 가까이에 접근한 바인데를 뚫어져라 주시하는 그들의 시선에 신관은 진땀이 절로 났다. 황제 앞에서는 변죽 좋은 인간처럼 보였던 가디언의 수장 메리테인은 완벽하게 무표정했다. 정말로 석상처럼.

바인데는 슬그머니 가만히 앉거나 서 있는 가디언들을 세어보았다. 어느새 수가 줄었다. 그는 열다섯 명이었던 가디언들을 기억하고 있었지만 그중 열 명밖에는 찾아내지 못했다. 나머지는 어디 있을까? 어둠 속에 숨어 있을까?

신관은 신중한 자세로 반니레다에게 물수건을 건네주고 물러섰다. 새끼를 보호하는 어미 맹수의 시선을 연상하면서. 그 속도 모르고 감사를 표한 반니레다는 더러워진 몸을 엉거주춤 닦기 시작했다. 옆에서 그녀가 꼼지락거리자 세상모르고 자는 것 같던 황제가 눈을 떴다.

"쌍XX."

대번에 욕설이다.

그 험악함에 화들짝 놀란 것은 소녀만이 아니다. 황제에 대해 익히 알고 있는 바인데는 재빨리 뒤로 물러섰다. 황족들의 성질이 더럽다는 것은 비밀이 아니다.

차마 입에 담을 수 없는 욕설을 중얼거리며 황제는 부스스 일어났다. 바로 옆에서 잔뜩 긴장한 소녀를 발견한 그는 짜증스럽게 발길로 그녀의 엉덩이를 걷어찼다. 아니, 사실 그냥 밀었다. 그러나 힘이 없어서 앞으로 고꾸라진 소녀는 가랑잎처럼 데구루루 굴렀다. 그 모습을 보고 신관은 절로 터지는 비명을 삼켰다. 그러나 그녀는 신음 소리 한 번 내지 않고 참아냈다.

"아이고, 주인님!"

갑자기 활기에 찬 표정이 된 가디언들이 황제의 심기를 살피며 급히 달려들었다. 급히 세숫물과 마실 물을 대령한다며 움직이는 그들의 얼굴에 생기가 돈다. 그 와중에도 황제는 자신의 앞에 무릎 꿇은 가디언들에게 발길질을 했다.

"이 XXX! 쌍!"

연신 터져 나오는 욕설. 다행인지 불행인지 반니레다는 제국어를 모른다. 그녀는 그저 웅크린 채 고통을 참고 있었다. 역시 잔혹한 작자인가 봐.

신관은 애써 자위했다. 아아, 외국인 앞에서 정말 민망하구만. 그래, 그냥 걷어차는 게 버릇일 뿐 악의가 있거나 악당은 아닐 거야. 그럴 거야. 그래도 위대하신 황제 폐하잖아? 충성스런 부하들을 진짜 죽이기야 하시겠어?

그러나 뒤이어 황제의 발길질이 가디언의 턱을 걷어차고

마침내 뼈 부러지는 소리와 함께 복부를 걷어차인 가디언이 피를 토하자 무정한 신의 이름을 외칠 수밖에 없었다.

"카자르 엔더시여!"

그 소리를 들었는지 발광하던 황제가 휙 고개를 돌렸다. 이글이글 타오르는 시뻘건 눈이 신관을 눈으로 죽였다. 성질 같아서는 그냥 사지를 갈가리 찢어 죽이고 싶지만 그랬다가는 자신의 신관을 죽였다고 뒤끝 긴 카자르 엔더가 가만히 있을 리가 없다. 어쩌면 패는 걸로도 모자라 끓는 솥에 넣고 끓이거나 사지를 잘라 소금 단지에 집어넣을지도 모른다. 어쩌면 쇳물이 끓는 용광로에 넣고 휘저을지도 모른다. 아니면 살점을 저미서 소금에 절이거나 구울지도 몰라. 내장 뜯어내 순대 만들면 어떻게 하지? 이런 상상이 가능한 것은 그가 왕년에 가끔 해본 짓거리라 그렇다. 문득 끔찍한 고통을 잠시 상상해 본 황제는 화를 억지로 가라앉혔다. 아이씨! 빌어먹을! 내 걸 내가 죽이지도 못해? 내 걸 내가 죽이는 건 당연한 거 아냐? 내 걸 내가 죽였는데 왜 남이 뭐라 하는 거냐고!

그다지 사리에 안 맞는 사고 체계를 자랑하는 황제는 연신 투덜거렸다. 뒤탈이 무서워 차마 신관을 죽이지 못하고 연신 가디언에게 발길질하던 황제는 집요하게 얼어붙어 있는 신관의 얼굴을 쏘아보았다.

저건 날 죽이고 싶다는 건 아닐 게야. 그럴 거야. 그럴 리가 없어. 중년 신관은 자신을 노려보면서 가디언을 패고 있는 황제의 살벌한 시선을 애써 외면하면서 기도를 올렸다.

비명이 요란하게 울려 퍼지는 동안—정확히 말해 황제가 카자르 엔더에게 얻어터진 분풀이를 가디언들에게 하고 있는 동안—에도 안 맞고 있는 가디언들은 바삐 움직였다. 식사 준비다.

"야! 밥!"

악을 쓰면서 황제가 발길질을 멈추자, 바닥에 피를 토하며 구르고 있던 가디언들이 오뚝이처럼 벌떡 일어나더니 잽싸게 파닥대며 움직였다.

우와, 오늘도 멋지십니다! 아악! 괜찮으니 더 때리셔도 됩니다. 주인님! 우리 폐하는 세수를 안 하셔도 멋지셔! 간신 배라기에는 너무도 천진한 아부에 신관은 눈물이 날 것 같았다. 덩치 큰 가디언들은 병아리를 감싸고도는 암탉을 연상시켰다. 아니, 호랑이를 감싸고도는 암탉이라 해야 하나. 가련한지고.

바인데는 몰랐지만 가디언들은 무술의 고수이고 황제와 같이 자라난 자들이다. 황제의 비위를 맞추기 위해서 피 토하고 얻어맞는 것쯤이야 일상다반사. 따라서 가디언의 업무에 지장이 가지 않도록 돌아가며 얻어맞고 있다. 덕분에 그들은 맞는 연기에 물이 올랐다. 가끔 피도 토해주면 요즘 물러진 주인이 그만 때리기도 한다. 아무나 못하는 일이다. 황제의 성질과 힘에 적절히 대응하는 그 연기력과 순발력은 하루아침에 이루어지지 않았다.

"아침식사는 부실하지만 곡물을 넣은 수프가 전부입니다, 주인님."

극한 동안에 극한 근육질을 자랑하는 메리테인이 어느새 주머니에서 마른 과일을 내놓으며 고했다. 세수를 마친 황제는 미간을 찌푸린 채 씹으며 연신 욕설을 퍼부었다.

"XX나게 지껄이지 말고 아구창 날리기 전에 아무거나 내놔. 빨리 출발하게."

제일 늦게까지 잔 주제에 혼자 서두르던 황제는 구석에 말없이 서 있는 신관을 발견하고는 손짓했다.

"야."

"네, 폐하."

어느새 자동적으로 응답하기 시작한 바인데는 잽싸게 황제 앞에 고개를 숙였다. 나름 서글프다.

"무녀가 배교하면 어떻게 되는 거야?"

"에?"

"무녀가 배교한다는 의미가 뭐냐고. 뭐가 그렇게 특별한데? 벼락이라도 떨어지냐?"

뜬금없는 질문에 놀란 신관은 황제의 얼굴을 빤히 바라보았다. 어쩐지 좀 부은 것 같기도 하다. 조각상처럼 잘생긴 얼굴이 찐빵처럼 부풀었다. 이상한데? 꼭 얻어맞은 거 같네. 혹시 저 소녀가 반항하다가 때렸나? 맞을 분이 아닌데. 때리는 것도 못 봤는데.

이상하다 생각하면서도 신관은 순순히 대답했다.

"신관과 달리 무녀는 신의 선택을 받은 것이기에 배교했다는 것은 태어난 모든 것을 부정했다는 의미가 됩니다. 사람에 따라서 다르지만 눈이 멀거나 전신마비의 신벌이 내려지는 경우도 있습니다."

신관은 얌전히 앉아 있는 반니레다를 바라보며 입을 다물었다.

반니레다는 아까부터 말이 없었다. 문득 바인데는 손가락을 떨었다.

신벌. 무녀에게 내리는 신벌. 그것을 미처 생각해 내지 못한 자신을 탓하며 그는 얌전히 앉아 있는 소녀에게 다가갔다.

"아가씨."

무녀라고 부르려다가 말을 바꾼 바인데는 시선을 아래로 내린 채 고요한 얼굴을 하고 있는 그녀를 불렀다. 창백한 소녀의 얼굴은 뜻밖에도 담담했다.

"괜찮으시오?"

그가 떨리는 음성으로 묻자 작은 무녀는 고개를 끄덕였다. 그 투명한 눈빛 속에서 신관은 체념과 절망을 동시에 발견했다.

"말을… 할 수 없게 되었소?"

그녀는 고개를 끄덕였다.

바인데는 참담한 심정에 말을 잃었다. 이 이교도 무녀는 아마도 유목민의 무녀들이 흔히 그렇듯 춤과 노래로 모시는 신을 찬양했을 터이다. 그 노랫소리는 낭랑하고 아름다웠겠지. 신은 냉혹해서 무녀에게 가장 절실하고 가장 귀한 것을 앗아간다.

황제는 담담한 표정을 한 그녀와 참담한 표정을 한 신관을 번갈아 보고 인상을 썼다.

카자르 엔더가 말하던 것이 바로 이것이었나 보다. 모시던 신을 버리고 다른 남자에게 안겼다고 여자를 벙어리로 만들다니. 아씨, 쪼잔하잖아! 뭐, 이런 잡스러운 신이 다 있어?

"진짜로군."

황제의 말에 신관은 화급히 표정을 수습했다.

"정말로 카자르 엔더의 말씀대로야. 태양신은 치졸하고 쪼잔해. 게다가 유치하고."

혀까지 끌끌 차면서 황제는 잘난 척을 시작했다.

"카, 카자르 엔더께서 신탁을 내려주셨습니까?"

태양신을 감히 조롱하는 발언에 놀란 신관이 그를 올려다보았다.

"아, 자주 뵙긴 하지."

자주, 아니, 매일 밤마다 얻어터진다고 차마 말할 수 없는 황제의 슬픈 마음을 모르고 신관은 황홀한 시선으로 그를 올려다보았다. 존경의 빛깔이 완연한 그 시선에 무딘 황제조차 거북해졌다.

"존귀하신 분께서 뭐라 하셨나이까?"

별처럼 반짝이는 중년 신관의 초롱초롱한 시선을 보면서 황제는 짜증을 억눌렀다.

"잘했대."

대체 뭘? 신관이 반문하기도 전에 황제는 벌떡 일어나 작은 소녀의 팔뚝을 잡아당겼다. 그 우악스런 손길에 그녀는 절로 입을 벌렸지만 비명은 소리가 되어 나오지 않았다. 잔뜩 괴로워하는 얼굴을 빤히 들여다보며 황제는 혀를 찼다.

"메리."

"넵!"

잽싸게 다가와 무릎을 꿇는 가디언을 보지도 않고 황제는 이교도였던 소녀의 납작한 배에 손을 댔다. 솥뚜껑처럼 큼직한 손에 놀란 그녀가 버둥댔지만 황제는 아랑곳하지 않고 그녀를 꾹꾹 눌렀다.

"이거, 아니, 이년, 아니, 이 계집을 잘 보살펴라."

그 경악스런 말에 경악한 가디언들이 일제히 입을 벌렸다. 보살피라니! 그런 단어를 쓸 줄 알았단 말인가! 눈토끼 마마에 이어서 새로운 여자의 등장에 긴장한 그들은 심각해졌다.

"이 계집, 아니, 〈이 애〉가 내 애를 가졌어."

그들의 눈이 더 동그랗게 변했다.

옆에 있는 신관은 입을 쩍 벌렸다. 앗! 이것은 신탁인가?

달달 떨고 있는 반니레다를 물끄러미 바라보면서 황제는 짜증스럽게 중얼거렸다.

"그것도 꽤나 강한 애가 나오겠는걸."

앙상한 몸매를 보면 믿을 수 없는 일이긴 했지만 그녀가 무녀인데다가 황궁의 여자보다 튼실한 탓에 분명 강한 애가 나올 듯했다. 카자르 엔더가 지켜보고 있다면 특히나 더 확실할 터였다.

가만히 앉아 있던 반니레다는 자신을 뚫어져라 바라보는 황제의 얼굴을 슬그머니 살펴보았다. 미간을 잔뜩 찌푸리고 있긴 하지만 방금 전 부하들을 걷어차던 잔혹한 모습과는 달리 괴물로는 보이지 않았다. 아까 얌전히 자고 있는 모습을 봐서 그런지 뜯어보면 외견상 황제는 젊은 미남자에 속했다. 그것도 강하고 단단한 전사다. 강자를 숭배하는 홀리족 태생인 그녀는 자신을 빤히 내려다보는 황제와 눈을 마주치며 서글프게 웃었다. 이 잔혹한 남자가 가족의 복수를 해줄 것이다. 그렇게 믿으니 갑작스레 그가 무섭지 않게 느껴졌다.

하지만……. 그녀는 이제 아무런 소리도 나오지 않는 자신의 입가를 어루만졌다. 신벌이 내려진 이상 되돌릴 수 없다. 그녀는 벙어리가 되었다. 다시는 노래하지 못할 것이다.

그 서글픈 미소를 보며 신관은 가슴이 아팠다. 하루아침에 가족을 포함해 일족이 학살당하더니 낯선 남자에게 강간당하고, 모시던 신에게 신벌을 받은 가련한 어린 무녀. 그 운명이 어쩌면 그리도 모질단 말인가.

그러나 감수성이 메마른 황제는 그녀의 표정을 달리 해석

했다.

쪽.

갑작스런 뽀뽀에 신관과 가디언은 물론이고 당사자인 소녀마저 굳었다.

"그렇게 조를 거 없다. 뽀뽀 정도야 해주지."

너, 뽀뽀해 달라고 그런 거지? 나는 관대하거든. 그놈하고 달라. 덧붙인 황제의 말에 신관은 잠시 공황상태에 빠졌다. 어떻게 이 상황에 저런 대사가 나올 수 있는 거야!

"나는 너의 신처럼 치사하지 않다. 다른 남자에게 안겼다고 여자를 불구로 만들다니. 쯧쯧, 모자라긴."

정말 하는 짓이 치졸해. 끌끌 혀까지 찬 황제는 두툼한 손으로 그녀의 머리를 쓰다듬었다. 불쌍하구나, 너. 한마디 덧붙인 그 말을 알아듣진 못했어도 반니레다는 그 거친 손길에서 다정한 빛을 읽었다. 미리 말해두지만 그녀는 예민했다.

―네가 불쌍하대. 다른 남자에게 안겼다고 여자를 불구로 만든 태양신은 치졸하고 쪼잔하다며 욕하는구나.

보다 못한 뱀의 왕이 해설해 주었다.

아무리 전쟁신의 후예라지만 그래도 인간인 주제에 태양신을 천하에 없을 치졸한 존재로 격하시킨 그를 보며 반니레다는 멍하니 입을 벌렸다. 어이가 없다.

그 순간 다시 쪽 하고 황제가 입을 맞췄다. 별로 성의가 없는 뽀뽀였지만 반니레다는 다시 화들짝 놀랐다. 어마나.

"그렇게 입을 벌리고 애원하다니. 내 키스가 그렇게 받고 싶었나. 그래, 뭐, 그 쪼잔한 신에게 버림받은 이상 관대한 내가 받아주도록 하지. 이 애를 제2궁비로 맞이하겠다."

여전히 여심을 읽지 못하는 황제의 선언에 메리테인이 깊숙이 고개를 숙였다.

놀라운 일이긴 하지만 신탁을 받았다면 당연한 일일 것이다. 이교도였던 무녀가 황제의 노예도 아니고 정식 후궁이 되다니. 대무여관이 알면 뒤로 넘어갈 일이긴 하지만 어쩌겠는가.

―너를 정식 후궁으로 맞이하겠다고 지금 방금 선언했다.

반니레다는 두근거리는 가슴을 붙잡고 가만히 황제를 올려다보았다.

눈물이 주르르 흘러내렸다. 노리개가 된다 해도 복수만 할 수 있다면 뭐든 참겠다고 결심한 게 바로 어젯밤이다. 그런데 갑자기 사태가 돌변했다.

모시던 태양신은 그녀와 그녀의 부족을 버렸지만 관대하신 달의 여신은 홀로 살아남은 그녀를 위해 안배해 주셨다. 게다가 전혀 다른 전쟁의 신이 그녀를 돌아봐 주셨다. 완전히 버림받은 게 아니란 생각이 들자 그녀는 완전히 말랐다고 믿었던 눈물이 다시 흐르는 것을 느꼈다.

우는 그녀를 보면서 황제는 혀를 찼다.

"그래, 감격했구나, 나의 관대함에. 그렇겠지. 쪼잔한 신을 섬기다가 나같이 관대하신 분을 만났으니 얼마나 기쁘냐. 그 마음 이해한다."

속도 모르고 그녀의 등을 토닥거리며 황제는 고개를 끄덕였다. 아, 정말 나는 관대해.

토닥거린다기보다는 펑펑 후려치는 것에 가까웠지만 반니레다는 기꺼이 그의 넓은 가슴에 고개를 파묻었다. 흐느끼는 가는 어깨를 보면 누구라도 연민을 느끼겠지만 황제는 감수성이 좀 메말랐다. 아니, 엄청나게 메말랐다.

"야, 축축해."

이 지저분한 게 어디서 얼굴을 문대는 거야? 짜증을 내면서도 황제는 밀쳐 내진 않았다. 일단 후궁이 된 여자가 아닌가. 좀 꼬질꼬질한 여자지만 경험상 우는 여자를 밀쳐 내봐야 좋은 꼴 못 본다는 걸 그는 알고 있었다. 차라리 옷을 갈아입는 게 낫다.

─후우.

뱀의 왕은 앙증맞은 체구로 한숨을 내쉬었다.

무슨 말인지 못 알아듣는 편이 낫다고 판단한 뱀의 왕은 통역해 주지 않았다. 그리고 앞으로도 해줄 마음은 없다. 모르는 게 약이다.

반니레다의 기쁨과 안도에 찬 미소를 보며 뱀의 왕은 한탄했다. 가여운 것.

⚜

세상에는 주는 것 없이 싫은 놈이 있는가 하면 받은 것도 없는데 좋은 놈이 있다. 특히 사교 관계가 협소하고 이기적인 존재일수록 그 격차는 크다.

―주우우욱어!

악을 쓰면서 금발의 미남신이 달려들었다.

극도로 분노한 태양신은 자랑하는 황금빛 머리칼을 휘날리며 팔짱 끼고 삐딱하게 앉아 있는 전쟁의 신을 향해 화살을 날리기 시작했다. 물론, 전쟁의 신은 조용히 방패를 들어 막았다. 인간 황제 유그 펠리오르가 보았다면 비명을 질렀을 구식 타워실드다.

탱탱거리며 황금빛 화살이 튕겨 나가는 모습을 보고도 태양신은 전쟁신에게 공격을 멈추지 않았다. 있는 대로 투기와 살기를 뿌리면서도 주먹 대신 멀리서 활을 쏘는 그 모습은 전쟁의 신 카자르 엔더의 비웃음을 샀다.

―병신.

―크아아아아악!

비명만 지르는 태양신을 향해 카자르 엔더는 요즘 자주 올라오고 있는 공물을 집어 던졌다. 고수답게 허공을 꿰뚫는 굉음을 내며 둥근 모양의 공물은 태양신의 면상을 향해 날아갔다. 듣기에도 소름 끼치는 파공성을 듣고 태양신의 얼굴이 시퍼렇게 질리는 그 순간, 갑자기 그 앞에 둥근 방패가 떠올랐다.

퍽!

막긴 막았지만 다 막진 못했다. 끈끈하고 달콤하고 벌건 액체가 태양신의 순백 튜닉에 달라붙었다. 황금빛 머리칼에도 건더기가 좀 붙었다.

―으으으으으!

부들부들 떨며 이를 가는 가련한 태양신의 몰골에 보고 있던 몇몇 신들이 킬킬 웃음을 터뜨렸다.

신들의 정원 데 다나브리아.

주로 신들이 모이는 사교의 장소인 데 다나브리아는 사시사철 무지갯빛 하늘과 온화한 봄바람이 살랑대는 아름다운 정원이었다. 대부분의 신들이 선호하는 복숭아와 사과, 무화과나무들이 가득하고 달콤한 향기를 자랑하는 꽃들이 만발했다. 담소하는 신들 사이로 날아다니는 꽃의 요정들이 꿀이 흐르는 과자와 신성한 신주를 나르며 시중을 든다. 보기만 해도 뜨거운, 이글거리는 불의 신이나 재앙과 병균을 뿌리는 신들이 어슬렁거려도 아름다운 정원의 꽃과 나무들은 시들지 않는다. 정원을 가꾸는 꽃의 여신 사레이아와 그녀의 딸들이 정성을 기울인 덕분이다.

―이제 그만. 나의 정원에서 싸우면 못써요.

카자르 엔더의 빈 술잔에 술을 따르면서 꽃의 여신 사레이아가 살벌한 두 신의 화해를 시도했다.

―덤비는 건 저놈이거든.

카자르 엔더는 코웃음을 치면서 백설처럼 희고 꽃잎처럼 보드라운 꽃의 여신의 가슴에 키스했다. 꽃의 여신은 얼굴을 붉히며 그의 은발을 쓰다듬었다.

─사레이아!

보고 있던 태양신이 이를 부득부득 갈았다. 그럴 때마다 그의 옷자락에서 과육 덩어리가 뚝뚝 떨어졌다. 빨갛고 즙이 풍부한 페시라는 과일이었다. 새콤달콤해 맛이 좋은 대신 과육이 무르고 과즙이 끈적끈적해서 맨손으로 집어 먹어야 하는 불편함이 있긴 하다. 요즘 제국 서부에서 제물로 자주 올라오기에 카자르 엔더는 즐겨 먹고 있었다.

─구질구질하게 굴지 마.

옆에서 냉담한 음성이 들리자, 태양신은 미간을 구기며 자신을 막아준 방패의 주인을 노려보았다.

─넌 누구 편이냐, 주브프레이야!

둥근 방패를 든 달의 여신 주브프레이야는 대답 대신 싸늘한 시선을 던졌다. 남매인 태양신 마이칼루야와는 달리 주브프레이야는 여성답다기보다는 중성적인 외모를 가진 늘씬한 체구의 소유자였다. 여전사의 모습을 한 달의 여신은 은빛 갑주를 걸치고 투구를 쓰고 있었다. 투덜거리는 태양신을 무시하면서 그녀는 과일즙을 툭툭 털며 방패를 집어넣었다.

─저놈이 내 무녀를 훔쳐 갔어! 빼앗아갔다고!

악을 쓰는 그를 무시하고 달의 여신은 카자르 엔더에게 가볍게 말했다.

─뜻밖이다.

―뭐가?

꽃의 여신의 가슴을 애무하고 있던 카자르 엔더가 느긋하게 물었다.

―그대가 그 작은 무녀를 거두어줄 줄은 몰랐다. 그에 감사한다.

―호오, 네가 보살피던 아이였던가?

―노래와 춤으로 어릴 때부터 나를 섬기고 마이칼루야를 섬겼던 아이다. 빌어먹을 바람 때문에 구할 시기를 놓쳤지.

카자르 엔더는 무표정한 달의 여신을 물끄러미 바라보았다.

팔팔 뛰는 태양신과 달리 달의 여신은 무정하고 냉혹한 인상이었다. 여신이라기보다는 잘 벼려진 검과 같은 모습이다. 그녀가 여자들을 보호하는 취미를 가지고 있다는 것을 그는 뒤늦게 기억해 냈다.

―샘의 요정에게 감사하도록. 샘의 요정이 부탁했으니까.

무덤덤한 그의 말에 달의 여신은 고개만 까딱이고는 물러섰다. 악을 질러대는 마이칼루야의 뒤통수를 잡고.

생각보다 재미있는 여자인데? 카자르 엔더의 눈매가 가늘어졌다.

―뭐야? 이번엔 달의 여신을 건드려 보겠단 거야? 쉽지 않을걸.

문득 그의 옆으로 바다의 여신 마에라가 다가왔다. 짙푸른 머리칼을 진주로 장식한 아름다운 여신은 카자르 엔더의 옆에 앉아 차가운 얼굴로 입을 열었다.

―언제까지 그녀를 만지고 있을 셈이야? 하는 짓이 그 미친 인간 놈하고 똑같네.

―어딜 봐서 내가 그 멍청이랑 같다는 거야?

―이 여자 저 여자 건드리는 꼬락서니가 똑같지. 흥!

내가 강간 따윌 할 거 같아? 그가 짜증을 내자 옆에 있던 꽃의 여신이 까르르 웃었다.

―어마! 질투하시는 건가요? 언제부터 당신이 카자르 엔더와 친했다고?

발끈한 꽃의 여신이 비꼬자, 바다의 여신은 눈썹을 치켜 올렸다. 이게, 비리비리한 주제에 어디서 감히 말꼬리를 잡아? 아름답지만 광폭한 여신이 새파란 물빛 눈동자를 가늘게 뜨자 카자르 엔더의 손이 그녀의 턱을 잡았다.

―그만, 그만. 싸우지 마라. 아름다운 꽃을 두고 탐하는 건 어쩔 수 없는 일 아닌가?

―전에도 말했지만 당신의 바람기엔 질리겠어. 신급까지 내려간 주제에 뭘 믿고 그렇게 건방진 거야?

자신의 턱을 잡은 그의 손을 내치면서 바다의 여신이 쏘아붙이자 카자르 엔더는 어깨를 들썩였다.

―음, 난 잘났으니까!

―하! 웃기는군. 힘이 봉인된 주제에 언제까지 그럴비……

바다의 여신이 잔뜩 성을 내며 말하는 순간, 카자르 엔더의 입이 그녀의 입술을 덮었다. 진득하게 키스가 오가는 동안 바락바락 화를 내던 여신은 결국 그의 목을 끌어안았다.

두 신의 애정행각에 보고 있던 요정들이 얼굴을 붉히며 우르르 물러났다. 바로 옆에 있던 꽃의 여신은 입가를 비죽이면서 속닥거렸다.

―질투 맞잖아?

바다의 여신과 키스를 하면서도 카자르 엔더는 남은 한 손을 뻗어 꽃의 여신의 허리를 휘감았다. 한 손에는 바다의 여신, 한 손에는 꽃의 여신을 안은 전쟁의 신은 기운 좋게 두 사람을 끌고 정원 건너편에 마련된 침실로 들어갔다.

그 모습을 본 남신들이 절규했다.

안 돼! 너, 어제는 무지개의 여신하고 놀았잖아! 그저께는 뮤즈들과 떼거리로 놀았고! 왜 오늘은 꽃과 바다를 가져가는 건데! 이건 불공평해!

그리하여 전쟁신 카자르 엔더는 길고도 긴 적대세력 명단에 여럿의 신을 또 추가했다. 그는 실로 숨 쉬는 것만으로도 적을 늘리는 드문 신(神)이었다.

―그 빌어먹을 인간 놈, 봤는가?

―저 찢어 죽일 전쟁의 아들이라 불리는 그 미치광이 살인마 말인가? 진짜 똑같더구만!

―그놈이 후궁에 쟁여둔 여자가 수백이라는 거 알아? 매일 밤마다 대여섯 명씩 갈아치운다는군!

신족들이 괜히 유그 펠리오르를 보고 카자르 엔더의 아들이라 부르는 것이 아니다.

―꼭 저 같은 자손을 둔 주제에! 그놈을 위해 시간 축을 비틀다니!

―XX한 폭군 같으니라구! 그 인간 놈도 재수 더럽게 없었지?

―싸가지없기로 유명하더군!

―힘이 좀 세다고 이 여자 저 여자 건드리는 짓거리도 똑같아!

사방에서 비난과 욕설이 난무했다. 저건! 남자의 적이야! 척살해야 해! 질투로 산을 쌓고 용암을 끓이던 남신들은 곧 소음에 짜증이 난 여신들의 눈총을 받고 해산했다.

카자르 엔더는 부정하겠지만 유그 펠리오르는 그를 닮았다. 그것도 아주 많이.

 물론 충성스런 신하는 보물입니다. 그러나 독설과 직언을 서슴지 않는 신하는 보약이지요. 보약은 입에는 쓰지만 몸에는 달디단 법입니다. 간신배는 뭐라 칭하는 줄 아십니까? 사탕이자 달디단 과자랍니다. 아부와 뇌물을 뿌리는 신하는 사탕입니다. 간신배를 왜 그냥 놔두느냐고요? 천하, 교활한 혀를 가진 간신도 나름 쓸모가 있답니다. 원래 왕이란 스트레스가 심한 법. 간신은 그 스트레스를 풀어주는 존재이니까 가끔씩 사용하며 즐기십시오. 사람이 어떻게 만날 몸에 좋다고 잡곡 빵만 먹고 산답니까? 가끔은 과자랑 사탕도 먹어줘야지. 그렇죠?

　　　　　　　　　　—〈역사상 가장 위대한 왕의 스승들〉 中에서
　　　　　　　　　　　　　포시에 리걸 재상 篇
　　　　　　　　　　　　　　말린 데오시어 著

CHAPTER 11

Reload

 가장 기억에 남는 후궁이 누구냐고 물으신다면 저는 역시 하얀 궁비 마마라고 생각합니다. 눈토끼 마마요. 아, 그리고 그다음은 달맞이꽃 마마입니다. 왜냐고요? 그야 주인님께서 가장 신경을 많이 쓰셨으니까요. 눈토끼 마마야 워낙 황제께서 끼고 사랑하셨으니 그렇다 치지만 달맞이꽃 마마는 좀 특이하신 분이었어요. 유목민 출신의 야만 부족 태생인데 무녀였거든요. 원래 무녀 출신 분이 그렇듯 아주 이상하셨지요. 근데도 굉장히 주인님을 잘 모시더라고요. 게다가 말도 안 통하시는데. 아, 제 이름이요? 뜬금없이 제 이름은 왜 물으시나요? 제 이름은 사르레리라고 합니다. 몇 번이냐고요? 음… 때마다 조금씩 다릅니다. 그게요… 전 원래는 *18번이 되었*

는데요. 어릴 때 말이죠. 그… 뭐, 주인님 성격이 까칠한 건 아시죠? 그분이 여덟 살 때인가 그러셨거든요. 열 명이 넘어가면 다 귀찮으니까 다 때려치우라고요. 가디언의 수를 줄이라고요. 하지만 그게 그럴 수가 없는 거잖아요? 대무여관님과 시종장 이하 유모님까지 전부 다 기겁을 하셨어요. 실제로 다섯 명이 넘으면 주먹도 아니고 칼을 휘두르시더라고요. 그때 가디언이 열 명이나 죽었습니다. 시녀와 시종은 무수히 죽었고요. 아시다시피 주인님이 한 성격 하시잖아요. 그때는 더 그랬거든요. 물론 그때야 모후께서 살아 계셨으니까 함부로 굴진 못하셨지만. 나중에 모후께서 아시고 진노하셨어요. 사실… 주인님은 일곱 살까지 수를 잘 못 세셨어요. 열이 넘어가면 화를 내시더라고요. 첨엔 장난인 줄 알았어요. 워낙에 기골이 장대하셔서 겉으로 보면 성년처럼 보였거든요. 모후께서도 나중에 아시고는 기겁을 하셨지요. 그리고 매일 몽둥이와 채찍질로 수학을 가르치셨어요. 글도 못 읽는 주제에 숫자도 모른다고 난리를 치셔서 겨우겨우 숫자만 익히셨죠. 그다음부터는 좀 나아지셨는데 그래도 주변에 사람이 많으면 못 참아하셨어요. 사방이 간지럽고 짜증스럽다고 화를 내시더라고요. 그래서 유모님이 주인님께 약속을 하셨지요. 반드시 열두 명으로 숫자를 맞추기로요. 근데 그게 어디 맘대로 되는 일이랍니까? 다른 신족들은 가디언을 20명, 30명 두는 일도 흔하다고요. 우리 주인님은 주변에 숨어 있는 놈들이 거슬린다고 길길이 뛰시는 거지만. 그래서 어떻게 되었나고요? 흑흑… 죽기 일보 직전까지 수련해야 했엉요. 죽을 뻔 했당공요. 흑흑, 그때를 생각하면 눈물이 앞을 강령요. 은신술, 잠영술, 대륙 전체에 알려진 은신술이란 은신술을 다 익혀야 했엉요. 킁! 에, 죄송합니다. 그때만 생각하면… 눈물이 자꾸 나서요. 그래도 10번까지는 괜찮아요. 11번을 넘어가면 주인님은 얼굴도 잘 기억 못하신다고요. 전에 13번이 밥하다가 죽을 뻔했대요. 주인님이 너 누구냐고 그래서 서러워 죽을 뻔했대요. 야, 인마. 그래도 넌 고유 번호라도 있지, 난 임시 번호란 말야!

※

"뭘 한다고요?"

"야습."

무뚝뚝한 어조로 대꾸하는 레솔트 후작을 보고 북부제국군 총사령관인 룩사나 백작은 입을 쩍 벌렸다.

"유목민들을 대상으로 야습이요? 이곳은 북부라오! 북부 평원이오. 귀 밝고 눈 좋은 베이딘족을 상대로 제국기병이 야습한다는 게 말이 됩니까? 은신처조차 없소!"

룩사나 백작이 악을 질렀지만 레솔트 후작은 무표정한 얼굴을 유지했다.

북부제국군 사령부.

황실직할지 룩사나의 영주이자 위성도시 루라랄, 야위르,

페오의 영주이자 제국군 총사령관인 룩사나 백작은 머리가 깨질 것 같았다. 병석에 누운 부친을 대신해 뒤를 이은 그는 속이 부글부글 끓었다. 하필 왜 내가 이 상황에서 사령관이 되었단 말인가! 왜! 왜!

갑자기 일어난 유목민들이 연합하여 제국군을 습격하기 시작한 것은 거의 재앙 수준이었다. 북부지방군은 각 지역과 깊이 밀착되어 혼혈 영주가 많았다. 제국이 북부 평원을 도모할 때 자연스러운 흡수를 주장했기 때문이다. 비록 제국이 북부 평원을 전부 아우르고 있긴 하지만 태생이 유목민이자 유랑민인 북부인들은 기질이 매우 달랐다. 관습이 아예 다르니 쉽게 융합되진 않는다. 그래서 오랜 세월에 걸쳐서 북부 평원을 영지로 삼고 살아가는 영주들은 홀리족이나 베이딘족의 여자들을 첩으로 삼았다. 귀족가의 영양이 본부인이고 토착민인 베이딘족의 여자가 첩이 된 셈이다. 그러나 아무리 정통 가계는 제국인의 피로 이어졌다고는 해도 뿌리는 결국 북부인 터라 세월이 가면서 자연스럽게 혈통이 얽혔다. 제국인들은 강자를 사랑한다. 그 사고방식은 북부 토착민과 같다. 모시는 신은 달라도 기본은 전부 전사를 숭앙하는 문화인 것이다. 영주들은 강한 아들을 후계로 삼았고, 기사들은 강한 영주에게 충성을 바쳤다. 때문에 강인한 혼혈영주는 제국 순혈인과 다를 바 없이 영지를 다스릴 수가 있었다. 오랜 세월 동안 북부가 조용했던 것은 그 탓이 컸다. 물론 빨아먹을 부산물이 없다는 것도 그 이유 중

하나였지만.

그래서 더 쉽게 당했다. 토착 세력인 베이딘족이 통합되어 왕국을 자처했는데, 제국에 속한 영주들은 안이하기 짝이 없었다. 설마 혈족인 자신들을 해치랴 하는 마음과 자신도 베이딘족의 피가 흐른다는 동조 심리가 바탕에 깔려 있었다.

다른 곳과 달리 북부제국군의 수가 적은 것도 그 때문이었다. 각 지역의 제국사령부는 황제직속령인 위성도시나 직할영지를 자체 수입원으로 삼고 병참기지로 운영해 왔다. 물산이 풍부한 남부와 동부는 그 이름답게 엄청난 숫자를 자랑하는 강군이지만 그럴 수 있는 배경에는 부유한 직할지가 있었다. 동부는 무역항으로 이름난 항구 세 개와 상업이 발달한 위성도시 일곱 개를 소유하고 있고, 산악지대라 그다지 풍요롭지 않다는 서부도 위성도시가 열한 개나 된다. 뿐이랴. 남부사령부 역시 풍요로운 중부평야와 남부대평야를 끼고 직할농작지가 네 개, 위성도시가 네 개다. 병력 역시 기본적으로 기사단 포함 십만에 이른다. 거기에 보조 병력을 합하면 이십만이 넘는다. 그러나 북부군은 겨우 돈 안 되는 위성도시 세 개가 전부다. 그 상황에서 자체 보급을 해결해 온 터라 북부사령부는 꽤나 빼딱한 상태였다. 게다가 평화 시기가 너무 길었다. 적이 없어서 잠잠한 지역이 바로 북부다. 우리는 제국의 버려진 자식이냐? 왜 좌천된 놈만 보내는 거냐! 이왕 보낼 거면 돈 좀 보내. 여긴 먹을 것도 없고 너무 추워. 유목민들이 얼마나 사나운지 너희들은 몰라. 돈 줘. 돈 줘. 먹을 것도 주고 입을 것도 주고, 무기도 줘. 줘. 줘!

아무리 악을 써봐도 경제 논리에 충실한 제국 군부는 흔들리지 않았다. 만날 쌈질하는 애들을 잘 먹이고 입히는 것만으로도 모자란다. 그냥 매일 놀고먹는 놈들이 바라는 것도 많네. 우리가 얼마나 황제의 핍박하에 사는지 너희들은 모를 거야. 우리는 매일매일 피 튀긴단 말이다! 우리 먹을 것도 모자라. 모자라!

수십 년 동안 쌓여온 북부군과 중앙군부 사이에서 벌어진 신경전은 이제 일상이고 습관이 되었다. 만약 베이딘족이 통합되었다며 왕국을 선포하고 제국 요새들을 점령하지 않았다면 중앙군부에서는 이들이 보내는 소식을 그저 투정으로 알아들었으리라.

각설하고,

레솔트 후작이 근위기사단까지 끌고 마빈 남작령에 도착했을 때에는 이미 방책을 세 겹 두른 요새가 불에 타고 있었다. 밤새도록 공격을 받은 제국군과 남작령의 병력 중 반이 소진되었고, 뒤이어 마빈 남작령이 무너지면 다음은 병참도시인 루라랄. 그 루라랄이 무너지면 북부 최고의 도시인 룩사나가 위험했다.

레솔트 후작이 이끈 병력은 외관상 그다지 많지 않았다. 근위기사단과 그가 이끄는 뇌전기사단과 궁기병단이 전부다. 보병의 수는 그다지 많지 않았다. 성질 급한 황제의 속도에 맞추기 위한 것도 있지만 그들이 정벌을 하러 나선 게 아니었기 때문이다.

"나는 레솔트다."

황제와 황후에겐 돼지라 불리지만 적병에게는 뇌전의 악마라 불리는 맹장이 한마디 해줬다. 위압감에 질린 룩사나 백작이 입을 다물자 레솔트는 진지하게 말했다.

"폐하께서는 한 뼘의 땅도 내어주지 말라 하셨다."

북부 토박이이긴 했지만 제도에서 공부한 룩사나 백작은 황제가 얼마나 무서운 존재인지 알고 있었다. 황제만이 아니라 그냥 황실 가족 전체가 제정신이 아닌 살벌한 자들이다. 직접적으로 젊은 황제에 대해 알지는 못했지만 그래도 룩사나 백작은 가슴이 내려앉았다. 영토를 빼앗긴 패장에게 무슨 할 말이 있으랴. 그냥 맞아 죽을 확률이 대단히 높았다.

고개를 숙인 룩사나 백작과 반발과 분노, 불안을 번갈아 보이고 있는 북부 귀족들을 돌아보던 레솔트는 과묵한 근위기사단장에게 턱짓했다. 여전히 고지식한 루네릭 백작은 말없이 일어섰다.

자신의 진영으로 돌아온 레솔트는 서둘러 야습 준비를 했다. 룩사나 백작은 생각지 못했겠지만 이미 예전에 사막 부족을 상대로 몇 번 야습을 했던 뇌전기사단과 기병들은 수월하게 그 준비를 마칠 수 있었다. 다양한 전쟁터를 누빈 역전의 용사들이다. 주인을 닮아 절대로 빈손으로 물러나지 않는다는 신념을 가지고 있는 그들은 다양한 재주로 모든 것을 자체적으로 해결했다. 말들은 재갈이 물려 있었고 다리는 늑대 가죽 주머니로 감싸 소리를 차단했다. 이 늑대 가죽은 늑대왕 일족이 남긴 것이다. 병사들은 바느질을 하며 용돈 벌이용 늑대 가죽이 순식간에 군용 물자로 돌변한 것을 매우 슬퍼했다. 몇몇은 기지를 발휘해 남은 늑대 가죽으로 목도리를 만들어 북부 병사들에게 판매했다. 늑대 가죽 장갑과 장화, 안장과 방석이 순식간에 북부군 진영에 퍼져 나갔다. 어쨌든 바지런한 레솔트의 부하들은 비단 기사들뿐만 아니라 보병들이 탈 수레를 끄는 말들도 똑같은 모습으로 준비했다. 이들은 기습에 동참하지는 않지만 기습에 성공하고 돌아오는 병력을 위해 일정 거리까지 대기하고 있어야 했다. 이처럼 준비를 갖추느라고 각 마을에서 징발한 가축을 이용했지만 그것만으로는 부족하자 털이 좀 있다 싶은 야생동물은 몸살을 앓아야 했다. 거의 오천의 말에게 이런 덧신을 신기기 위해선 엄청난 털가죽이 필요했기 때문이다. 부유한 레솔트의 기병들은 따로 이천의 예비마를 가지고 있었다. 그런데 작전의 변경으로 인해 이 말들이 보병용 수레를 이끄는 말로 변했다. 다른 이들의 눈에 기사들과 기병은 거의 차이가 없었다. 원래 검은 갑주를 입고 있고 무장 상태도 엇비슷하다. 차이가 있다면 장검 하나가 더 있는 쪽이 기사였다. 어쨌든 모든 병력은 전신을 검게 물들였다. 그들뿐 아니라 말은 물론 수레까지 꺼멓게 칠을 했다.

"오늘은 야습하기에 좋은 날씨는 아닙니다. 달이 너무 밝군요."

준비를 하고 있는 레솔트에게 루네릭이 심각하게 말하자 말없는 레솔트 대신 메베르크 자작이 미소 지어 답했다.

"괜찮습니다. 이 정도면 충분하지요."

밤하늘은 구름 한 점 없다. 그럼에도 그들은 여유만만해 보였다. 나름 경험이 풍부한 루네릭은 레솔트가 왜 그리도 유명한지 잘 알고 있었다. 북부사령관 따위에 비교할 정도의 인물이 아니다. 황제가 정벌군을 일으킬 때 십만 대군을 이끌던 이가 레솔트였다.

"일단 우리 쪽이 더 강하니까요."

야습의 묘미는 괴롭히는 것 아니겠습니까? 흐흐 웃는 메베르크 자작의 미소에서 루네릭 백작은 익숙한 자의 향기를 느꼈다. 적을 괴롭히는 것에 희열을 느끼는 앙상한 재상의 얼굴이 아련히 떠오른다.

"출발!"

작은 소리였지만 모두 알아들었다. 레솔트 후작의 명령에 근위기사단을 제외한 뇌전기사단과 기병들이 달리기 시작했다. 약 이천의 기마가 먼저 출발하고 뒤이어 보병들이 탄 수레가 출발했다.

"도적단 같아."

수석기사 앙데라그가 육포를 씹으며 한마디 했다. 부단장인 레비스는 뭐라 한마디 하려다 말았다. 시커멓게 온몸을 칠하고 까만 옷을 입고, 거기에 무기와 보따리를 하나씩 매고 달리는 모습이 진짜 도적단이다. 번들거리는 눈동자까지도 어쩐지 정예 군단이라기보단 사욕에 불타오르는 도적 떼다.

어쨌든 야적단, 아니, 뇌전기사단과 기병들은 소리없이 진지를 벗어났다. 베이딘족과 얌족의 연합군이 무려 육만이나 모여든 본영이 멀지 않다. 마빈 남작령을 방어하는 동안 제국군은 줄어들지만 연합군은 늘어나기만 했기 때문이다. 베이딘 왕국을 선언한 연합군에 합류하기 위해 며칠 밤낮을 달려온 전사들이 각 부족별로 진영을 꾸리고 있었다. 하지만 이들은 연합도 처음이고 대단위 전술에도 취약하다. 심지어 말이 안 통하는 자들도 많았다. 그렇기에 내달리는 돌격만으로 승리할 수는 없다는 것을 보여주어야 했다. 주먹구구식 돌격으로 전쟁에서 이길 수 있다면 세상 모든 일이 얼마나 간단할까.

뇌전도적단은 레솔트의 지휘하에 삼등분으로 쪼개져서 각각의 진영으로 파고들었다. 본영에서 어느 정도 떨어진 곳이었다. 아직 베이딘 연합군은 그들의 접근을 알지 못하고 있었다. 워낙 많은 수가 모인 탓인지 듬성듬성 모여 있는 그들은 자못 축제 분위기였다. 무엇보다 연승가도를 달려왔기 때문이리라. 그들은 자신들의 후방을 노리고 다가가는 군대가 있다는 것은 생각지 못했다. 뒤에서 오는 자들은 다들 연합에 참여하기 위해 오는 전사들이라 믿는 까닭이다.

이미 몇몇 부족을 부수며 달려온 뇌전기사단이다. 패배한 부족민들이 소식을 알려주었을지도 모르지만 어쨌거나 그들이 예상하는 도착일보다 최소 이삼 일은 빠를 터였다. 뇌전기사단이 달리 뇌전이 아니다. 그들은 보병마저도 두 배 이상의 속도로 행군할 수 있었다. 만약 지방 영주들의 참견이 없었다면 보다 빨리 도착했을 것이다. 각 지역 영주들이 도와달라며 손을 내미는 통에 그나마 반나절 정도 늦어진 게 지금이다.

루네릭은 근위기사단의 위명하에 패배로 잔뜩 주눅이 든 북부 주둔군과 남은 지방 영주의 병사들을 지휘하며 진지를 정리했다. 그들이 빨리 정리해 뒤따라가야 오늘 전투에 참전할 수 있는 것이다. 북부 주둔 사령관이 삐딱한 모습을 보이긴 했지만 황제직속군이라는 것은 변치 않는다. 북부군, 즉 북부 주둔군은 지방 영주군과 달리 살벌한 근위기사단의 명성을 익히 알고 있었다.

"후속타를 준비해야지. 흐흐."

"전부터 생각한 건데요, 우린 근위기사단 맞죠? 그것도 황제직속 호르데마누 맞는 거죠?"

연신 육포를 씹는 앙데라그 옆에서 근위기사단의 막내 루자르 남작이 중얼거렸다. 난 꼭 내가 돌격대가 된 거 같아요. 그것도 아니면 결사대 같은 거요. 그도 아니면 시체 처리반? 가련하게도 루자르 남작은 아직 스물세 살인데도 겉으로는 이미 훌륭한 중년이다.

전쟁 경험을 넘치도록 쌓은 젊은 근위기사단은 가끔 자신들이 진짜 근위기사단인지 아니면 돌격대인지 헷갈렸다. 황제가 너무 굴려서 그렇다. 사망률이 돌격대를 방불케 하는 역전의 기사단이다. 황제가 궁에 있을 때면 빛나는 갑옷을 입고 만인의 우러름을 받으며 잘난 척할 수 있었지만 일단 나오면 생사의 기로에 서서 헤매는 가련한 신세. 아마 역대 근위기사단 중에서 가장 많이 전쟁터에서 구른 것으로 기록될 것이 분명했다.

"마, 그래도 월급은 제일 세잖아."

성의없는 선배의 대꾸에 기사들은 한숨을 내쉬며 빛나는 갑옷에 흙칠을 했다. 그래도 우린 황실기사단인데 황실 문장 앞에 까만 칠을 해야 한다니. 흑흑. 여기저기서 그런 소리가 나오긴 했지만 항의하거나 반항하거나 개기는 기사는 아무도 없었다.

"오늘 임무는 저주받을 것이다."

침통한 속삭임이 레솔트 도적단 사이로 퍼져 나갔다.

오늘의 주요 목표는 적의 식량이다. 대개 베이딘족이나 얌족들은 소규모 무리로 움직이는 전사단을 운용했기 때문에 각자의 식량은 각자 마련하고 있었지만 지금은 달랐다. 수가 너무 많았고 요새와 성채를 공격하기 위해 제국군과 대치하고 있는 시간이 길어졌다. 뿐이랴. 기세를 높이기 위해 약탈해 놓은 식량을 중앙에 쌓아두고는 선심 쓰듯 새로 들어온 전사들에게 나누어 주고 있었다. 그들은 아직 레솔트 군의 출현을 몰랐기 때문에 대단히 해이했다. 전쟁 경험의 차이일지도 모른다. 심지어 그들은 식량을 따로 방비하는 병사들을 둔 것도 아니었다. 일단 오늘 당하고 나면 다르게 배치하겠지만 그건 중요하지 않았다. 태양신의 가호 아래 승승장구하고 있다는 망상을 깨는 게 가장 중요하다고 레솔트는 생각했다.

그들이 당도하자 정찰을 책임진 레인저 출신 병사들이 제일 먼저 진영 사이로 파고들었다. 일부는 식량을 불태우고 일부는 적의 이목을 끌 임무를 수행하기 위해서다. 그리고 그들의 행동을 신호로 삼아 레솔트가 이끄는 기사들이 움직인다. 오락가락하면서 살피고 있는 보초들은 아예 무시했다.

펑 소리와 함께 비명이 울렸다. 불꽃이 화악 하고 진영 사이로 치솟는다. 그와 동시에 모닥불과 횃불로 가득했던 진영이 순식간에 어두워졌다.

"적이다!"

"적! 어디냐!"

베이딘 연합군은 당황했다. 그들은 갑자기 어두워지자 급히 말부터 챙기기 위해 달렸다. 하지만 그보다는 공격받아 날뛰는 말에 짓밟히지 않는 게 우선이 되었다.

"으아아악!"

말이 사람보다 많은 진영이다. 거기다가 대열이나 진영을 따로 짜지도 않았다. 그냥 빈터에 적당히 자리만 있으면 엉덩이를 붙인 상태. 그러니 어둠 속에서 일어난 혼란은 점점 더 심해졌다. 베이딘 진영은 호통과 사방으로 아우성치는 전사들을 정비하려는 외침이 무성했다.

"생각보다 쉽군."

레솔트 군은 제일 먼저 말 엉덩이에 불침을 놓아 사방에 말을 풀어놓았다. 그다음에는 쌓아놓은 식량을 주저없이 불태웠다. 아까워서 미칠 것 같았지만 시간상 별수 없다. 베이딘 군은 어둠 속에서 자기들끼리 싸웠다. 말이 안 통하는데다가 일단 어둠 속에서 하얀 무기가 보이니 일단 찌르고 보는 것이다.

"난 베이딘족이야!"

이런 소릴 하면서 칼질을 해대는 시커먼 레인저들이 혼란을 가중시켰다. 서툴긴 하지만 그새 몇 마디를 배운 덕분이었다.

"나는 홀리족이다!"

"난 얌족이야. 찌르지 마."

덕분에 그들끼리의 살상이 점점 늘어났다. 일단 옆에서 피를 뿜으며 쓰러지는 동족을 보고 흥분하는 것은 당연지사. 모두들 의심하기 시작했다. 혹시 배신자가 있는 거야? 그런 거야? 우리들 사이에 배신자가 있다!

흥분한 이들이 악을 질러대며 배신자를 잡으라고 외쳤다.

비명과 악다구니가 뒤엉켜 소란은 점점 더 커진다.

그때였다.

"우오오오오!"

레솔트는 흠칫 뒤를 돌아보았다. 어둠 속에서 거구를 자랑하는 벌거벗은 전사가 함성을 내지르자 가슴속까지 찌르르했다. 치솟는 살기. 보통 놈이 아닌 것이다.

"불을 켜라!"

"불씨를 지켜!"

횃불이 여기저기서 타오르기 시작했다. 밝아지기 시작하자 까만 도적단은 슬그머니 후퇴를 시작했다. 몇몇이 들켜 죽임을 당할 뻔하기도 했지만 시기적절하게 동료들이 달려든다.

거친 말발굽 소리도 없이 뇌전기사단이 돌진했다. 일제히 살벌한 무기를 휘두르며 아직도 헤매고 있는 베이딘 진영을 그대로 쓸었다.

"야습이다!"

"적이다!"

잠자다가 당한 참상에 입을 쩍 벌리고 있던 병사들은 시커멓게 다가와 와장창 부수고 지나가는 뇌전기사단에게 짓밟혀 그대로 죽어 넘어졌다. 1조, 2조, 3조가 중앙을 돌파하고 다시 회전해 일제히 좌측과 우측으로 갈라져 다른 진영을 덮쳤다.

"어째서!"

"정신들 차려라!"

악을 쓰는 이들과 함께 무기를 정비하는 무리도 생겨났다. 말은 사방에 흩어져 찾기가 어렵긴 했지만 수는 워낙 많았다. 그들은 달려드는 시커먼 악마들을 향해 돌진을 개시했다.

무패를 자랑하는 북베이딘족의 대전사 헤스르쿰은 기합성과 함께 달려드는 검은 기사를 후려쳤다. 거대한 칼날이 시퍼렇게 빛나며 기사의 말 머리를 두 동강 냈다.

달려가던 뇌전기사는 피를 덮어쓰며 낙마했다. 비명을 지르기도 전에 헤스르쿰은 기사의 머리를 그대로 반으로 갈랐다.

"정신들 차려라! 쿠어어어어어!"

전사의 함성이 울려 퍼지자, 흥분하던 북베이딘족이 제일 먼저 정신을 차렸다. 어차피 그들은 다른 부족을 중요시 여기지 않는다. 그들은 아군을 좀 죽여도 괜찮다고 생각하는 무자비한 자들이다.

피아를 막론하고 달려드는 이들을 모조리 죽이며 북베이딘족들이 날뛰자, 메베르크 자작이 휘파람을 불어 회군을 명했다. 날뛰던 뇌전기사단이 일제히 말 머리를 돌리자 연합군들은 그 뒤를 추격했다. 욕설과 비명이 난무하는 추격전이 벌어졌다.

과연 평원의 전사다웠다. 뒤엉킨 상황에서도 베이딘 군은 뇌전기사단을 잘도 추적해 왔다. 엄청나게 차이나던 거리를 순식간에 따라붙는다. 비록 레솔트의 뇌전기사단이 작전으로 말들이 지쳤다고는 하지만 그들의 기마술은 뇌전단의 기병보다 나았다.

게다가 그 와중에도 잊지 않고 화살을 날리고 있었다. 뒤따라오는 적에게 화살을 날릴 만큼 궁술이 뛰어나지 못한 몇몇 기병들은 어지러이 날아드는 화살이 자신의 말이나 등에 맞지 않기를 빌며 달릴 수밖에 없었다. 그나마 방어구가 좋은 거라서 다행이라고 그들은 다시 한 번 주인님 만세를 외쳤다. 그래도 낙마라도 하면 끝장이다. 실제로 몇몇은 화살에 맞아 낙마하기도 했다. 낙마하면 그대로 적병에 짓밟혀 즉사한다. 꼬리가 밟히기 전에 후방 부대와 조우하길 빌며 뇌전기사단은 악랄하게 추적하는 자들을 피해 악랄하게 달아났다. 다행히 적들이 바로 코앞까지 거리 차를 줄였을 때 전장을 이탈했던 레인저들과 보병단이 어둠 속에서 일제히 저격을 시작했다.

그렇다고 안심하기는 일렀다. 아직 후방 부대의 지원을 받기 위해서는 좀 더 달려야 했고, 적들은 어느새 지원군이 합세하여 엄청난 수로 불어났다. 불기만 하지 줄어들지는 않는 무지막지한 그 군세를 보고 레솔트는 과연 이들을 막을 수 있을지 사뭇 걱정이 되었다.

"준비!"

대기하고 있던 병력이 루네릭의 손짓에 따라 움직였다.

북부군과 지방영주군은 일제히 활을 당겼다. 난리를 치고 돌아오는 뇌전기사단의 퇴로를 위해 준비된 군세다.

레솔트가 이끄는 기사단이 약속한 대로 준비된 지형에 들어서자 첫 번째 저지선을 준비하던 앙데라그가 작은 목소리로 외쳤다.

그에 따라 어둠 속에서 대기 중이던 보병과 궁병이 저마다 활을 들고 전방을 주시했다. 퇴로를 준비하기 위해 마차까지 준비되었다. 말이 사람보다 흔하니 여유가 넘친다.

마차들은 말들을 바로 내달릴 수 있도록 말 머리를 돌린 상태였다. 이 상태로 화살을 쏘고 내달리며 계속해서 화살을 날려야 했다. 비록 사두마차이긴 하지만 많은 보병을 끌며 달린다면 결코 기병보다 빨리 달릴 수는 없다. 따라서 적들에게 따라잡히지 않으려면 그만큼 다가오는 적들을 죽여야 했다.

달빛이 창백하게 빛나고 있다. 별빛이 쏟아지는 맑은 하늘 아래 살육전이 벌어진다.

그동안 연전연패하며 이를 갈았던 주둔군과 지방영주군은 두 주먹 불끈 쥐고 때를 기다렸다. 콧방귀를 뀌며 달려들었던 북부사령관 룩사나 백작도 기사들을 이끌고 방벽 위에서 대기하고 있었다. 아무리 미워도 아군이니까. 지면 죽는다.

하늘에서 마지막 빛을 내는 달빛으로 그럭저럭 전황은 보인다. 룩사나 백작은 궁병들을 모조리 끌어모았다. 레인저들의 1차 저지선, 마차에 탄 보병들의 2차 저지선이 뚫리고 방책 앞까지 적들이 도착하면 바로 화살을 날리기로 계획을 짰다. 룩사나 백작은 재수없는 레솔트 후작의 말 대신 황제 근위기사단장 루네릭 백작의 말에 따라 움직이는 것이라고 혼자서 자위했다. 우린 원래 황제직속군이거든. 그러니까 근위기사단장 말을 듣는 것뿐이거든.

룩사나의 심사가 어떻든 마침내 미리 준비된 기름에 불을 붙이며 레솔트의 기병들이 신호를 보내자 루네릭은 거침없이 명령했다.

"쏴라!"

재상 로리랜드의 심복이자 북부지원군 사령관인 와스발딘 백작이 준비된 지원군을 이끌고 룩사나에 도착한 것은, 근위기사단과 북부 주둔군, 북부 귀족연합군, 레솔트 군이 대승을 거둔 3일 후였다. 아무리 그래도 제도에서 북부 룩사나까지 6일 만에 도착한 오만의 군세에 모두가 경악했다. 무지하게 빠른 지원군에 놀란 룩사나 백작이 지독하게 유능하셔서 악랄하신 재상 각하를 찬양하는 것은 당연지사.

"대, 대, 대체! 루네릭 백작! 그대는 근위기사단장이 아니오? 호르데마누가 어째서 여기에 있소? 황, 황제 폐하께서는 대체 어디에?"

겉으로 보기에는 훤칠한 금발 미남인 와스발딘 백작은 흥분하면 말을 더듬는 치명적인 결함이 있었다. 그는 루네릭의 얼굴을 보자 입을 쩍쩍 벌렸다. 뿐만이 아니라 과묵한 레솔트 후작의 얼굴을 보자 더 기함을 했다.

"이, 이럴 수가! 그, 그, 그, 그렇다면 폐, 폐, 폐하께선 호, 호, 혼자?"

조금만 더 놀라면 그가 숨이 넘어갈지도 모른다는 불안감에 루네릭 백작은 점잖게 그의 어깨를 움켜쥐었다.

"진정하시지요. 폐하께서 직접 명하신 게요. 룩사나를 지켜 제국의 영토를 지켜내라는 칙명이 계셨기에 어쩔 수 없었습니다. 이제 급한 불은 껐고 귀공이 오셨으니 호르데마누는 폐하를 찾아서 떠나겠습니다."

"어, 어, 어, 어……!"

어떻게 그분을 찾느냐고 속으로 외치는 충성스런 그의 얼굴에 눈물까지 고였다. 물론 살기를 줄기줄기 뻗어내는 기운 때문에 키도 큰 그의 눈물은 아무도 눈치채지 못했다. 역수로 대단한 살기에 코피를 좔좔 흘려가며 자빠지는 자들까지 속출했다. 압박감을 이기지 못한 몇몇은 급히 밖으로 달려나가 토했고, 시중을 들러 왔던 병사들은 픽픽 고꾸라졌다.

남들은 잘 모르지만 배다른 혈족 둘을 가디언으로 보낸 와스발딘 백작의 충성심은 깊고도 두껍다. 너무 두꺼워서 탈이다.

"걱정 마시지요. 이미 가디언에게서 그분의 행적에 대해 연락을 받고 있습니다. 아시다시피 그분께는 카자르 엔더의 가호가 있고 또한 그분과 동행하는 이는 야히. 결코 소식이 끊길 염려는 없소이다."

루네릭은 흥분하는 와스발딘 때문에 진지하게 말했다. 유달리 진중하고 신뢰감 높은 근위기사단장의 말에 모두들 납득했다. 만약 로리랜드가 말했다면 다들 진의를 의심했겠지만 루네릭의 말은 모두가 믿는다. 그래서 평소 행동이 중요한 것이다.

"알겠소."

순식간에 마음을 가라앉힌 와스발딘은 주변 모두를 압박하던 기운을 풀고 심호흡했다. 그래, 괜찮을 거야. 우리 폐하는 원래 세. 무지막지 센 분이야. 그러니까 괜찮을 거야.

그의 기운이 막 가라앉는 그 순간, 그의 마음 한구석에서 불안의 씨앗이 피어났다. 그렇지만 수만 명이 화살을 뿌려대며 달려들면 어떻게 하지? 아무리 강해도 칼이 안 박히고 화살이 안 박히는 건 아니잖아? 그분은 홀로이신데, 방패가 될 거라곤 가디언 몇뿐인데 그것 갖고 되겠어? 안 그래도 무장이 부실한 분이잖아! 평범한 칼 한 자루 가지고 뭘 하겠느냐고!

수백도 아니고 수천도 아닌 수만 명 단위를 생각하는 것부터 평범한 범위는 충분히 벗어났다. 다시 와락 무지막지한 기운이 쏟아지기 시작하자, 근처에 있던 이들의 얼굴이 새파랗게 얼어붙었다. 약한 자들은 호흡 곤란을 일으킬 지경이다. 멀쩡한 것은 루네릭이나 레솔트 정도였고, 메베르크나 앙데라그도 시퍼렇게 얼굴이 굳었다. 비명이 절로 나온다. 으아아! 저 양반, 왜 저래? 저 사람, 누구야? 누군데 이렇게 끔찍하게 강한 거냐? 너무해! 숨 막혀!

"와스발딘 스승님!"

황궁 안에서만 지내고 있어 별로 알려지진 않았지만 와스발딘은 제국 내 실력자 중 세 손가락 안에 꼽히는 강력한 기사였다. 그는 공작가의 차남으로 태어나 검술로 일가에 오른 뒤에 야히가 되겠다고 나섰다가 대무여관의 설득에 황궁에 엉덩이를 붙인 검사다. 황가를 버리려 하다니 그런 무책임한 짓을 하면 되겠냐고 공갈을 치는 대무여관 때문에 그는 황족들의 교육과 안전을 맡았다. 따지고 보면 공작가 태생이니까 아주 조금 황실과는 혈연이 있긴 했다. 미리 말해두지만 야히는 카자르 엔더의 신관으로 지위고 뭐고 아무것도 없이 대륙을 떠돌며 무예를 익히는 자들이다. 백작이고 관직이고 다 때려치우고 야인으로 살겠다는 그를 로리랜드가 어찌 놓칠 수 있으랴. 그는 황제가 제위에 오르자마자 충성심을 버리지 말라고 사기를 쳐서 불공정계약을 체결했다. 즉, 황궁에서 숙식을 해결하고 봉급은 국고에 환원한다는 극악 노예 계약이다. 나이가 더 들면 야히가 되어 야히들을 마구 키워내겠다는 소박한 야망을 가진 이 검술의 대가는, 독실한 카자르 엔더의 신도로 한 발자국만 더 내디디면 광신도의 영역에 발을 들일 찰나에 있었다.

루네릭은 와스발딘 백작의 진정한 무위를 알고 있었다.

너무 알아 탈인 그는 결사적으로 그를 붙잡고 말했다.

"진정하시지요! 당신의 이런 모습을 폐하께서 아시면 얼마나 실망하시겠습니까?"

그 말에 와스발딘이 흠칫 정신을 차렸다. 아, 그래! 폐하께선 날 보고 실망하실 거야! 혼자 당황한 그가 얼른 사과했다. 물론 황제는 그를 보고 실망하지 않는다. 그가 누군지 잘 모를 테니까.

"미, 미안하게 되었구려."

그가 마음을 가라앉히자 루네릭은 진지하게 말했다.

"폐하께선 무사하실 거요. 그분의 검 선생도 하셨던 분이 왜 그분의 실력을 믿지 못하시는 거요?"

"그건 그렇지."

한숨을 내쉬는 와스발딘 백작. 그는 왕년 황제가 아홉 살 때까지 검술을 가르쳤던 장본인이다. 물론 그다음은 얻어터졌지만. 그래도 그때까지는 황제를 두들기며 가르칠 수 있었던 유일한 인물이었다. 그래서 황제는 아홉 살 이후 그를 까맣게 잊고 있었다.

"나만큼 폐하의 실력을 아는 이는 없겠지."

진지하게 자신의 자랑을 한 뒤 와스발딘 백작은 레솔트와 메베르크, 그리고 북부사령부의 인물들을 훑어보았다. 그의 눈빛이 차갑게 변하자 루네릭은 안도했다. 그를 막을 수 있는 인물은 로리랜드와 황제나 황후뿐이다. 황실의 일만 아니면 유순하기 이를 데 없고 겸손한 인격자인 와스발딘 백작은 근위대 사이에서 무관의 제왕으로 불렸다. 물론 본인은 낯뜨겁다면서 결사적으로 거부하긴 하지만 아는 이들은 다 검왕으로 부른다.

"그럼 그동안의 전황을 듣겠소. 호르데마누는 어서 폐하의 뒤를 따르도록 하시오."

루네릭은 그에게 경의를 표하며 뒤로 재빨리 물러났다. 근위기사단 역시 그에게 수련을 받았기에 스승에 대한 예를 표하며 물러났다. 근위기사의 품질을 살펴야 한다면서 일주야를 두들겨 팬 무지막지한 분을 어찌 잊을 수 있으랴. 황제가 아니고선 잊을 수 없으리라.

"근데 정말로 가디언과 연락이 닿았어요?"

작은 목소리로 앙데라그가 물었다. 그의 기억에 가디언에게서 연락은 오지 않았다.

"뻥이다."

나도 숨 막혀 죽긴 싫거든. 진지한 음성으로 성실하게 대꾸하는 근위대장을 보면서 수석기사와 부관은 침묵했다. 그리고 서둘러 달리기 시작했다.

북부사령관 룩사나 백작이 지도를 꺼내 들고 설명하는 동안 메베르크 자작은 사라지는 루네릭의 뒤통수를 바라보며 속으로 고심했다.

레솔트 군단은 원래 황제친정군에 속해 있다. 그러니까 저기 가는 근위기사단을 따라가야 맞다. 그런데도 레솔트는 움직이지 않고 있었다. 그는 황제가 말한 대로 제국의 영토를 지키기 위해 이곳에 남을 생각인 모양이었다. 하지만 메베르크는 그것이 불안했다. 안 그래도 레솔트의 위치 때문에 그의 충성심을 의심하는 자들은 널려 있다. 그런데 이런 적지에서 황제를 홀로 놔두고 진군했다는 말을 다른 귀족들이 들으면 가만히 있을까? 이겨도 져도 비난은 같다. 오히려 이기면 이길수록 비난의 화살이 전공을 갉아먹을 것이다.

재상은 레솔트가 이곳에 있다는 것을 모른다. 안다면 그 역시 펄펄 뛸 것이 틀림없다. 메베르크는 걱정스러운 기색으로 레솔트를 살폈다. 무장인 그는 정치적인 입장은 그다지 고려하지 않는다. 절대군주인 황후와 황제가 믿어주는 이상 아무래도 상관없다고 생각하는 게 틀림없다. 하지만 메베르크의 생각은 달랐다.

루네릭은 몰라도 와스발딘은 좀 걸렸다. 그는 레솔트보다 작위는 낮지만 황실의 피를 이은데다가 검왕이라 불리는 실력자다. 게다가 공작가를 배경으로 하고 있다. 황실과 비슷한 역사를 가진 와스발딘 공작가는 세력은 별로 없지만 추종하는 세력들이 만만치 않다. 검왕 와스발딘은 황후와 레솔트의 관계를 공공연하게 비난하는 대표적인 인물이었다. 성품은 공정하지만 고지식한 만큼 황후의 공공연한 애인인 레솔트를 좋아할 리 없다. 그래서인지 레솔트를 바라보는 와스발딘의 시선은 차게만 보였다. 만약 전선에서 트러블이라도 벌어지면 어떻게 하는가 하고 메베르크는 걱정했다.

지나치게 깊게 생각하는 메베르크의 생각대로 와스발딘은 레솔트를 싫어했다. 아주 싫어했다. 무지하게 싫어했다. 그런데 그 이유는 메베르크와 같은 도덕적이거나 뭐, 세속적인 그런 이유가 아니라 보다 형이상학적인 이유였다.

미학(美學).

'저건 거울을 보고 사는 걸까? 저런 얼굴로 황후께 자기가 어울린다고 생각하는 거야? 저건 건방진 거야. 방자한 거지.'

그렇다. 와스발딘은 미학을 추구하는 구도자였다. 강한 것은 아름답고 강하지 않다면 아름답지 않다. 카자르 엔더의 신언처럼 그는 미학을 추구했다. 여신처럼 아름다운 황후에게 감히 저런 얼굴로 애인이 되었다는 것. 그게 그가 레솔트를 싫어하는 이유의 전부다.

와스발딘은 카자르 엔더의 후예인 황제와 황후에게 절대적인 충성을 바치고 있었다. 만약 황후가 애를 안 낳고 마구 포악을 떨었어도 그는 황후를 경애했을 것이다. 그런데 황후는 정말로 황제에 비하면 완벽했다. 황제가 좀 모자라고, 좀 바보 같고, 좀 책임감도 없고, 좀 잔혹하고, 좀 막가는 경향인 데 비해서 황후는 정말로 완벽했다. 유일한 흠은 레솔트 후작을 애인으로 삼은 것뿐이다. 그건 상관없는데 완벽을 추구하는 와스발딘의 눈에 레솔트 후작은 정말로 못생겼다. 미남이 넘쳐 나는 황궁에서 정말 레솔트는 아니다. 아무리 높게 쳐주어도 〈탄탄해 보이는 체구〉라는 말 이외엔 칭찬해 줄 게 없다. 그나마 유능했으니 참는 것뿐이지 무능하고 말 많은 놈이었다면 야밤에 담 넘어 들어가 쳐 죽였을지도 모른다. 그는 지금도 레솔트의 얼굴을 보면 하고 싶은 말이 많았다. 차라리 가면을 써. 차라리 복면을 써서 그 면상 좀 가려. 그 면상을 보자니 정말 내 눈이 썩을 거 같아.

'하아, 유능하니 참아야지.'

로리랜드는 모르고 있지만 사실 와스발딘은 로리랜드도 사람으로 치지 않고 있었다. 부실한 몸뚱이에 못생긴 얼굴에 성격은 더럽다. 건질 건 머리하고 주둥이뿐이다. 미학을 추구하는 그의 눈에 로리랜드는 그냥 재상이란 명패를 단 작대기로 보였다.

미학을 추구하는 황궁의 숨은 실력자에 대한 이야기는 그렇다 치고 전황은 나쁘지 않았다. 레솔트와 루네릭은 북부군을 통합하여 잘도 휘둘렀다. 궤멸 직전의 군대를 끌어모아 야습을 성공시키고 계속해서 모여드는 부족연합군을 이간질시켰다. 평야든 산야든 사막이든 평원이든 신경 쓰지 않고 싸워온 뇌전단은 늑대 가죽 부산물을 뒤집어쓰고 불신감이 팽배해진 부족 사이로 끼어들어 깽판을 쳤다. 베이딘 왕국이란 이름을 보면 알 수 있듯이 얌족이나 홀리족은 다 깔개에 불과해. 베이딘족이 최고거든. 제국이 물러가면 얌족이나 홀리족은 그냥 쫄다구가 되는 거야. 북베이딘족 애들 봐. 걔들은 그냥 막 죽이잖아. 그런 놈들을 믿고 어떻게 싸워?

오랜 세월 동안 통합되지 못했던 부족들이다. 오랫동안 싸워온 적이었던 그들이 태양신의 신탁 하나로 통합된다는 것은 어려운 일. 게다가 하필이면 베이딘족에게만 신탁이 떨어졌다는 것도 의심을 부채질했다. 다른 부족의 무녀들 중에는 신탁을 못 받은 이도 있었고, 그래서 거부하는 이들도 꽤 있었다. 물론 이것은 신계에서 벌어진 다툼과 카자르엔더가 시간 축을 비튼 탓에 태양신의 신력이 골고루 미치지 못한 탓이었지만 지상의 인간들은 모른다. 어쨌거나 왜 하필 베이딘족에게만 신탁이 내려지고, 왜 하필 베이딘 왕국이라고 국명을 지어야 하는 건지, 왜 베이딘족만 왕족이 되는 건지 모르겠다고 의문에 의문이 쌓여가자 얌족과 홀리족 내부에서도 파란이 일기 시작했다.

홀리족의 대족장 하훌라와 얌족의 대족장 아류라가 베이딘 왕 리카르를 만나겠다고 나선 것이다.

"다툼이 너무 길어지고 있소! 나는 사태 해결을 위해서라도 만나야겠소."

"그렇지. 희생자도 늘어났어. 전사들은 모여들고 있지만 현재 제국군과 대치하느라 별로 크게 이득되는 것도 없소. 우리 일족의 피를 받은 영주들까지 공격하다니. 이건 지나치게 잔혹하오."

"그렇지. 영주인 내 손자가 며칠 전 공격을 받아 영지를 잃고 후계자를 잃었다고 알려왔어. 어떻게 대족장인 나의 핏줄을 해칠 수가 있지? 일족까지 해치고서 어떻게 나라를 세운다는 거야?"

비난은 주로 북베이딘족에게 향하고 있었지만 베이딘족 역시 비난의 대상이다.

"곧 건기가 다가와! 이렇게 되면 강이 마를 테고 샘도 마를 텐데 언제까지 싸움만 벌일 거요?"

물과 식량의 부족이 사태를 점점 악화시켰다.

뇌전단이라 쓰고 까만 도적단이라 읽는 레솔트의 부하들은 눈물을 머금고 식량을 불태우고 약탈했다. 안 그래도 만성적으로 식량 부족인 평원 부족들이다. 그런 이들이 특별한 준비도 없이 단시일 안에 태양신 하나만 바라보고 미친 듯이 모여들었다. 평상시 수백 명 정도 되는 무리를 짓고 있던 부족들이 삽시간에 수만, 십만 단위로 커진 것이다. 게다가 무장 상태도 다르고 말도 안 통하고 실력도 차이가 나고 부족 간 불화도 있다. 그런 상태의 혈기 왕성한 전사들이 수만, 십만 단위로 모여든 것이다. 그동안 분쟁이 안 난 것은 오로지 제국군이 줄줄이 패해서 요새와 영지를 내어준 덕분이지 부족연합군 수뇌부가 유능해서가 아니었다.

게다가 건기가 다가온다.

항상 물이 부족해 농사가 힘든 지역이다. 샘을 찾고 지키는 것이 생명줄을 지키는 것과 다름이 없다. 그런데 각지에서 전사들이 모여들면서 작은 부락은 초토화되었다. 샘을 빼앗기거나 망가뜨리는 일도 흔해졌다. 물이 없으면 가축이 죽고 사람들이 죽는다. 그런데 태양신이 발호한 만큼 물 역시 귀해지기 시작했다.

베이딘족을 비롯해 모든 부족들이 문제점에 봉착해 있을 때 태양신의 신탁을 받은 장본인인 리카르는 어디에 있었던가.

그는 엄선된 전사들과 함께 북요르문 산을 향해 달리고 있었다.

황제처럼.

도무지 유목 부족인 베이딘족이라고는 믿어지지 않을 정도로 흰 피부에 빛나는 황금빛 머리칼을 휘날리면서 리카르는 달리고 있었다.

늘씬한 체구에 섬세한 이목구비를 갖춘 그는 어디로 보나 이질적인 외모의 소유자였다. 베이딘족 태생으로 부모 역시 그가 태어난 순간 깜짝 놀랐을 정도의 외모다. 부친은 모친의 정절까지 의심했다. 하지만 의심하기엔 그들 주변에 타국인이라고는 한 명도 없었다. 그리고 내려진 신탁.

황금의 머리칼, 하늘처럼 푸른 눈, 구름처럼 흰 피부.

그들이 모셔온 태양신의 화신. 태양신이 바라는 세상을 만들기 위해 내려온 태양신의 아들.

그의 외모 자체가 신의 증거였기에 그를 본 모든 부족들이 다 납득했다. 지나치게 아름다운 외모에도 불구하고 그는 성실하고 용감한 전사였다. 싸울 때는 가장 앞서서 싸우고 위험한 일이라면 먼저 나섰다. 북베이딘족이라는 험악한 자들도 그를 보고 태양신의 화신이라는 것을 인정할 정도였다. 그렇기에 그는 어려움을 몰랐다. 아니, 항상 극복해 왔다.

"뭐라고?"

잠시 행렬을 멈추고 리카르는 뒤에서 온 연락병에게 새로운 소식을 받았다.

전 평원의 부족이 집결한다는 이야긴 그도 들어 알고 있었다. 그러나 연승가도를 달리던 그들이 분열하기 시작했다는 말에는 입을 벌릴 수밖에 없었다.

"어찌 그런 일이!"

그의 심복인 전사 리줄라이가 보내온 서신을 쥐고 그는 잠시 갈등했다. 그리고는 조용히 옆에 있는 중년의 전사 로삼에게 넘겼다.

"읽어주게."

오랫동안 전승 기록을 담당해 온 전사 로삼은 말없이 양피지를 펴 들었다.

홀리족의 대족장과 얌족의 대족장이 리카르를 청한다는 말과 북베이딘족의 극성 때문에 연합군에 문제가 있다는 것, 그리고 제국이 증원군을 보내 분위기가 나쁘다는 것, 또한 건기가 다가오는데 식량과 물이 부족하다는 것 등등이었다.

"그런 일이……. 하지만 난 신탁에 따라 황금 새를 잡으러 가야만 해."

진지한 얼굴로 리카르가 말하자 로삼 역시 고개를 끄덕였다. 태양신의 화신인 그가 신탁을 우선시하는 것은 당연한 일이다. 그렇지만 연합군 역시 놔둬선 안 된다.

"신께 기원해 보십시오."

로삼의 말에 리카르는 탄식했다. 어찌 인간의 일에 일일이 신께 기원한단 말인가.

"신께선 돌봐주실 거라 믿는다. 건기 전까지 황금 새를 잡도록 노력하자. 어서 출발하자고."

리카르가 말 위로 다시 오르며 외치자 다른 전사들도 신을 찬양하며 말 위로 올랐다.

"그럼 뭐라 답장을 적지요?"

로삼이 묻자 리카르는 진중한 얼굴로 대답했다.

"건기까지는 무조건 돌아가겠다고 적어. 그리고 북베이딘족에게는 경고하도록. 대전사의 이름으로."

"네, 그리하지요."

로삼이 펜을 집어 들기도 전에 리카르는 앞서 달리기 시작했다.

그렇다. 태양신의 아들이라는 리카르. 그도 까막눈이었다.

"뭐하냐?"

"야히 암호입니다. 폐하께서 어디 계신지 야히들은 알아야 하는 의무가 있습지요."

왠지 비굴하게 말투가 바뀐 바인데는 날아가는 매를 바라보며 대답했다.

대부분의 신관이나 무녀들은 신성한 짐승들과는 의사소통이 가능했다. 그중 야히들은 나는 새들을 동반자로 삼았다. 대륙 곳곳에 퍼진 야히들끼리 정보를 손쉽게 주고받을 수 있는 이유도 그것 때문이다. 물론 어지간히 수련을 해서 인정을 받은 야히들만이 가능한 일이었지만.

"호르데마누가 폐하의 뒤를 따르고 있다고 전해왔습니다."

얼른 소식을 고하자 황제는 말을 달리며 무성의하게 고개를 끄덕였다. 그의 옆으로 단정하게 머리를 땋고 가디언처럼 검은 옷을 입은 반니레다가 능숙하게 말을 타고 달렸다. 임신했다는 말을 듣긴 했지만 본인은 자각이 전혀 없는 상태이니 말 달리는 데 지장은 없었다.

어제 아침 황제의 품 안에서 눈물을 흘린 뒤부터 그녀는 반듯한 자세를 유지했다. 깔끔하게 정리하고 나자 그녀의 외모는 단아하고 아름다워서 보는 이들이 감탄할 정도였다. 그러나 보는 이라고는 잠재적 고자인 가디언들과 정신적 고자인 신관, 그리고 외모에 대해 별로 관심이 없는 황제뿐이라 그다지 달라진 것은 없다.

"아, 북부는 어떻게 되었다고 하더냐?"

뜻밖에도 황제다운 질문이 튀어나오자 바인데는 기쁘게 보고했다.

"밀려드는 부족연합군을 물리치고 대치 중이라 합니다. 태양신의 군대는 분열 중이고요."

황제는 미간을 꿈틀거렸다. 뭐, 대치? 그게 뭐야?

눈치 빠른 메리테인이 재빨리 말 머리를 붙이며 부가 설명을 고했다.

"영토를 보전 중이라는 말입니다."

"보전? 빼앗긴 것은 찾았다더냐?"

미간이 다시 꿈틀거리자 이번엔 바인데도 꿈틀거렸다.

"아, 아직… 자세한 것은……."

"대치는 무슨! 말아먹을 대치! 군대가 갔으면 쳐들어가서 부수고 잡아와야지 뭐가 대치야? 보전 같은 소릴 어디서 지껄여? 잃은 것을 찾아오고 거기다가 덤도 가지고 와야 보전인 거다! 이 XX 같은 것들이!"

악을 지르면서 막 말고삐를 돌리려는 황제를 결사적으로 막으며 메리테인이 외쳤다.

"지원군이 와서 곧 출격할 겁니다, 주인님!"

"지원군?"

메리테인의 뜻밖의 말에 황제가 고개를 돌리자 그는 급히 덧붙였다.

"네, 재상 측의 연락에 따르면 와스발딘 백작을 사령관으로 약 오만의 지원군이 룩사나에 도착했다고 합니다. 전황도 좋고요. 곧 진격해서 폐하가 원하시는 대로 다 부수고 다 정리할 겁니다."

황제는 잠시 생각했다. 와스발딘이 누구더라?

"검왕이라 불리시는 분 있잖습니까? 9번 하고 15번의 머나먼 삼촌 되시는 분이오."

왕년에 검술도 배우셨잖아요? 덧붙이는 메리테인의 말에 황제는 겨우 기억해 냈다. 아홉 살 때 이후로 별로 얼굴을 맞댄 적이 없어서 기억도 희미하다.

"그런데 그 영감이 왜 사령관인데? 그 작자가 강했던가?"

"…강했지요. 가디언들도 검술 기초는 그분에게 배웠는데요."

무지막지하게 눈물콧물 질질 흘려가면서, 메리테인이 폐부 깊숙이 숨겨진 원한을 되새기며 대답하자 황제는 머리를 갸웃했다.

"그 작자한테 배운 거라곤 머리 땋는 법하고 서서 오줌 누는 법 정도인 거 같은데."

머나먼 기억을 뒤지면서 황제는 그를 기억해 냈다. 난 그 영감이 내 하인인 줄 알았어. 그러고 보니 내 고추도 그 양반이 깠어. 똥꼬도 그 양반이 닦아주고.

예전이었다면 겨우 10년 남짓하겠지만 현재의 황제 펠리오르에게는 무려 40년 전의 과거다. 기억을 무지하게 되새겨 보니 어렴풋이 와스발딘이란 노인네가 기억났다.

모후와 유모가 그를 교육시키려 애를 쓰긴 했지만 그를 제어할 수 있는 인종이 그리 흔할 리가 없다. 인문적인 부분은 다 때려치우고 일단 기본적인 것이라도 가르치기 위해 강자를 수소문했는데 와스발딘 공작가의 아들이라 했던 그를 대무여관이 추천해 왔다.

젊었는데도 말투가 영감 같아서 황제는 그를 보자마자 영감이라 불렀다. 처음엔 검술만 가르치려 했는데 넘치는 힘을 주체하기 어려워 사고가 다발로 일어나자 결국 체술도 같이 가르치기 시작했다. 숙식을 같이하면서. 무녀 사이에서 자란 펠리오르는 그래도 같은 남자라고 조금은 그 영감이 마음에 들었다. 주제에 감히 어화둥둥 귀여워라 하고 달려드는 것이 아니꼽긴 했지만 강한 남자이니 부황보다는 훨씬 좋았다.

그 당시 가디언들은 지금보다 더 인형 같았기에 말동무가 될 이도 별로 없었다. 그는 펠리오르가 동정을 뗄 때도 같이 있었고 몽정을 할 때도 조언해 주었다. 폼을 재면서 소변 보는 법을 가르치고 휘날리는 은발은 로망이라면서 그의 머리칼을 땋아준 것도 와스발딘이었다. 대등하게 같이 달리고 뛸 수 있는 드문 인간이었는지라 어린 펠리오르는 그가 그럭저럭 마음에 들었었다. 물론 수련이랍시고 굴릴 때는 죽일 만큼 미웠지만.

그러나!

그 영감은 그를 배신했다. 아홉 살인지 열 살인지 기억은 안 나지만 한창 검술을 배우는데 갑자기 그가 마노를 칭찬하기 시작했다. 검술은 물론이고 다양한 기술을 활용하는 능력이 대단하다면서 본받아 같이 지냈으면 좋겠다고 떠든 것이다. 안 그래도 동갑인 마노시아에 대해서 이를 갈고 있던 그에게 감히 본받으라는 말을 했던 그를 황제는 용서하지 않았다. 그는 처절한 응징을 가하고는 돌아섰다. 너는 이제 내 스승이 아냐. 훗.

어쨌든 그 기억과 함께 그 이후의 일도 기억났다.

"빌어먹을."

그가 황제가 되고, 안데르를 얻고, 안데르에게 배신당해 폐인이 되어 발광하고 있을 때였다. 몇 안 되는 근위기사들과 가디언에게 둘러싸여 반역자들에게 공격받고 있을 때 회색의 낡아빠진 옷을 입고 그가 등장했다. 처음엔 어디서 거지가 튀어나왔다고 생각했다.

예전과 달리 늙고 지친 얼굴이었지만 그를 보는 눈은 항상 부드러웠다.

"나의 어린 주인님, 어찌하여 그리도 울고 계신 게요? 왜 그리 슬픈 게요?"

그가 등장하자마자 수백의 반역자들이 머리를 잃고 바닥에 나뒹굴었다. 그는 피에 젖은 장검을 들고 다가와 건방지다며 욕을 퍼붓고 있는 황제를 향해 무릎을 꿇었다.

"폐하, 소인은 이미 늙었습니다. 이번이 마지막. 아마도 다시는 폐하를 뵙지 못할 것 같습니다."

메말라 있던 가디언들의 눈가로 핏물이 흘러내렸다. 감성이 굳어버린 가디언들의 눈가로 눈물 대신 피가 흘렀다. 그들의 시선을 받으며 추레한 옷을 입은 늙은 와스발딘은 천천히 걸어 본궁의 정문 기둥에 몸을 기대고 앉았다.

수백, 수천의 기세등등한 반역자들이 정문을 공격해 왔을 때 그는 천천히 검을 뽑었다. 눈부신 검광이 병사들에게로 부서져 내렸다. 쏟아지는 핏물이 파도가 되어 하얀 벽을 붉게 칠했다. 방어구도 투구도 없이 낡아빠진 신관복에 검 한 자루만 쥔 채 그는 병장기로 가득 찬 인간의 바다를 갈랐다. 그가 휘두른 검날 사이로는 비명조차 흐르지 않았다. 춤추듯이 흐르는 그의 옷자락 사이로 생명이 흘러가 바닥으로 떨어졌다.

해가 뜨고, 해가 지고, 해가 또다시 뜨고, 해가 다시 지고.

사흘 밤낮, 이름도 알려지지 않았던 무관의 제왕이 나타나 모두가 증오하는 황제를 위해 검을 휘둘렀다. 말라비틀어진 가디언들에게 슬픔을 심어놓고 죽었다.

그가 만들어낸 시체의 산이 본궁 정문을 가득 메웠고, 시체 썩는 냄새가 독기를 뿜어냈다. 저조차 경탄하고 두려워하며 치를 떨었던 늙은 검왕은 마침내 휘두르던 검이 부러지자 조용히 눈을 감았다.

꼿꼿이 서서 눈을 감은 그의 몸이 산산조각이 나 하늘로 치솟았다. 몇몇은 카자르 엔더의 곁으로 돌아간다고 믿었고 몇몇은 너무나 힘을 쓴 나머지 육체가 붕괴되었다고 생각했다.

모두가 비통해했다. 적조차 가슴을 부여잡고 가디언조차 피를 흘렸지만 황제는 그것을 무감하게 보고 있었다.

자신을 위해 죽는 자.

황제에겐 별게 아니었다. 그는 위대하고 고귀했으니 그런 그를 위해 죽는 건 당연한 일이었으니까. 그보다는 썩어 흐물거리는 안데르의 시체가 더 신경 쓰여서 그는 입고 있던 옷가지로 시체를 감싸 안고 눈을 감았다.

"와스발딘 영감."

황제는 멍하니 하늘을 올려다보았다.

잊고 있었던 자가 얼마나 많았던 것일까. 되새겨야 할 과거는 한둘이 아니었다. 와스발딘이란 이름은 그의 유년 기억 속에 조그마한 흔적을 남겼을 뿐이다. 그 긴 제위 기간 동안 그는 와스발딘을 한 번도 생각하지 않았다. 그가 어찌 되었는지 그가 무슨 일을 했는지 아는 것은 아무것도 없다. 그러니 그에게 해준 것도 없다.

그럼에도 불구하고 그는 왔다. 야인처럼 떠돌던 그가 돌아와 황제를 위해 죽었다.

황제는 갑자기 말고삐를 쥔 채 이를 악물었다.

갑자기 가디언들의 얼굴이 생소해졌다. 그는 가디언들의 얼굴을 전부 다 알지도 못했고, 심지어 숫자가 몇인지도 몰랐다. 어린 시절 같이 있었던 와스발딘을 까맣게 잊어버린 것처럼 그의 곁에 있던 자들의 면면조차 알지 못했다.

갑자기 소름이 끼쳤다.

로리랜드가 와스발딘을 군사령관으로 삼았다는 것은 그가 그만큼 대단한 인물이었다는 뜻이다. 그런데 그는 그를 기억해 내지 못했다. 기억나는 것은 마지막 날, 그가 찾아와 자신을 위해 목숨을 버렸다는 것이 전부다.

가디언의 얼굴에서 핏물이 흘러내렸다. 하얀 얼굴 위로 흐르는 붉은 선.

감정을 제어당한 가디언도 눈물을 흘렸다. 그러나 황제는 울지 않았다. 그는 알지도 못했고 기억하지도 못했다.

세상 모든 것이 손가락 사이로 흘렀다.

그는, 어리석었다.

"폐하?"

갑자기 굳어버린 황제를 향해 메리테인이 다가왔.
"폐하? 괜찮으십니까?"

메리테인의 둥근 얼굴이 순식간에 나이 든 중년의 얼굴로 변했다. 창백한 중년의 얼굴을 한 메리테인이 피를 흘렸다. 가면처럼 굳은 입가에서 피를 흘리고 그를 향해 울부짖는다. 그의 건장한 사지가 갈가리 찢겨져 나가며 더운 피를 뿌렸다. 가디언의 피도 보통 사람처럼 붉고 뜨거웠다. 무심하기만 한 가디언들의 눈가로 핏물이 흘러내린다. 원망도 없고 슬픔도 없고 오로지 충실한 도구로서만 살아온 그들의 눈가로 눈물 대신 핏물이 흘러내렸다.

유그 펠리오르는 비명 대신 이를 악물었다. 진땀이 뚝뚝 떨어졌다.

이게 뭔가. 이게 대체 뭐라는 기분인가.

절로 얼굴이 일그러졌다. 이거 뭐야? 이 찝찝하고 더러운 이 기분, 대체 뭐야?

그가 속으로 절규하고 있는 순간이었다.

따스한 손이 다가와 그의 이마를 더듬었다. 축축한 땀이 배어 나오는 그의 이마를 훔쳤다.

황제는 그에게 손을 내민 조막만 한 소녀를 내려다보았다.

자신의 반도 되지 않을 정도로 작은 소녀가 손을 뻗어 그의 턱으로 흐르는 땀을 닦아주고 있었다. 파랗고 동그란 눈은 그저 맑았다.

아침에 후궁으로 삼았던 소녀가 오후에 그를 위로하고 있었다. 말도 못하게 된 배교한 무녀에, 멸망당한 부족의 생존자인 소녀가 그를 바라보며 희미하게 웃었다.

이게 뭐야?

황제는 멍하니 그녀를 바라보았다.

"폐하, 역시 술이 모자라신 거지요? 압니다. 후우, 하지만 여기선 술을 구하기가 어려워요. 주인님 입맛에 맞는 술은 귀하다고요. 그 뱀의 왕의 피를 대신 마셔보시면 어떨까요?"

메리테인이 한숨까지 내쉬며 지껄였다.

―무어라! 왜 내 피를 마신단 말인가! 안 돼! 난 이미 빈혈이다!

뱀의 왕이 격렬하게 항의했다. 그러자 말을 알아들었는지 반니레다가 눈을 동그랗게 뜨며 황제와 뱀의 왕을 번갈아 보았다.

황제는 그들을 무시하고 하늘을 올려다보았다.

눈이 부실 정도로 파란 하늘은 전에 보던 하늘과 다름이 없었다. 가슴이 답답해서 소리를 지르고 싶었다. 그러나 소리를 지르고 싶지는 않았다. 이 울컥한 감정이 대체 어디에서 온 것일까. 어디에서 온 뭐라는 감정인가.

그는 망설인 적이 없었다. 당황한 적도 없었다. 후회라는 것도 몰랐다.

안데르, 나의 눈토끼.

사랑한다는 말과 예쁘다는 말만으로도 행복해하던 그녀.

갑자기 그녀가 보고 싶었다. 가슴 한구석이 허해서 견딜 수가 없었다. 배가 고픈 것도 여자가 고픈 것도 아니었다. 그냥 허했다.

그는 손을 뻗어 눈앞에 있는 작은 반니레다를 끌어안았다. 갑작스런 포옹에 놀라긴 했지만 침착한 그녀는 가만히 안겨 있었다. 황제는 고개를 작은 몸에 파묻고 가만히 눈을 감았다.

그는 살아 있었다. 그녀는 살아 있었다.

황후도, 아이들도, 로리도, 가디언들도, 레솔트도, 루네릭도, 와스발딘도 다 살아 있다. 그가 기억하지 못했던 자들, 그를 위해 죽었던 자들이 다 살아 있다.

모두 다 아직 죽기 전이다.

카자르 엔더가 말했다. 그의 성격 더러운 전쟁신께서는 그가 사산한 쌍둥이 동생 몫의 운명을 살고 있다고 말해주었다.

"미치겠군."

그는 반니레다를 끌어안은 채 킬킬 웃었다. 웃고 또 웃었다. 가디언들이 무서워하든 말든 그는 웃었고, 반니레다는 물색도 모른 채 그의 등을 쓰다듬으며 위로해 주었다.

"아무래도 그때의 기억이 되살아난 것은 아닐까?"

2번이 속삭였다.

"그럴 거 같아. 나라도 굉장히 쪽팔릴걸."

3번이 덧붙인다.

"와스발딘 그 양반은 생각하면 생각할수록 끔찍하거든. 야, 니들은 모르겠지만 1번부터 8번까지는 그 양반한테 배웠어. 뭐, 인간이 그냥 인간이 아니야."

"세상에 그렇게 끔찍한 인간은 없어. 어떻게 주인님을 집어 던져서 팰 수가 있는지."

"난 그 양반이 주인님을 패다가 목검을 세 개나 부러뜨린 그때를 잊을 수 없어. 와, 소름이 쫘악 끼쳤었어."

"그러게. 오죽하면 주인님이 주먹도 아니고 뒤치기를 했겠어? 그 양반은 신혈이 진한 것도 아닌데 그 바윗돌을 머리통에 맞고도 멀쩡하더라니까."

"피는 났지. 혹도 나고. 기절도 했을 거야."

"뭔 소리야? 보통 인간이라면 그런 거에 맞고 그대로 뒈진단 말야. 주인님이 던진 그걸 맞고 기절만으로 끝났다는 점에서부터 이미 그 양반은 인간이 아냐!"

가디언들이 수다를 떠는 동안 메리테인은 반니레다를 안고 말을 달리는 황제의 뒤통수를 보며 고개를 끄덕였다. 음, 역시 여자가 고팠는지도 몰라. 하긴 매일 다섯 명씩 데리고 있다가 어설픈 하나만 취하시니 굶주린 게 분명해. 먹는 것도 며칠간 부실했겠지. 신선한 고기가 부족하니 허벅지살을 조금씩 뗄까? 12번 엉덩이가 제법 토실하던데.

와스발딘. 무려 포악한 펠리오르의 검술 스승이었던 인물. 그리고 가디언들의 스승이기도 했던 그 인물. 물론 아홉 살 내인가 패배를 자인하고 물러나긴 했지만 거의 황족에 준하는 무자비한 인물이었다.

황제는 기억하지 못하지만—정확히 말해 기억하지 않기로 했지만—그 당시 같이 있었던 메리테인은 기억하고 있었다. 와스발딘은 같이 검술을 배우고 있던 마노시아 황녀를 칭찬했고, 그녀를 본받으라고 감히 황자에게 충고했다. 그리고 그 충고를 들은 어린 황자는 목검을 깎고 있던 와스발딘의 뒤통수에 짱돌을 날리고 도망갔다.

"너 미워! 마노만 예뻐하구! 이 배신자!"

처절하게 울부짖던 황자의 목소리를 메리테인은 기억했다.
물론 남에게 말은 안 했다. 그리고 짱돌에 맞아 뒤통수가 깨진 와스발딘도 모른다. 기절했으니까.
그날의 기억은 말없는 가디언들 사이에서만 존재한다.

서쪽에서 부는 바람, 폭풍 구름이 솟아오르고
황야에는 우울한 사내가 하나
안전은 멀고 위험은 가까워도
그의 발 해지고 찢어져도
걷고 또 걷고

매일 밤마다 황량한 어둠 속에서 차가운 요정이 와 속삭인다
오늘 밤 그대의 영혼을 다오. 걸음을 멈추고 내 손을 잡으렴
너는 지쳤어. 피에 젖은 네 발이 보이지 않니
너는 괴로워. 가시덤불 숲에 숨은 늑대가 무섭지 않니
내 너를 보호해 주마. 내 손을 잡으렴

아무것도 들리지 않소, 아무것도 보이지 않소
장님이고 귀머거리인 죄인이 해진 신발 질질 끌며 황야를 걷는다
짊어진 죄 너무 커 신의 자비를 구하지도 못하고
걷고 또 걷고

—서사시 〈허미어 루그다렌, 방랑자〉 中에서
(작자 미상)

CHAPTER 12

RELOAD

12번 라치입니다. 아, 제가 좀 바빠서요. 나중에 찾아오시면 안 될까요? 12번인 주제에 왜 바쁘냐고요? 너무하시는군요. 12번이 얼마나 바쁜 자리인지 모르시는군요. 다른 번호인 애들하고 연락을 주고받는 게 저입니다. 물론 근위대나 여타 다른 이들이 연락을 제일 먼저 해오는 것도 저고요. 12번은 가장 빠르고 은신술이 가장 뛰어난 자들만이 받는 번호랍니다. 이유는 간단합니다. 측근을 빼고는 주변에 누가 가까이 있는 것을 싫어하는 주인님 때문이지요. 주인님은 너무 예민하셔서 익숙한 놈 아니면 싫어하세요. 그럴 리 없다고요? 허허, 주인님이 둔하다고요? 우와, 정말 당신, 뭘 모르는군요. 주인님의 진정한 무서운 면모는 그분이 잘 때하고 공격받았

을 때 드러납니다. 야, 인마, 24번! 넌 거기 있지 말란 말이야! 너 그럼 뒈진다! 어설프게 은신하지 말라 그랬지! 아, 뭐라 하셨던가요? 주인님에 대해서요? 아, 생일? 네, 감사합니다. 축하해 주셔서 고맙습니다만 제 생일은 두 달 전에 지나갔습니다. 그래도 선물을 받으니 좋네요. 갖고 싶은 거요? 괜찮습니다. 어제 주인님께서 새 신발을 주셨답니다. 무려 폐자폐지 강화 신발로요. 야! 26번! 어설프게 은신하지 말라 그랬지? 너! 번호 바꿔! 야, 17번! 그건 주인님이 싫어하시는 거야. 대장이 알면 손모가지 부러진다! 얼른 치워! 아, 바쁩니다. 아직도 안 가셨습니까? XXX! 거참, 끈질긴 양반일세. 뭐라도 말해야 되겠군요. 좋아요. 그럼 무서운 일화를 하나 들려 드리죠. 가디언 숫자의 비밀입니다. 왜 항상 주인님 주변에 열두 명만 있는가에 대한 이야기죠. 어린 시절 주인님은 약간의 몽유 증세가 있었습니다. 잠자면서 돌아다니는 것 말입니다. 아마 그때가 저 말고 나이 든 가디언들이 지키고 있었을 때일 겁니다. 아시다시피 저희들은 그때 예비 가디언으로 가디언이라기보단 시종에 가까운 수준이었죠. 왜요? 저희들도 어린애였던 시절은 있었답니다. 뭐, 자세한 상황은 저도 잘 기억은 안 나지만 어쨌거나 네 살인가 다섯 살인가. 주무시던 주인님이 벌떡 일어나서 주변에 있던 가디언들과 시종들을 깡그리 죽여 버리셨답니다. 항상 같이 있던 저희들과 몇몇 가디언을 빼고는 다 죽여 버리셨어요. 주인님 빼고 열두 명만 살아남았던 겁니다. 아직 어렸던 저는 피바다 속에서 눈을 떴어요. 얼마나 놀랐던지! 상상해 보십시오. 하얀 잠옷을 펄럭이면서 눈을 감은 채 돌아다니며 모가지를 뎅강뎅강 잘라내는 어린애를! 살아남은 이들은 항상 주변에 있어 눈에 익거나 기적이 익숙한 열두 명뿐이었지요. 그게 처음이자 마지막은 아니었어요. 최소 제가 기억하는 한 서너 번쯤 그렇게 하셨죠. 뭐, 사실 경호가 필요한 분은 아니었죠. 암살자요? 네, 오기는 왔어요. 그렇지만 가디언들이 손을 대기도 전에 벌떡 일어나 코를 골면서 끝장내시더라고요. 옛날엔 얼마나 무서웠던지! *그 서류는 2번에게 갖다주도록 해요. 아니, 아니! 당신 말이야! 그 서류, 2번한테 주라고! 그 서류는 3번에게 맡겨놔! 아, 네, 잠깐만요! 그거 결재했어? 4번에게 갖다줘! 이봐, 거기서 알짱대지 말랬지? 쌍! 올해 애들 왜 이래? 왜 이리 빠졌어? 그냥 확! 영감님에게 교육받고 다시 올래? 이 XXXXXX할 것들이! XXX! 그걸 은신술이라고 부르지 마! 그따위면 근위기사들도 해! 뭐야? 당신, 아직 있었어? 아, 씨! 나 바쁜 거 몰라? 쌍! 아, 씨 XXX! 알았어요, 알았어. 아, 그다음?* 실제 가디언의 수? 그런 건 정해져 있지도 않아요. 죽으면 다음 놈으로 대체되니까요. 어쨌거나 그분의 주변에는 항상 열 명에서 열다섯 명 정도 머물러요. 숨어 있는 놈들도 있긴 하지만 그건 그때그때 다르죠. 항상 붙어 있는 가디언들을 측근 가디언이라 부르는데, 정확히 말해 그들은 시종에 가깝죠. 능력의 차이요? 후, 전투력으로 봐선 대장을 빼고는 다 거기서 거기예요. 내가 보기엔 그들은 그저 주인님과 익숙하다는 것 이유 하나만으로 그분

곁에 있는 것입니다. 왜냐면 9번까지는 여태 한 번도 교체된 적이 없거든요. 저는 16번으로 있다가 3년 전에 12번이 되었지요. 아, 12번 이하는 전부 은신술을 장기로 익히고 있습니다. 무엇보다 그분이 주무실 때는 측근만 남기고 다 피해 있습니다. 잠결에 일어나 너 누구냐 하면서 죽이실까 봐서요. 지금도 가끔 주무시다가 살기를 뿜으실 때가 있답니다. 등줄기가 간질거려 짜증난다고 하시는 걸 보면 억지로 참고 계시는 거 같아요. 헉! 도련님 오셨다! 비사아아앙! 셋째 도련님 오셨어어!

⚜

찰방.

퐁퐁 솟는 샘물 가까이에 맺힌 웅덩이에 발을 담근 황제는 생각 중이었다.

하늘엔 달이 떴다. 그래서 샘 위에도 떴다.

편편한 바닥엔 옅은 이끼가 보드랍게 깔려 있었다. 가죽 한 장을 깔고 앉아 그는 몸을 닦고 있었다. 날씨는 상당히 추웠다. 산맥 초입에 들어선지라 멀리서 건조한 평원의 바람과 다른 축축하고 차가운 바람이 불어온다.

그가 입을 다물자 가디언들도 일제히 침묵했다. 신관 바인데는 슬그머니 자리를 피했고, 황제의 곁에 남아 있는 것은 메리테인과 반네레다뿐이었다. 반네레다는 황제와 조금 떨어진 바위 위에서 기도하고 있었다. 태양신은 버렸지만 달의 여신은 아직 섬기고 있었다.

건기가 찾아와 물이 없을 거라는 우려와 달리 황제 일행은 걷는 족족 샘을 찾아냈다. 물론 바인데의 노련한 지식 덕분이기도 하지만 샘의 요정의 축복 때문이기도 했다. 황제는 몰랐지만 그는 평생 물을 넉넉히 쓸 수 있는 축복을 얻었다. 그가 전쟁신의 후손이라 그렇다. 평생 물길을 찾아 떠도는 유목민들에게는 서글픈 일이지만 세상은 원래 불공평하다.

그 넘치는 축복도 모른 채, 뭐 알아도 별 신경도 안 쓰겠지만 아랫도리 한 장 걸친 채로 황제는 찬바람을 맞으며 머리를 굴리고 있었다. 어차피 글을 쓰지 못하니 굴릴 수 있는 것은 머리뿐이다. 과거를 정리하고 그것을 극복하기 위한 노력이다.

그러나,

아는 게 별로 없다.

그는 깜깜한 자신의 과거를 되새기면서 옆에 앉은 메리테인을 돌아보았다.

그렇다. 잊고 있었지만 그는 아는 게 없었다. 원래 없다. 이유는 단 하나, 현자였던 스승의 조언대로 전문가에게 전담시키고 자신은 전문가만 굴렸기 때문이다. 뿐이랴. 30년이나 묵은 기억은 가물가물하다. 그저 전에 저질렀던 과오를 되풀이하지 않겠다는 생각은 들지만 문제는 무슨 일을 저질렀는지 기억도 안 난다는 것이다.

서류 정리는 가디언을 통해서 했다. 보고는 구두로 받았다. 재상인 로리랜드는 엄청나게 유능해서 알아서 다 잘했다. 사리사욕과 국가 이익이 하나라고 생각하는 재상을 둔 자의 복이다. 나머지는 황후가 다 했다. 귀족을 요리하는 것이나 권력 분담에 대한 것은 황후와 재상이 합작해서 알아서 다 했다. 전쟁 나면 나가서 싸웠고, 물자나 전술은 아랫것들이 다 알아서 해냈다. 그는 매일 술 마시고 놀다가, 싸우고 죽이고 부수고 여자를 안으며 즐기기만 하면 되었다. 주변에 있던 것들은 전부 다 일을 잘했다. 때려죽여도 금방 다른 놈들로 교체되어 씽씽 잘 다녔다. 모두가 그를 칭송했다. 카자르 엔더의 살아 있는 화신이며 대륙의 위대한 지배자라 칭송했다.

그래서 그런 줄 알았다.

황제는 다시 물에 반쯤 잠긴 자신의 발끝을 바라보았다.

몰락의 시작. 그렇다. 안데르가 그를 찔렀다. 독을 먹였다.

모든 일은 거기서 시작되었는지도 모른다.

사실 대단한 것은 아니었다. 찔린 상처도 좀 신경 쓰면 금방 낫는 것이었고 독약 자체도 별거 아니었다. 그에게 어지간한 독약은 설사약보다도 못했다. 가장 큰 충격은, 그의 앞에서 그를 증오한다면서 주저없이 자신의 목을 긋던 그 행동이었다. 항상 사랑한다는 시선으로 바라보던 여자가 그를 증오한다며 자살했다. 황제는 그런 식으로 자살하는 이를 처음 보았다. 그는 자살이란 행위 자체를 이해하지 못했다. 강하면 굴복하고 아니면 깨부수면 되지 왜 자살을 한단 말인가. 왜 상대를 죽이지 못하고 자신이 죽는 건가. 그녀는 무서워서 자살한 것이 아니었다. 그녀는 그를 증오하기에 절망하여 자살했다.

좌절해 본 적이 없는 황제는 증오하기에 자살한다는 것을 이해하지 못했다. 자살할 의지면 뭐든 못하랴? 바보 아냐? 등신이냐? 그녀가 죽은 뒤 그는 수십 번, 수백 번 되뇌었다. 대체 왜? 왜? 왜 죽어버렸나?

평소처럼 술을 마시고 여자를 안고 피를 마셔도 그녀가 죽어가며 보여준 눈빛을 잊을 수 없었다. 그는 안데르를 알고 있었다. 그녀는 그를 사랑했다. 다른 여자와 달리 그녀는 그를 두려워하지도 않고 그의 부유함과 지위와 권력을 탐한 적도 없이 그저 그를 사랑만 했다. 그래서 안데르가 특별했다. 그녀는 그만 보았다. 그런데 그런 그녀가 그를 죽이려 했다. 죽이고 싶어할 정도로 증오했다. 대체 왜? 날 사랑한다며? 날 좋아했잖아? 내가 최고의 후궁 자리도 주고 가장 총애한다는 표시도 해줬는데. 보석도 비단도 온갖 귀한 것도 하리아드의 촌년에 불과한 그 계집에게 듬뿍듬뿍 안겨주었다. 무려 황제의 총애를 받는 총희로 모든 후궁들의 부러움을 받았는데. 왜? 대체 왜?

갑자기 시야에 뭔가가 떠올랐다.

"응?"

황제는 상념에서 깨어나 옆을 돌아보았다.

어느새 반니레다가 다가와 그에게 무언가를 내밀고 있었다. 메리테인이 막지 않은 것으로 보아 위험한 것은 아니었다.

황제는 그녀가 내민 것을 보았다. 노란 달맞이꽃이었다.

"꽃을 오랜만에 보네요."

와, 이런 데 꽃이 다 피어 있군요. 메리테인이 중얼거렸다. 싱글 웃는 얼굴이 아직 어린애 같았다. 덩치는 황소인데 얼굴은 애다.

황제는 까무잡잡한 유목민 처녀를 바라보았다. 별로 예쁘단 생각을 안 했는데 달의 마력인지 달빛 아래서는 예쁘게 보였다. 그녀는 진지한 얼굴로 그에게 꽃을 내밀고 있었다. 황제는 기묘한 기분으로 꽃을 받아 들었다.

여자가 웃었다. 입술을 조금 내미는 것도 같다.

황제는 그녀의 턱을 잡아당겨 키스해 주었다. 이 계집애는 키스를 굉장히 좋아하는 모양이야. 뽀뽀해 달라고 꽃까지 꺾어오는 걸 보면.

황제의 속내야 어떻든 남이 보면 꽤나 달달한 광경이었다. 멀리 숨어 있던 바인데가 작은 소리로 웃으며 말했다.

"이곳에서 달맞이꽃은 신부가 신랑에게 주는 꽃이랍니다. 달의 여신이 내리는 축복이죠."

"그래?"

어느새 작은 몸집의 여자를 품 안에 넣은 황제는 고개를 갸웃했다. 뭔가 기억이 나는 것도 같다.

"신랑은 신부를 하늘로 들어 올려 여신께 고합니다. 머리 위까지 신부를 들어 올릴 수 있으면 최고라고 하지요."

흥미진진하다는 듯이 바라보는 황제의 시선에 조금은 힘을 얻은 바인데가 덧붙였다.

"그걸 못하면 신부 오빠들이나 친구들이 신랑의 발을 묶어 두들겨 팬답니다. 부실한 남편이라고 말입니다."

그 말에 황제는 말똥말똥 자신을 쳐다보고 있는 반니레다를 보다 말고 벌떡 일어섰다. 놀라 그녀가 버둥거리는 것을 꽉 눌러 잡고는 그녀를 두 손으로 번쩍 들어 올렸다. 반니레다는 소리없는 비명을 질렀다. 생각 외로 엄청나게 높았다. 황제는 키가 컸고 팔다리도 길었다. 그런 남자가 쭉 머리 위로 치켜 올렸으니 그 높이가 3미터는 족히 넘는다.

하지만 놀라는 것도 잠시, 그녀는 눈을 크게 뜨고 하늘을 올려다보았다. 달이 보였다. 보름달은 아니지만 환한 달빛이 그녀의 전신으로 쏟아져 내렸다. 허공에 둥 떠서 하늘을 날고 있는 것 같다. 그녀는 이것이 혼례의식이라는 것을 깨달았다.

달맞이꽃과 달마중.

그녀의 눈가가 붉어졌다. 혼례의식이다. 누구보다도 높게 그녀는 달의 여신에게 가까이 갔다. 그보다 큰 남자는 세상에 없으리라. 아니, 큰 남자는 있겠지만 이처럼 그녀를 높이

들어 올리는 남자는 없을지도 모른다. 강하고 단단한 남자다.

막 그녀가 눈물을 떨어뜨리려는 그 순간, 그녀의 몸이 하늘을 날았다. 붕 하고 공처럼 하늘로 치솟았다.

"우왁!"

그녀 대신 옆에서 비명이 터졌다.

황제가 그녀를 던졌다. 그것도 높이. 세게. 좀 세게. 난 능력있는 남자거든. 그냥 들어 올리는 것만으로는 모자라. 훗, 난 던질 수도 있거든.

작은 그녀의 몸이 누운 자세 그대로 수평으로 하늘로 떠올랐다. 날개가 있는 것처럼 빠르고 높게.

반니레다는 눈물이 허공으로 떠올라 달빛에 부서지는 것을 보았다. 새까만 밤하늘 안으로 그녀는 뛰어들었다. 두 손을 뻗자 별이 잡힐 것만 같았다. 뺨과 머리칼에 부딪치는 바람, 허공, 그리고 달빛. 달의 여신이 미소 짓는 것 같았다.

그녀는 높게, 아주 높게 하늘로 날았다. 아주 잠시.

그리고 추락했다. 꺄아악! 여신이시여!

옆에서 바인데는 머리를 쥐어뜯고 있었다. 심장도 부여잡았다. 어떻게 해! 으아아악!

얼마나 높이 던졌는지 그녀의 몸이 밤하늘에 묻힌 것처럼 보일 정도다. 인간을 초월한 힘을 자랑하는 황제의 힘이다. 황제는 태연히 하늘을 올려다보고 있었고, 가디언들도 침착했다. 떨어지면 받으면 되지 뭐.

펄럭이는 소리를 내며 반니레다가 떨어져 내렸다. 추락하는 그 상황이 상당히 무서웠을 텐데도 그녀는 비명 하나 지르지 않았다. 아니, 정확히 말하면 비명을 못 질렀다. 그래서 바인데가 대신 질렀다.

텁. 바인데의 비명이 무색하게도 황제의 품에 안착한 반니레다는 눈을 꽉 감은 채 굳었다. 당하는 이보다 보는 이가 더 무서운 상황이었지만 황제는 몰랐다. 가디언도 몰랐다. 바인데만 안다. 식은땀을 줄줄 흘리면서 바인데는 달달 떨었다. 으아! 어떻게 임신한 여자를 집어 던진단 말인가! 이분은 정도라는 것을 몰라! 악! 악!

"괘, 괜찮으십니까?"

바인데가 물었지만 반니레다는 대답하지 못했다. 눈을 감은 것이 키스를 재촉하는 것이라 믿고 있는 황제가 다시 입술 박치기를 감행했기 때문이다. 아, 씨. 얘는 왜 이리 키스를 좋아해? 내가 그렇게 좋으냐? 휴, 할 수 없지.

신탁이 있었다면서요? 그분, 임신한 거 맞죠? 임신한 분을 던지면 안 됩니다. 그건 아시죠? 옆에서 바인데가 악악 떠들었지만 황제는 무시했다. 내 새끼면 튼튼할 거야. 아마도.

황제에게만 만족스러운 혼례의식이 끝나자 가디언들은 재빨리 두툼하게 깐 가죽 위에 잠자리를 마련했다. 반니레다는 반쯤 넋이 나간 얼굴이었지만 어쨌거나 집요하게 뻗어 오는 황제의 가슴에 순순히 안겼다. 첫날밤이라면 첫날밤이라면서 바인데가 진지하게 가디언들을 설득해 모포로 천막을 쳤다. 천막 바로 옆에 귀를 대고 가디언 셋이 달라붙어 있는 상황이었지만 최소한 반니레다의 알몸은 안 보인다. 그것으로 만족하자고 자위하면서 가여운 신관은 지끈거리는 머리통을 부여잡았다. 오오, 카자르 엔더시여. 이 부실한 종은 이미 늙었나 봅니다.

나름 상냥하게 첫날밤 아닌 첫날밤을 치른 뒤, 황제는 부실한 천막 밖으로 고개를 내밀었다. 기다렸다는 듯이 메리테인이 술을 바쳤다. 술 없이는 잠을 자지 않는 그의 버릇을 알기 때문이다.

"야."

"네, 주인님. 여자가 부족하시더라도……."

역시 허해서 안 주무시나 봐. 역시 셋은 있어야 하는데. 저 달맞이꽃 마마는 너무 부실해 보였는데. 주인의 허전함을 달래기 위해서라면 옷을 벗을 수도 있는 충실한 가디언의 눈빛을 보고 황제는 주먹을 내뻗었다. 너, 벗으면 죽여. 눈 버린다.

불끈 치솟는 주먹을 보고 메리테인은 얌전히 고개를 숙였다. 아아, 참으로 온화해지셨어. 예전이라면 여자 잡아오라고 시켰을 텐데. 철이 드셨나. 아니면 역시 식사가 부실해서 정력 감퇴가…….

메리테인의 망상을 눈치챈 황제는 그의 턱을 후려치며 관대하게 말했다.

"하나로 됐다. 여럿 건드려 봐야 애는 잘 안 생겨. 그런데 이 계집애는 단번에 생겼으니 됐어."

관대하게 말은 했지만 이미 반니레다는 혼수상태였다. 아무리 보아도 임산부를 대하는 태도와는 거리가 멀었다. 그래도 황제는 태연했다. 신이 보증했는데 설마하니 그 정도로 떨어질 리가 있을까. 내 새끼라면 튼튼할걸.

"너, 나 어렸을 때 기억하냐?"

"물론입죠."

"소소한 것도 다 기억하냐고."

"물론입죠."

넙죽넙죽 대답하는 메리테인이 아니꼬워서 황제는 그를 흘겨보았다. 그 시선에서 불신의 기운을 느꼈는지 메리테인은 흐흐 웃으며 자신의 가슴팍을 툭툭 쳐 보였다.

"제가 누굽니까? 주인님의 사랑스런 메리가 아닙니까? 제가 바로 주인님의 가디언 중의 가디언, 주인님과 항상 붙어 다니는 주인님의 그림자이자 충실한 종 아니겠습니까?"

황제는 사랑 운운하는 단어에서 살의를 느꼈지만 참았다. 그래, 참자. 이놈은 날 위해 죽었던 놈이야. 난 변했어. 난 관대하고 온화한 황제야.

황제가 인내심을 발휘하고 있는 동안 메리테인은 가슴팍에서 손바닥보다 작은 수첩을 꺼냈다. 제법 두툼한 수첩은 열 권 정도였는데 그걸 가죽 끈에 꿰어 줄줄이 연결해 놓았다. 메리테인은 그것을 가슴팍에 둘둘 감아놓고 있었던지 꺼내는 데에도 한참 걸렸다.

"그게 뭐냐?"

"일기입죠."

"일기?"

황당해서 황제가 그를 쳐다보자, 메리테인은 하얀 이를 드러내며 웃어 보였다.

"어릴 때부터 제가 써온 일기입니다. 이걸 가지고 있어야 나중에 서류 처리할 때 지장이 없지요."

황제는 찜찜한 표정으로 구질구질해 보이는 일기장을 바라보았다. 걸레처럼 너덜너덜한 일기장이 무려 열 권. 불길한 예감이 들었다.

"야, 읽어봐."

"아이참, 주인님도. 안 돼요!"

메리테인이 허리를 비비 꼬자, 이번에는 주저없이 주먹이 날아갔다. 퍽퍽 소리와 함께 일기장을 빼앗은 황제는 옆에서 눈을 빛내고 있는 2번에게 일기장을 건넸다.

"읽어봐."

"안 됩니다!"

버둥대는 메리테인을 밟고 앉은 채 황제는 턱 끝으로 재촉했다. 자신의 일거수일투족을 관찰했을 메리테인이다. 그와는 어린 시절부터 항상 같이 지냈으니 그의 과거를 가장 빠삭하게 알고 있을 존재가 분명했다.

그래, 저걸 보면 내가 앞으로 해야 할 일을 확실히 정할 수 있을 게야. 황제는 나름 기대했다.

"XX년 2월 12일. 오늘 드디어 주인님을 뵙게 되었다."

읽기 시작하는 2번의 얼굴이 썩어가기 시작했다. 목소리도 음침해졌다.

"아아, 아름다워라. 나의 주인님께서는 최고. 최고. 최강, 최악, 극악잔인무도하시다. 저 빛나는 머리칼, 아름다운 하얀 살결. 저분의 가디언이 되어 좋아. 좋아······."

불끈 쥔 주먹이 날아갔다. 메리테인은 비명을 지르며 외쳤다.

"제가 일곱 살 때 쓴 거라구요! 저 정도면 잘 썼잖아요!"

황제는 빠드득 이를 갈았다.

너덜너덜한 일기를 쥐고 있던 2번의 얼굴은 참혹했다. 이런 것을 내가 읽다니. 내 입이 썩고 있어! 2번은 급히 구원을 요청했다. 3번, 4번이 일제히 고개를 돌렸다. 시선을 피하며 바삐 모닥불을 정리하는 모습이 무척 바쁘다. 5번과 6번은 어느새 사라졌다. 7번과 8번은 두 손 잡고 숨었다. 9번과 10번은 주변을 살핀다며 뛰어나갔다. 11번과 12번은 아예 안 보인다. 13번은 말을 돌봐야 한다며 어둠 속으로 사라진 지 오래. 14번과 15번은 잠복 중이다. 2번은 눈물이 났다.

"다른 걸로 골라 읽어. 내가 그 아가리를 찢기 전에."

음산한 기운이 물씬 풍기는 음성으로 황제가 명하자, 착실하고 고지식한 2번은 눈물을 머금고 일기장을 뒤적였다. 별거 없다.

"XX년 5월 5일. 새로운 가디언이란 꼬마가 왔다. 건방진 놈이다. 패줬다. 그러나 재수없게 그놈이 다른 놈과 짝을 지어 뒤통수를 쳤다. 빌어먹을. 가디언인 주제에 무슨 형제라고 지들끼리 편을 먹어 날 엿 먹이냐. 그래도 나에겐 주인님이 있다. 우리 주인님은 날 제일 좋아하신다. 울면서 일렀더니 주인님이 그놈들을 패줬다. 크크."

2번의 시선이 문득 메리테인의 뻔뻔한 얼굴로 향했다. 이 일은 기억하고 있었다. 어린 시절 가디언의 서열이 정해지지 않았을 때다. 건방지게 구는 메리테인과 붙었다가 터진 2번이 욱하는 마음으로 3번을 불러서 합공을 했다. 그래 봐야 어린애 싸움이지만 어릴 때부터 훈련을 받은 터라 싸움 자체는 무척 살벌했다. 복수를 끝내고 좋아하고 있는 2번과 3번을 주인님이신 어린 황자가 잡아다가 팼다. 얼마나 억울하던지. 주인이라 반항도 못하고 질편하게 얻어맞았다. 그때의 원한이 생각나자 저 얍삽한 대장이 얼마나 재수없는지 살기가 불끈 치솟는다.

"그래, 그런 일도 있었지."

황제는 새삼 추억에 젖었다. 모후에게 엉덩이를 무지하게 맞고 울화가 치밀어 있던 차에 눈탱이가 밤탱이가 된 메리테인이 울며 고자질을 했다. 평소라면 걷어차 줬겠지만 안 그래도 화풀이 거리를 찾고 있던 중이라 손수 벌을 내려주었다. 가디언은 사이좋게 지내야지, 싸우면 쓰나.

"XX년 12월 11일. 어젯밤에 주인님께서 잠꼬대를 하시다가 애들을 좀 버렸다. 나도 옷을 버렸다. 옷이 지지다. 우리 주인님은 잠꼬대가 너무 심해서 탈이다. 나에게 깐죽대던 시종 놈이 없어져서 기쁘다. 새로 또 다른 놈들이 온다는데 말 좀 잘 듣는 애들이면 좋겠다."

황제는 고개를 갸웃했다. 내가 잠꼬대가 심했던가?

하지만 2번의 얼굴은 구겨졌다. 그는 기억하고 있었다. 그의 어린 주인이 잠결에 주변 몇몇을 남기고 별궁 전체의 시종과 가디언들을 모조리 죽인 일. 으으, 저 대장 놈! 저게 악의 축이다. 주인님이 나쁜 게 아냐! 저게 그냥! 악의 축이야!

2번은 사납게 일기장을 홱홱 넘겼다.

"XX년 3월 1일. 주인님의 스승이 또 바뀌었다. 그 개XX는 그대로고 글 선생만 바뀌었다. 이번엔 얼마나 갈지 모르겠다. 의외로 새 글 선생과 주인님은 잘 지내는 거 같다. XX! 그 개XX는 왜 안 잘리는 거지? 주인님이 그 개XX를 확 잘라 버렸음 좋겠다. 썰거나 찢으면 더 좋고."

황제는 그 개XX가 누구냐고 물었다. 천진난만한 얼굴로 메리테인이 잽싸게 와스발딘이라고 말했다. 그렇군. 그 영감은 역시 여기저기에 원한을 샀구나. 혼자서 납득하는 황제를 놔두고 2번은 뒤이어 읽었다.

"XX년 4월 7일. 우리 주인님이 여자랑 잤다. 우와! 우와!

근데 여자가 별로 안 예쁘다. 우리 주인님에게는 안 어울려. 가슴만 크더라. 개XX는 여자는 가슴이 중요하다고 외쳤지만 내가 보기엔 얼굴이 더 중요하다."

 황제는 고개를 갸웃했다. 와스발딘, 그 영감은 독신이었는데. 가슴 빵빵한 여자가 취향이었던가. 그나저나 그게 열 살 때였나?

"XX년 11월 19일. 황후께서 아프시다. 대무여관님은 각오하라 하셨다. 주인님은 기분이 나쁘다고 사냥터에서 내내 살았다. 순대 만든다고 까불다 손을 베었다. 아파."

 황제의 얼굴이 흐려졌다. 모후의 죽음을 그는 보지 못했다. 그렇게나 무시무시하던 모후는 너무나 조용히 세상을 떴다. 강렬한 신혈도 수많은 무녀들의 기도도 그녀를 구하진 못했다.

"XX년 12월 12일. 황후께서 돌아가셨다. 주인님은 옷도 안 갈아입고 잔소리하는 시녀들과 시종들을 다 죽였다. 별궁엔 시체만 가득하다. 정원에 시체 묻다가 무녀님께 혼났다. 시종장이 주인님을 모시러 왔다가 죽었다. 근위기사 일곱도 죽었다. 며칠 동안 내내 주인님은 죽이기만 하신다. 가슴이 아프다."

 황제는 가만히 하늘을 올려다보았다.

"XX년 1월 25일. 사냥터에서 돌아왔다. 꾸며진 별궁에 여자들만 가득하다. 매일 밤마다 주인님은 여자랑 잔다. 처음엔 하나둘이었다가 나중엔 다섯 명까지 늘어났다. 시끄러운 게 싫다고 몇 명 썰었다."

2번은 헛기침을 몇 번 했다. 메리테인은 가만히 앉아 있는 황제의 옆에 다가가 궁둥이를 붙이고 앉았다. 그의 기분을 맞추려는 것이다.

"XX년 1월 29일. 비쩍 마른 도련님이 와서 주인님이 기분이 풀렸다. 그 비쩍 마른 도련님은 주인님의 숙제를 대신 해주고 귀여움을 받고 있다. 여러 가지 놀이를 많이 알고 있어서 주인님의 기분도 좀 좋아진 거 같다. 근데 밤에 나방 떼가 몰려왔다. 그래서 썰었다. 정원에 시체가 너무 많아서 지저분해졌다."

황제는 미간을 찌푸렸다. 비쩍 마른 도련님이 누군데? 옆에서 메리테인이 작게 대답했다. 로리님이요. 아, 그렇지. 그놈은 내 숙제 하던 놈이었지. 황제가 고개를 끄덕이자 2번이 계속해서 읽었다. 연달아서 누가 왔고, 죽였고, 또 죽였고, 묻었고, 썰었고, 또 잘랐다는 이야기가 연속이다. 거긴 넘어가라고 손짓하자 2번은 휙휙 일기장을 넘겼다.

"XX년 3월 2일. 주인님에게 아기님이 둘이나 생겼다. 근데 별로 안 닮았다. 주인님 애치고는 너무 빈약해서 별로 안 보고 싶다. 여자가 못생겨서 그런가. 낮에 마노 황녀님과 주인님이 싸웠다. 나도 황녀님 가디언들이랑 싸웠다. 주인님이 마구 화냈다. 나도 화났다."

마노시아와는 얼마나 싸웠던지. 도무지 사랑이란 게 싹트지 않는 것은 그 이유도 있을 것이다. 황제는 혼자 납득했다. 남자였으면 죽였을 건데, 내 애를 낳았으니 망정이지. 아니지. 그 계집애가 있어서 내가 좀 편하긴 해. 나 대신 잘 하잖아?

"XX년 4월 1일. 황제 폐하께서 주인님을 불렀다. 주인님은 기분이 굉장히 나빠서 시종을 열 명이나 죽였다. 막는 근위대를 다섯 명 죽이고 나서야 기분이 좀 풀리신 거 같다. 사냥이나 하러 가자고 주인님을 꼬셨다. 그래서 멧돼지랑 재규어 몇 마리를 잡았다."

2번은 침을 꿀꺽 삼켰다.

"XX년 4월 13일. 황제 폐하의 후궁 빨간머리 마마가 주인님의 침대로 기어들어 왔다. 주인님하고 자고는 울며 매달렸다. 주인님이 짜증난다고 걷어찼다. 나도 좀 짜증난다. 별로 안 예쁘다."

황제는 고개를 갸웃했다. 빨간머리가 누구지? 선황의 후궁 중에 누가 매달렸었던가? 기억도 안 난다. 옆에서 메리테인이 속삭였다. 룰라이니 마마예요.

"XX년 7월 22일. 빨간머리 마마가 달려와 애를 가졌다고 매달렸다. 주인님은 화를 냈다. 황제 폐하는 모른다. 로리 도련님이 빨간머리 마마에게 약을 먹이라고 했다."

2번은 헛기침을 좀 했다.

"XX년 8월 10일. 룰라이니 마마가 죽었다. 아이 낳다가 죽었다고 황제께서는 후히 장사 지내라 했다. 황제 폐하는 모른다. 로리 도련님이 주인님한테 귀찮은 여자가 생기면

먹이라고 약을 주고 갔다."

황제는 고개를 끄덕였다. 음, 로리 그놈도 악당이야.

"XX년 11월 18일. 엄마가 죽었다. 음, 별생각이 안 난다. 그런데 주인님은 슬퍼하는 거 같다. 마구 화를 내면서 날 때렸다. 장례식을 치르면서 주인님이 감히 위대하신 카자르엔더님을 마구 욕했다. 너무 놀라서 말리다가 더 맞았다. 팔다리가 부러져 한 달은 꼼짝도 못할 거라고 대무여관님이 말해주셨다. 아프다."

황제는 멀뚱거리고 있는 메리테인을 보았다. 가디언의 감정은 주인을 위해 흐른다. 메리테인은 친모가 죽었어도 슬픔을 거의 느끼지 못했다. 빌어먹을.

"그만해. 나머진 나중에 하지."

짜증만 난다. 별로 중요한 내용은 없을 것 같기도 하다. 그런데 내가 여자를 그런 식으로 죽인 일이 있었나? 이상하네. 기억이 전혀 안 나는데. 황제가 투덜거리자 메리테인이 얍삽하게 끼어들었다.

"술을 너무 드셔서 그렇죠. 요즘은 줄었지만 원래 술을 너무 많이 드셨잖아요."

황제는 무심코 2번을 돌아보았다. 2번이 잽싸게 동의했다.

"그렇습니다. 그것도 독주를 드셨지요. 피와 함께 드시면 더 취하시는 탓에."

어느새 멀리 도망갔던 가디언들이 슬금슬금 다가왔다. 일기장을 접는 걸 본 모양이다. 2번은 이를 북북 갈면서 다음 낭독은 3번에게 시키시라 권유하기로 마음먹었다. 그도 아니면 저 일기장을 꺼내 드는 순간 잽싸게 피하리라.

아주 잠깐, 아주 잠깐 추억에 잠겼던 황제는 과거를 정리하려면 술을 끊어야겠다고 생각했다. 물론 그게 실천될지는 의문이다.

하얀 공간.

다시 꿈이다.

이번에는 또 뭔가 싶어 황제는 정면을 주시했다. 카자르 엔더께서는 뒤끝이 너무 길다. 에이 씨! 갑자기 하얀 공간이 얼룩지기 시작하더니 영상이 떠오르기 시작했다. 황제는 느긋한 마음으로 아예 두 다리를 펴고 편히 앉았다. 그래 봐야 얻어터지는 것밖에 더 있나.

안 됩니다!

이럴 수가!

여기기서 비명이 터져 나왔다.

질척거리는 붉은 액체가 사방에 가득했다. 반짝이는 은발은 쉽게 더러워졌다. 얇은 침의 하나만 걸친 채 어린 소년은 피로 온몸을 적신 채로 주저앉아 무언가를 뜯어 먹고 있었다. 화려한 문양이 새겨졌던 대리석 바닥은 발 디딜 틈 없이 시체로 그득했다. 사지가 제멋대로 엉킨 시체들은 적어도 열 구는 넘었다.

은발에 푸른 눈을 가진 소년은 놀라는 이들을 보며 무표정한 얼굴로 살점을 씹었다. 배가 고프다기보다는 조금 출출했기 때문이다. 자신이 먹고 있는 살점은 별로 맛은 없었지만 뜻밖에도 씹는 맛은 있었다. 무엇보다 입가로 흘러드는 피가 달달해 맛있었다.

"이게 무슨 짓이야?"

모후가 달려왔다. 똑같이 은발에 푸른 눈을 가진 모친은 눈에서 불을 뿜으며 달려와 소년의 피 묻은 손목을 휘어잡고는 내동댕이쳤다. 그리고는 입을 억지로 벌려 입안에 든 것을 빼앗았다. 아름다운 드레스가 피로 물들었다. 곱게 틀어 올린 머리칼이 산발이 되었지만 모후는 신경 쓰지 않았다. 그녀는 시퍼런 눈빛으로 소년을 쏘아보며 바닥에 짓누르고는 얄팍한 하의를 내리고 드러난 엉덩이를 철썩철썩 때리기 시작했다.

"이놈! 이놈! 유그 이 녀석! 하지 말라고 했지!"

다른 이와 달리 모후에게 맞으면 아프다. 어린 유그 펠리오르는 악악대며 버둥댔지만 힘이 센 모후에게는 당해낼 수가 없다. 엉덩이가 시퍼렇게 물들고 종아리에 그물 자국이 생겨나도록 얻어맞고 나서야 풀려났.

"네놈이 식인귀냐? 엉? 네놈이 어떻게 사람을 먹어?"

"먹으면 왜 안 돼? 이거나 저거나 다 고기잖아!"

흥분한 모후는 그를 발가벗겨 추운 겨울날 한밤중에 내쫓았다. 눈보라가 치는 겨울날이었다. 발가벗겨진 채 궁 밖으로 내쳐진 유그 펠리오르는 달달 떨면서 주변을 살폈다. 처음엔 악을 지르며 유모와 어마마마를 외쳤지만 아무도 돌아오지 않는다.

아무리 튼튼해도 어린아이다. 하얀 살갗이 시퍼렇게 얼었지만 아무도 돌아보지 않는다. 황제는 이를 북북 갈면서 바람을 피해 거처를 찾아 헤맸다. 그러나 주변에는 아무것도 없었다.

땅을 팔까 싶어 바닥을 툭툭 찼지만 맨손으로 바닥을 파기엔 너무 단단하고 추웠다. 그래서 황제는 달리기 시작했다. 어딘가에 인가가 있겠지. 없으면 늑대 굴이라도 찾을까.

그런데 없었다. 가도 가도 아무것도 없는 텅 빈 황야다. 모진 황후는 신혈을 가진 황족이 얼마나 강인한지 알고 있었다. 하룻밤 눈 속에서 뒹군다고 죽진 않을 것이다. 좀 춥긴 하겠지만. 하지만 어린 유그는 춥고 짜증나고 화가 났다.

"주인님."

배가 고파서 죽을 지경이 될 무렵, 뒤에서 작은 소리로 누가 불렀다.

누군지 알고 있었다. 항상 뒤따라오는 가디언이란 놈들이다. 어젯밤에도 두 놈을 죽였다고 모후가 채찍질을 했다. 죽이고 싶어 죽인 게 아니라 자꾸 얼쩡거려서 얼결에 때려죽인 것이기에 그는 무척 억울했다.

어둠 속에서 무릎을 꿇은 가디언이 웃는 얼굴로 그에게 무언가를 내밀고 있었다. 냄새가 났다. 구운 고기 냄새였다.

유지로 잘 감싼 고깃덩이를 보고 유그는 냉큼 받아 들어 먹기 시작했다. 그러자 어느새 나타난 다른 가디언이 그를 향해 다가와 모포를 들어 끌어안았다.

"추우시죠?"

추운 것보다 사실 짜증이 더 났다. 그는 가디언의 면상을 걷어차고는 씩씩댔다.

"왜 이제 나타나서 지랄이야?"

화가 나긴 했지만 용서해 줬다. 배가 너무 고팠기 때문이다. 그가 먹는 동안 어디선가에서 가디언들이 하나둘씩 나타났다. 모두 일곱. 나타난 가디언들은 바람을 막아주기 위해서인지 둥글게 모여 서서 유그를 감쌌다. 제법 따스해졌다.

유그 펠리오르는 고개를 들어 가디언들을 물끄러미 바라보았다. 쩝쩝거리고 고기를 다 먹어치우자, 다른 하나가 공손히 그의 손을 손수건으로 닦아주고 포도주를 건넸다. 포도주를 마시자 몸에 온기가 돈다. 아까보단 훨씬 더 살 거 같다.

"나 잔다."

모포로 몸을 돌돌 말고 유그가 발라당 눕자, 가디언들이 웃는 얼굴로 대답했다. 일곱 명의 가디언은 그의 주변을 완전히 감싸고 눈을 끌어모아 바람을 막았다. 몇몇은 나뭇가지를 모아 불을 붙였다.

유그 펠리오르 4세.

어제 죽인 두 명과 아까 죽인 세 명이 문득 기억났다. 그리고 곧 잊어버렸다.

"왜 안 익히겠다는 겁니까, 전하?"

잿빛 눈썹이 꿈틀거렸다.

바짝 마른 통나무 같은 얼굴에 사나운 눈빛이 불쾌했다. 재수없다. 뿐이랴. 건방지기까지 하다. 아무리 학술원 교수라 불리는 작자라도 인간이다. 황족은 신혈을 받은 고귀한 존재. 건방지게 까불면 안 되는 법이다.

"싫으니까."

잿빛 눈썹이 더 꿈틀거렸다. 이젠 핏대도 오른다.

"물론 세상에는 싫어도 해야 할 일과 싫으면 안 해도 되는 일이 있지요."

"그래서 안 한다고."

"글을 익히고 학문을 익히는 일은 싫어도 해야 할 일에 해당됩니다!"

이젠 핏대 오른 이마가 벌겋게 달아오른다.

"난 아니거든."

핏 하고 웃어주자, 두 주먹 불끈 쥐고 부들부들 떤다. 앙상해서 힘도 없는 주제에 까불긴.

가소로워 죽겠다.

"어떻게 고귀한 황자께서 학문을 거부하신단 말입니까! 안 그래도 철자 하나 쓰지 못하시는 분이! 이름도 못 쓰잖습니까!"

 악을 쓰면서 달려드는 꼴이 정말 못 봐주겠다. 남자답지도 못하고 꼴불견이다. 입만 나불나불. 차라리 주먹 쥐고 덤볐으면 배짱이나 좋다고 말하지.

 퍽 소리와 함께 앙상한 몸이 나동그라졌다. 얼마나 힘이 없고 가벼운지 한 대 맞고 대굴대굴 구르기까지 했다. 유그는 어이가 없어 픗 웃었다. 겨우 한 대 쳤거든. 주먹도 아니고 손바닥이거든.

 아예 일어나지 못하는 가정교사를 툭툭 차면서 유그는 재촉했다.

 "엄살떨지 말고 일어나. 그런다고 봐줄 줄 아냐? 엉?"
 발끝에 피가 묻어났다. 확 혈향이 풍겨왔다. 어? 어라?
 "맙소사!"
 모후와 유모가 또 달려왔다. 유그는 억울했다. 그냥 한 대 쳤을 뿐이야. 그것도 손바닥으로. 무죄를 주장했지만 소용없었다. 쇠몽둥이를 든 모후는 반나절 동안 그를 죽어라고 팼다. 퍽퍽 소리가 요란했지만 말려주는 이 하나 없다. 억울해서 유그는 이를 갈았다. 난 그냥 쳤어. 죽이려는 것도 아니었다구. 핏대 올리고 달려들기에 짜증나서 그냥 좀 친 거야. 주먹질도 아니고 그냥 손바닥이었어! 빌어먹을! 저런 빈약한 것들은 질색이야! 사내라면 근육을 키워야지! 강해야지! 내가 강한 게 죄냐? 죄야?

 "죄거든. 자기 힘을 조절 못한 것이니 네 죄지. 약한 것이

죄라 하였더냐? 자기 힘을 조절도 못하는 너야말로 죄인이다."

모후는 엄했다. 온몸에 피멍이 들고 피를 줄줄 흘리는 아들을 보고도 서릿발 같았다.

"네놈은 신혈을 가진 황족이다. 황자다. 황족은 강해야 하고 신민들을 지켜야 하는 의무를 가졌다. 네놈이 아무리 어리다 해도 네가 황자라는 것은 변하지 않는다. 황자라는 것이 시종이나 시녀를 죽이는 데 그 힘을 쓴다면 그게 어디 제대로 된 놈이라고 할 수 있느냐?"

쇠몽둥이가 휘어지고 나서야 매는 멈췄다.

유그는 웃음을 잃었다. 오기가 났다. 약한 것들 때문에 왜 내가 맞아야 해?

"신혈을 받은 황족은, 인간으로 보면 괴물이지."

현자 빌리바드는 처음부터 그를 싫어했다. 아니, 황족 전체를 다 싫어했다.

그 뻐딱함이 마음에 든 열세 살의 유그 펠리오르는 그래서 그가 싫지 않았다. 달달 떠는 학자들이나 악악 잔소리를 하는 교사들은 짜증스럽다. 몸이 약하니 칠 수도 없고 그렇다고 놔두자니 시끄러운 것이다. 게다가 현자라는 이름이 붙은 이상 제국의 황제도 존중해 주는 인물. 학술원의 원로 학자이자 선제의 교사이자 죽마고우였고, 심지어 신혈이 섞였다고 의심도 받고 있는 인물이었다. 작위와 직위를 황제가 주고 잡았는데도 뿌리치고 떠난 그였지만 모후와 대무여관의 부탁에 못 이기는 척 유그의 교사가 되었다. 세 명의 교사를 때려죽인 뒤에 맞이한 귀한 몸이신지라 유그도 나름 몸을 사렸다.

"글을 안 익힌다고?"

"싫어서."

"머리 안 굴리면 돌 된다."

"귀찮아."

"귀찮아서 안 쓰면 녹이 스는 법이지. 뭐, 맘대로 해라."

빌리바드는 두 손 놓고 놀았다. 안 익히면 네 손해지 내 손해냐? 그냥 밥만 먹고 지내련다. 가끔 토론은 했다. 토론이라기보단 이런저런 잡담에 가까웠지만 잡담인 주제에 선택하는 단어가 어려워서 유그는 인상을 쓸 수밖에 없었다.

"그게 뭔 소리야?"

"그래도 자기가 모른다는 것 정도는 알고 있군. 허세는 없어."

빌리바드는 고개만 까딱이며 딴소리를 했다.

"모르는 건 모른다고 하지 그럼 안다고 하냐?"

"아직 어려서 그런 거야. 더 크면 모르는 것도 안다고 하면서 잘난 척을 하게 될걸."

"웃기네. 뭐하러 그런 짓을 해? 난 잘난 놈들을 거느릴 거야. 내가 모르는 것을 아는 놈들을 줄줄이 거느리면 될 텐데 뭐하러 아는 척 따위를 한다는 거야?"

그 말에 삐딱하던 빌리바드가 그를 똑바로 바라보았다. 비쩍 마른 노인네 주제에 눈빛은 강렬했다.

"유그 펠리오르여, 그럼 아는 자가 그대를 속이면 어떻게 되는 거지?"

"죽는 거지."

단숨에 대답한 그를 보고 빌리바드는 박장대소했다.

"그가 그대를 속인다는 걸 어떻게 알 수 있어? 아무것도 모르는데?"

"아, 씨발! 세상에 똑똑한 놈이 그놈 하나만 있는 게 아니잖아!"

그 대답에 빌리바드는 계속해서 웃었다.

"그럼 그대는 영리한 자들을 휘하에 많이 거느리겠다는 말이로군. 그중 누구 하나의 말만 듣지 않고 중용의 도를 지키면서?"

"뭔 소린지 모르겠는데."

인상을 쓰면서 그가 살기를 풍기자, 빌리바드가 고개를 내저었다.

"아니, 아니. 그대의 대답이 너무 뜻밖이라 놀랐을 뿐이야. 난폭하고 무식한 그대가 대체 무엇을 할 수 있을까 고심했는데 이제야 그걸 알겠네."

천연덕스러운 그의 말에 유그는 화가 치밀어 앞에 있던 티 테이블을 내려쳤다. 퍽 소리와 함께 테이블이 박살나 주서앉자 빌리바드가 즐기던 찻주전자가 박살이 났다. 뜨거운 찻물을 뒤집어쓰면서도 의뭉스런 노인네는 계속해서 킬킬 웃었다.

"노인네, 제법 배짱이 있어."

한참 성질을 내던 유그도 노인네의 배짱에 기분이 풀렸다.

"유그 펠리오르여."

"간지럽게 부르지 마, 늙은이."

"그대는 난폭하고 무식하고 쪼잔하지만 단순해."

"욕하는 거냐?"

"그대의 길은 하나뿐이야."

유그 펠리오르는 삐딱한 자세로 현자라 불리는 노인네를 노려보았다. 현자라고는 하지만 한 대 치면 죽을 연약한 몸뚱이를 지닌 자다. 아무리 눈빛이 형형하다 해도, 위압감이 대단하다 해도 맞으면 죽는다.

"뭘 믿고 똥배짱이야?"

"그야 그대를 믿고 있지."

유그는 콧등을 찡그렸다. 자신을 믿는다고 말한 작자는 처음이었다. 대체 믿긴 뭘 믿어? 가슴이 간질간질해졌다.

"나는 그대를 믿어. 살인광에 식육을 즐기고 흡혈을 한다고는 해도 그대는 아직 어리지. 게다가 그대는 분명히 일부러 사람을 죽이진 않았을 게야."

웃는 얼굴로 말하는 그의 얼굴을 보면서 유그는 입가를 씰룩거렸다.

"그저 사람을 귀히 보지 않았을 뿐이겠지. 그건 차차 나아질 거라 믿고 있어."

그걸 어떻게 알았냐? 조금 민망해져서 유그는 일부러 시선을 슬그머니 돌렸다. 하지만 눈치 빠른 노인네는 벙실벙실 웃으며 가까이 얼굴을 들이대고 속삭였다.

"유그 펠리오르여, 황제가 되게. 이 미친 황실에서 그대만이 진정한 황제의 자질이 있어."

다시 보니 거 음험한 늙은이일세. 벙실벙실 웃는 노인의 얼굴은 선명하게 기억나지 않았지만 별로 기억하고 싶은 마음도 없다. 황제는 텅 빈 공간을 바라보며 팔짱을 끼고 앉아 있었다. 황제가 되라고 말했던 현자 빌리바드 때문에 황제가 된 것은 아니었다. 그는 황제가 싫어서 황제가 된 것이나 다름없었다.

장면이 다시 바뀌었다. 휙휙 바뀌는 장면 속에서 어린 황자였던 그가 점점 청년의 모습으로 변해간다. 비교적 선명했던 어린 시절과 달리 황제가 되기 직전과 후의 기억은 선명하지 않았다. 그는 하루의 반 이상을 술과 약에 취해 살았던 것이다.

신혈은 마약도 잘 듣지 않는다. 술에 잘 취하지도 않는다. 과도하게 날 선 신경을 가라앉히기 위해서 술과 마약을 상용하는 황족들은 많았다. 그도 그랬다. 중독이 잘 되지 않는 신체를 가진 이상 독한 술과 약을 탐하는 것은 당연한 일인지도 모른다. 인간은 편한 것을 추구한다. 정신 수양으로 정신을 가다듬는 것보다 마약과 술에 탐닉하는 것이 더 쉽다. 성질 급한 황족들 중에서 사색이나 독서로 정신 수양을 하는 이들은 거의 없었다.

황제가 혼자서 떠오르지도 않는 기억을 되살리려 애를 쓰고 있는 가운데 하얀 공간이 반으로 갈라졌다. 그리고 제일 보고 싶지 않았던 얼굴이 떠올랐다.

잿빛 금발에 흐릿한 푸른 눈. 그와 닮은 이목구비. 퇴폐적인 붉은 입술을 가진 남자.

그의 친부이자 제국의 선대 황제였던 부황이다.

"네 어미는 건방진 계집이었지."

전라의 여자 셋을 품에 안은 채 부황이 킬킬 웃었다. 그의 푸른 눈은 항상 초점이 흐렸다. 술과 약에 취해 있기 때문이다. 향로에서는 달콤한 냄새가 피어오르는 색정향이 퍼져 나가고 있었다. 세상에서 가장 독한 향료 중 하나였다. 향료라기보단 마약에 가까운 음약.

비단과 호사스런 모피가 깔린 거대한 침상 위에서는 그의 부황이 후궁들과 여자 노예들에게 둘러싸인 채 정사를 벌이고 있었다. 그 광경을 다섯 명의 황자가 지켜보고 있었다. 체격은 좋았지만 나이는 제각각이었다. 붉은 금발을 한 황태자의 얼굴은 험상궂었다. 그는 당장이라도 부황의 목을 부러뜨릴 것 같은 살기를 뿌리고 있었다. 다른 황자들도 마찬가지였다. 느긋한 자세로 팔짱을 끼고 서 있던 유그 펠리오르는 손위 형제들이 흥분하고 있는 것과는 다르게 신음하는 여자들의 얼굴을 쳐다보고 있었다. 제국의 주인이라는 부황도 어느새 50의 나이가 훌쩍 넘었다. 비록 아직 청년의 얼굴을 하고 있긴 해도 미묘한 세월의 흔적은 남았다. 문득 유그는 미소를 지었다. 부황의 여자들 중 몇이 그와 시선을 마주하고는 교태와 유혹의 시선을 던져 왔다. 그의 부황은 욕심이 너무 많아 몇백 명이나 되는 여자를 후궁에 끌어들이고도 제대로 품질 못했다.

"꺄악!"

부황이 발치에 있던 여자의 목을 잡아 꺾었다. 그는 이글거리는 눈으로 유그를 노려보며 외쳤다.

"건방진 놈! 제 어미랑 똑같은 눈깔을 하고 있구나!"

두 명의 여자를 밟아 죽인 부황이 그에게 달려들었다. 침까지 흘리며 살기를 뿜어내는 부황의 모습은 광인에 가까웠다. 유그는 멱살을 잡은 부황의 손목을 움켜쥐었다.

아직 어린 그의 입가가 선을 그렸다. 우습다. 웃긴다. 이 어리석은 늙은이.

"헉!"

부황의 얼굴이 푸르게 변했다. 그의 얼굴이 일그러진다. 유그는 의미심장한 미소를 머금은 채 부황의 손목을 쥔 손에 힘을 주었다. 이미 그의 힘은 부황을 능가했다. 열네 살 무렵부터 그와 싸우려는 황족은 오로지 마노시아뿐이었다.

"모후에 대해 떠들지 마."

유그는 음산하게 속삭였다.

"넌 그냥 저 걸레들 사이에서 살아. 응?"

시퍼렇게 질린 채 덜덜 떨고 있는 부황의 손목을 밀쳐 냈다. 신음을 삼키며 몸을 웅크리는 부황을 발로 걷어차면서 그는 돌아섰다. 등 뒤로 와 박히는 형제들의 시선이 귀찮았다. 그는 손을 휘휘 내저으면서 테이블 위에 놓여 있는 술병 하나를 집어 들었다.

"내가 누누이 말해두는데, 독은 내게 안 들어. 물론 약도 안 듣지."

병째 술을 들이켜면서 그는 경고했다.

"나를 귀찮게 하지 마. 알아듣겠냐, 이 얼간이들아."

시선이 마주치자 얼른 시선을 피하는 형들을 내버려 두고 그는 휘적휘적 걸었다. 악을 쓰는 형제들의 목소리와 그를 잡아 죽이라고 명령을 내리는 황제의 목소리가 뒤통수로 쏟아졌지만 그는 돌아보지 않았다. 다 귀찮았다. 정말로 확 다 죽여 버리고 싶다. 저 더러운 입으로 모후를 언급하는 게 싫다. 모후는 그를 많이 때렸지만, 그래서 많이 미워했지만 정말로 싫어한 적은 없었다. 모후는 강했고 현명했다. 저 미친 부황보다 훨씬 더.

한꺼번에 삼킨 술 때문에 속이 뜨끈해진다. 황제의 침실을 나선 유그는 고개를 갸웃했다. 아, 진짜 귀찮은데 황제가 될까? 진짜 황제가 되면 귀찮은 것들이 건드리지 않게 될까?

"황제가 되세요! 되는 겁니다!"

주먹을 쥐고 앙상한 팔뚝을 들어 올린 청년이 외쳤다.

주근깨가 남아 있는 파리한 뺨은 퀭해 보이는 눈매 탓인지 음침했지만 번쩍이는 눈빛 때문에 병자로는 보이지 않는다. 그는 뚱한 얼굴로 있는 유그를 향해 열변을 토했다.

"좀 미친 황태자하고 막 나가는 둘째, 셋째 황자들에 비하면 전하는 최곱니다! 무엇보다 전하가 황제가 되면 제가 재상이 되는 겁니다!"

흥분하는 말 속에는 자기 속셈을 차리는 소리가 깃들어 있었지만 유그는 신경 쓰지 않았다. 원래 저놈은 그런 놈이다.

"전하가 황제가 되시면 귀찮은 일은 제가 다 할게요! 제국을 한 손에 잡고 경영하는 것이야말로 사나이의 로망입니다!"

두 눈에 별빛, 아니, 불꽃을 피워 올리며 소리치는 숙제 담당 말벗 친구인 로리랜드를 보면서 그는 하품을 했다. 무엇보다 귀찮은 일은 자신이 다 한다는 그 말이야말로 마음에 들었다. 경영에 열을 올리고 돈이라면 사족을 못 쓰는 놈이야말로 적당한 경영자가 되리라. 물론 자신이 한 번에 패 죽일 수 있는 녀석이라는 것도 중요하다.

"황후로는 마노시아님을 택하세요."

로리랜드가 눈을 번쩍이며 외치는 순간, 유그는 반사적으로 튀어나가는 주먹을 결사적으로 잡았다.

"뭐?"

"마노시아님을 잡으시라고요. 그분이라면 최고의 아이를 낳으실 겁니다. 또 그분이 낳을 아이들을 폐하가 독점하실 수도 있습니다."

젊다 못해 아직 앳된 음모가가 진지하게 말했다. 그는 코앞에서 자신이 죽어나갈 뻔했다는 것조차 신경 쓰지 않았다. 어차피 인생은 한 방. 죽으려면 벌써 죽었다.

"너, 미쳤냐? 그 계집애랑은 절대 결혼 안 해. 하필이면 왜 그 계집애야?"

"그분이 남자였다면 최고의 라이벌이 되었을 겁니다. 만약 여자는 황제가 될 수 없다는 국법만 없었어도 마노시아님이 황태자가 되었을 거예요."

유그의 얼굴이 꿈틀거렸다. 개나 소나 닭이나 전부 마노를 미는데 짜증이 절로 치민다.

"하지만 차후에 그분이 다른 남자랑 결혼하게 된다면 분명 계승권자가 생겨납니다. 그분의 피를 받은 애들이 평범할 리가 없죠. 아이의 신혈은 모친을 따라갑니다. 그에 반해 전하의 여자들은 별 볼일 없어요. 마노시아님 이상 가는 최고의 여자는 없습니다."

"죽어도 그년이랑 결혼 안 해."

"황제가 되시겠다면 결혼하세요. 그분을 황후로 삼으면

좋은 일이 줄줄이 벌어집니다."

로리랜드는 음험하게 속삭였다. 줄줄이 장점을 늘어놓는 그의 표정은 장사치나 다름없었다.

첫째, 최강의 라이벌이 사라진다.

둘째, 최강의 후계자가 탄생한다.

셋째, 신전을 비롯해 마노시아 추종자들의 지지를 받는다.

넷째, 행정을 맡길 수 있다.

다섯째, 귀족층을 아우르기 쉽다.

여섯째, 외관상 보기 좋다.

일곱째, 그녀와 결혼하는 것 자체가 승리다.

다른 건 둘째 치고 일곱째는 좀 끌린다. 마노시아와 싸워서 32승 12패를 했던 유그 펠리오르의 얼굴이 꿈틀거렸다. 로리랜드는 확신했다. 넘어왔다!

"알았다. 그 계집애랑 결혼해서 내 애를 낳게 만들자."

그것이 바로 사랑과는 거리가 먼 유혈낭자 프러포즈의 시작.

피와 협박, 살육으로 점철된 황위 계승 전쟁.

―기억나느냐?

카자르 엔더의 목소리가 들렸다.

―네놈은 네 아비와 똑같아. 아니, 네 아비보다도 더 어리석지.

"말도 안 돼!"

―네 아비는 그저 혼자서 발광했지만 네놈은 나라 전체를 말아먹었지. 네놈이 더 극악한 놈이다.

신의 음성은 냉엄했다.

"어떻게 내가 저 얼간이보다 못하다는 겁니까!"

―최소한 네 아비는 자기 자식들을 찢어 죽이진 않았어.

항의하려던 황제는 입을 벌렸다.

잊고 있었다. 자신의 결혼이 부황과 모후의 관계를 답습한 결혼이라는 것을. 그리고 자신이 그토록 증오하던 부황의 전철을 그대로 밟아가고 있었다는 것을.

"끄아악!"

황제가 신의 중개로 과거와 삿대질하고 있는 동안 경악과 충격에 휩싸인 채 부들부들 떨고 있는 한 남자가 있었다.

나이는 20대, 얼굴은 50대를 커버하는 경이적인 노안의 소유자인 재상 로리랜드였다.

"지, 진정하십시오."

오랜 격무로 가녀린 몸매를 소유하게 된 재상부의 관리들이 저마다 재상의 건강을 염려하며 충고를 던지는 동안 재상은 휘청거리면서 카자르 엔더를 외쳤다.

"신이시여!"

"재, 재상 각하!"

"일단 마음을 가라앉히시고⋯⋯!"

관리들이 소란을 피우는 가운데 묵직한 음성이 울렸다.

"어떻게 지불하실 거요?"

"으아아아!"

고통에 몸부림치는 젊은 재상을 앞에 두고도 안색 하나 변치 않는 중년의 사내는 팔짱을 낀 채 가만히 서 있었다. 나는 새도 떨어뜨린다는 강대한 권력의 소유자인 재상부에서 이처럼 오만하게 설 수 있는 자는 몇 되지 않는다.

낡아빠진 가죽 바지와 팔꿈치가 번들거리는 가죽 토시에 먼지가 수북한 작업용 모자를 쓴 남자는 철탑처럼 거대한 체구의 소유자였다. 그의 이름은 덜킨 7세. 페자페지 공방의 수석장인이었다.

"다, 다시 말해보시오, 덜킨 경."

덜덜 떨며 재상이 눈을 치켜떴다. 남이 보면 일주일쯤 묵힌 시체가 일어났다고 볼 만한 몰골이었지만 상대는 강했다.

"7황자이신 다흐마르 전하께서 가지고 간 무구의 가격은 25,000란트. 외상이라고 달아놓으신 가격은 10,200란트요. 합계 총 35,200란트. 계산해 주시길 바라겠소."

"대, 대, 대체 뭘 가져가셨기에 그런 가격이 나온 거요? 25명 방어구 세트 가격보다 더 나가잖아!"

재상이 입에 거품을 물고 외치자, 장인은 영수증을 보라며 턱짓했다.

〈판매 목록: 특제 롱소드 세 자루, 솟소드 네 자루, 클레이모어 한 자루, 강화 장궁 두 세트, 강화 단궁 세 세트, 분리 가능한 장창 세트 다섯 개, 특제 합금 단창 열두 개, 접이식 강화 실드 두 개, 경화 블레스트 아머 세트 두 개, 체인메일 세트 한 개, 경화 릴다식 투구 두 개. 투척용 단검 마흔두 개, 강화 처리된 가죽 장화 두 켤레, 강화 처리된 가죽 바지 다섯 벌, 방수 방오 처리된 셔츠, 속바지 일곱 벌, 경화 처리된 아랄식 마구 두 세트, 경화 처리된 수통 두 세트, 경화 화살 이백 발, 효촉 열두 발, 주문 제작 8구형 채찍 한 개, 3구형 채찍 한 개. 서비스 품목은 쿼렐 백오십 발.

수리 목록: 아랄식 모닝스타 한 개, 합금 프레일 두 개, 강화 원형 실드 세 개, 강화 사각 실드 다섯 개. 롱소드 여덟 자루, 솟소드 열 자루, 아랄식 장창 여덟 자루, 경화 블레스트 아머 세트 열세 개, 체인메일 네 벌.

총금액: 35,200란트.

추신: 준비금 500란트 추가.〉

"참고로 말하자면 그것은 7황자님 혼자 쓰신 것이오. 황태자 전하께서 쓰신 것까지 포함하면 액수는 더 커질 것이겠지만."

"이걸 왜 재상부에서 받는단 말이오? 황실내탕금이 있을 텐데!"

"액수가 크잖소. 게다가 7황자께선 재상께 받으라 하셨소. 그동안은 레솔트 후작께서 지불해 주셨는데 황후 폐하께서 앞으로는 후작가에서 받지 말라고 하셨지."

무뚝뚝한 음성으로 말하는 장인의 얼굴을 보며 로리랜드는 뒷목을 움켜잡았다. 이 빌어먹을 황실 일족들! 돈을 뭐로 아는 거야? 왜 한 번 쏘면 끝인 화살까지 페자페지 공방제를 쓴단 말인가! 거기에 셔츠에 속바지까지! 평범한 저잣거리 물품을 써도 되거늘!

"대, 대체 이분이 왜 검을 이렇게나 많이 쓰셨소? 수리비도 엄청나잖아?"

"잊었소? 황자께선 힘이 워낙 세서서 검술 단련 중에 망가지는 무구가 많소. 그나마 우리 공방 것이니 이 정도지 보통 물품이었다면 어림도 없지."

잘난 척 코를 높이는 장인의 콧등을 후려치고 싶은 충동을 느끼며 재상은 입술을 깨물었다.

"준비금은 무엇이오?"

"말 그대로요. 물건을 빨리 당겨주면 웃돈을 주신다고 하셨기에 그리했지. 그런데 잔금도 안 치르셨어."

"크으으으!"

이 빌어먹을 황자 놈! 속으로 악을 지르는 재상에게 장인은 다시 강력하게 요구했다.

"지불은 오늘 안에 해주시오. 설마하니 제국의 재상부에서 황자께서 쓰신 돈도 해결 못하는 건 아니겠지요?"

"황후 폐하에게 가시오. 이건 곤란하오. 개인 지불금으로 물기엔 액수가 너무 크오. 황실내탕금에서 해결 봐야 할 일이오."

"아니지. 이걸 들고 황자께선 북부전선으로 향하셨소. 그렇기에 우리도 염가로 내놓은 거요. 만약 개인 물품이었다면 이 가격에서 삼 할은 더 붙여야 하오."

"삼 할?"

헉 소리를 내는 재상에게 장인이 음험하게 선언했다.

"자, 잠깐! 북부전선이라니. 지금 그럼 7황자이신 다흐마르 전하께서 출궁하셨단 말이오?"

재상의 얼굴이 다채로운 색깔로 변화했다. 옆에 있던 관리들 역시 시퍼렇게 질리기 시작했다. 덩치는 커도 다흐마르는 네 살이다.

"몰랐소? 그저께 밤에 공방에서 물건들을 싹쓸이하고 가셨다니까."

"맙소사!"

재상은 휘청거렸다. 그는 급히 손짓해 부하들을 불렀다.

"황후 폐하께 어서 고해! 근위대는 뭐하고 있는가? 가디언들은?"

그가 악악대고 있는 동안 네 살 난 황자의 가출을 뒤늦게 알아차린 이들은 시퍼렇게 질린 얼굴로 뛰쳐나갔다. 태연한 것은 영수증을 내밀고 선 페자페지 장인뿐이었다.

"각하! 7황자님의 가디언들이 모두 보이지 않습니다. 가디언들 역시 출궁했습니다. 유모님은 이미 쓰러졌답니다!"

"가, 각하! 7황자 궁의 마구간지기도 기절한 채로 발견되었습니다. 준마 세 마리가 사라졌답니다!"

여기저기서 끔찍한 보고가 되돌아온다. 절규하며 쓰러지기 직전 갑자기 불길한 예감이 떠올랐다. 재상은 급히 자기 자리에 깔린 카펫을 집어 올렸다. 재상부 바닥에는 숨겨진 금고가 하나 있었다. 재상부의 특수 금고로, 긴급 지출이 있을 경우 그 지불을 위해 놔둔 금고였다.

"헉!"

그러나 그 금고 역시 우그러진 채 발견되었다. 재상부 특수 금고가 가차없이 뜯겨져 나갔다. 특수 합금 자물쇠고 뭐고 신경도 쓰지 않고 손잡이째 뜯겨져 나간 그 참혹한 몰골에 재상은 눈물만 주룩주룩 흘렸다. 그 안에는 최소 황금 열 관과 15,000란트의 현금이 들어 있었던 것이다. 으아아! 이 힘만 센 괴물! 이걸 뜯어냈다니!

재상은 숱도 적은 머리통을 잡고 뒤로 넘어갔다. 다행히 부드러운 카펫이 그의 몸을 잘 받아주었다. 그는 카펫을 움켜쥔 채 절규했다.

"내가! 내가 전생에 무슨 죄를 지어서! 내가 전생에 무슨 죄를 지어서 이 꼴을 보나!"

아마도 죄를 많이 지었을 거라고 확신하고 있는 관리들은 침묵했다.

"어이, 로리."

태연한 음성이 서글픈 재상의 주변으로 울려 퍼졌다.

재상의 이름도 아닌 애칭을 함부로 부를 수 있는 이는 얼마 되지 않는다. 그중 하나인 제국의 황태자 제흐나므는 황제처럼 눈썹을 치켜 올리며 발버둥 치고 있는 그를 쏘아보았다. 너 미친 거 아니야? 안 그래도 머리숱도 없는 주제에.

"지금 뭐하는 거야?"

"으흐흐흐! 저하!"

"설마하니 다흐가 출궁했다고 그러고 있는 것은 아니겠지?"

차가운 음성에 경직된 관리들과 로리랜드가 고개를 들고 바로 서자, 팔짱을 낀 황태자는 주변을 훑어보며 말했다.

"별일 없지? 나도 나갈까 싶어서 온 건데."

"네?"

재상의 얼굴이 파리해졌다.

"용돈 좀 줘."

황태자 제흐나므가 손을 내밀었다. 제흐나므는 다흐마르와는 다르다. 안 주면 알지? 나 성질 더럽거든? 안 주면 죽일 거거든? 황태자한테 용돈도 못 준다고 하는 건 아니겠지?

아예 거절을 용납지 않는 살벌한 눈빛에 재상의 얼굴은 시퍼렇게 질렸다.

"내가 이겼어, 마노시아."

"썩을 놈."

"잊지 마라. 내가 네 남편이다. 넌 내 애를 낳는 거야. 그럼 네 외가를 살려줄게."

"네놈을 내가 어찌 믿어?"

"거짓말 따위를 할 정도로 내가 약하냐?"

피가 흘렀다.

신혼부부의 축복받은 첫날밤이 될 침대는 난장판이었다. 아니, 방 안 전체가 폐허였다. 두 사람이 휘두른 힘의 여파로 넓은 신방은 무너지기 일보 직전이었다. 두 사람의 가디언들 사이에서도 흉흉한 살기가 감돌았다. 누구 하나 정말로 목숨이 위험하다면 가디언들이 일제히 달려들 것이 분명했다.

그는 킬킬 웃으면서 반라의 상태로 쓰러져 있는 그녀의 몸을 누르면서 위협했다.

"어차피 네년은 어떤 놈하고도 결혼하지 않을 거잖아? 약한 놈하고 결혼하고 싶지 않지?"

"난 네놈처럼 미치지 않았어."

이마가 찢어지고 코피가 흘렀다. 터진 입가에서도 피가 흐른다. 실핏줄이 터진 눈으로 그를 노려보면서 그녀는 헐떡였다.

"거짓말. 너도 약한 걸 못 참아. 내가 미친놈이라면 너도 미쳤어. 다 같이 미쳐 날뛰고 있다고. 순순히 내 아내가 돼

라. 내가 이겼으니까."

그녀는 이를 갈았다. 정말로 싫었다. 눈앞에서 날뛰는 남자는 강한 만큼 신혈의 가장 끔찍한 면모만 골라서 보여주고 있었다. 이유없이 죽이고 사람의 피와 살을 먹는다. 살인귀에 식인귀. 저 추한 작자를 어찌 신의 화신이라 칭송할 수 있을까.

"죽일 거다, 저주받을 놈아!"

이를 갈면서 살기를 뿌리는 그녀는 흉흉했다. 그 얼굴을 보며 웃고 있는 그 역시 흉흉했다.

"할 수 있음 해봐. 나는 황제가 될 거고 넌 황후가 될 거야. 내 애만 낳으면 나도 신경 쓰지 않아. 내가 여자를 거느리는 것처럼 너도 맘에 드는 남자를 거느리라고."

"난 네놈처럼 음탕하지 않아!"

"알 게 뭐야."

비웃음이 매달렸다. 조각처럼 뚜렷한 외모와 달리 입가에 맴도는 웃음은 비열하고 차갑다. 그는 언제나 그랬다. 아름다운 외모와 전혀 다른 추악한 심성.

'어째서! 어째서 신은 이놈을 택한 것인가!'

그녀는 원망했다. 그에게 힘을 준 신을 원망하고 증오했다. 그녀의 눈가에서 처음으로 물기가 비쳤다. 왜 자신은 여자로 태어났을까.

"나도 나 싫다는 여자를 굳이 안고 싶지는 않아. 하지만, 마노. 너는 여자고 난 남자야."

킬킬대는 음성은 곧 사라졌다.

그가 움켜쥔 부러진 뼈의 고통은 곧 잊혀졌다.

지독한 악몽, 수치, 그보다 더한 절망과 분노. 신이 있다면 저주하겠다! 이 빌어먹을 미친 황가에 태어나게 한 신을 저주한다! 카자르 엔더여! 당신이야말로 이 저주받은 혈통의 시작이다. 멸망하라! 멸족하라!

살인귀, 색광에 식인귀를 모아놓은 신이여! 나는 그대를 증오하노라.

그녀는 처음으로 울었다.

눈을 뜨자 어둠.

마노시아는 깊은 한숨을 내쉬었다. 그녀가 손을 뻗자 침대 옆에서 대기하고 있던 가디언이 그녀에게 차가운 물을 바쳤다.

하얗고 얇은 휘장이 바람에 나부꼈다. 창가로 흘러든 밤바람에 커튼이 흔들리고 있었다.

오랜만에 꾸는 꿈이었다. 그것도 지독한 시기의 지독한 악몽.

그녀는 벌써 로레이아 꽃이 필 계절이라는 것을 깨달았다. 열어놓은 창가에서 쌉쌀한 향기가 흘러들어 온다.

유그 펠리오르와의 대결에서 패배해 그의 아내가 된 그때가 이즈음이었다. 그때를 생각하면 이미 아문 왼쪽 팔목이 욱신거린다. 그녀의 왼팔 뼈는 그때 네 조각으로 부러져서 아무는 데 거의 석 달이 걸렸다. 평소라면 열흘이면 붙었을 텐데 작정하고 모질게 부러뜨린 그 잔인한 놈 때문이었다.

그녀가 다시 침대 위에서 손을 내밀자, 대기했던 가디언이 담뱃대를 내밀었다. 그녀가 애용하는 담뱃대는 친애하는 그녀의 돼지가 선물한 것이었다. 연기를 내뿜으며 그녀는 깊은 한숨을 내쉬었다.

황후 마노시아는 자존심이 높았다. 그렇기에 그녀는 황제가 된 때려죽이고 싶은 남편을 새삼 증오하진 않았다. 패배했으니 그저 순응했을 뿐이라 여겨 단념했다. 만약에 그가 약으로 그녀를 강간했다면 아마도 그녀는 원한에 사무쳐 그를 죽이기 위한 음모를 꾸몄으리라. 하지만 동갑내기였던 유그 펠리오르는 그녀와 결투했다. 장장 열세 시간에 걸친 주먹다짐 끝에 그녀는 패배했다. 그리고 그에게 안겼다. 딱 다섯 번 그에게 안겼는데 그때마다 주먹, 검, 도, 창 등 다양한 방법으로 싸웠다. 몇 번은 이겨서 잠자리를 피할 수 있었지만 다섯 번은 졌다는 이야기다. 다행히 둘 다 피가 진해서 그런지 남들은 수백 명의 여인 중 서너 명만 가능하다는 신혈의 아이를 잘도 임신했다. 임신하자마자 그와의 침실 격투는 끝이 났다.

"찢어 죽일 X끼."

그녀는 작게 욕설을 내뱉었다. 사실 아이는 별로 갖고 싶지 않았지만 쌍둥이는 잘도 뱃속에서 자라나 그녀의 몸을 보호해 주었다. 미치광이 같던 펠리오르는 그녀가 아이를 배자 시비를 걸지도 않고 침실 격투를 벌이자고 덤벼들지도 않았다. 그녀가 생각하는 것처럼 그 역시 그녀를 별로 아내나 여자로 여기고 있지도 않았다. 평범한 인간이었다면 너만이 나의 상대, 너는 내 운명이라 외치며 사랑에 빠질 법한 상황이었지만 그녀나 황제는 지극히 메말랐다. 그들은 태어나면서부터 강하고 모든 이들로부터 인간이 아닌 존재로 대우받아 왔다. 그러니 그들에게 인간다운 말랑말랑한 감정을 요구하는 것 자체가 무리다. 수명은 길고 몸은 강철처럼 단단하고 힘은 보통 인간 열 명을 합쳐 놓은 것처럼 강하다. 그 외에도 초인적인 능력까지 가지고 있다. 독심술, 염동력, 예지력, 기타 등등. 게다가 강한 자는 약한 자를 죽여도 된다는 지극히 이기적인 사고가 뿌리 깊게 박혀 있는 잔혹한 심성.

황후는 눈을 감았다 떴다.

푸른 연기가 실처럼 한들한들 흔들린다. 황후 마노시아는 알고 있었다. 그녀는 황궁 전체에서 벌어지는 일을 알고 있었다. 그녀의 감각에 잡히는 인간들의 움직임. 수백, 수천에 이르는 인원의 움직임. 원한다면 그녀는 손가락 하나 대지 않고 멀리 있는 이들을 찢어 죽일 수도 있고, 수백 년간 굳건한 황궁의 벽을 무너뜨릴 수도 있다. 힘 하나만 휘두르는 황제와 달리 그녀의 힘은 섬세했다. 단련되고 단련된 그녀의 힘은 황궁 전체를 덮고 있었다.

페자페지 공방에서 강탈하다시피 가져온 무구로 몸을 휘

감은 그녀의 둘째 아들이 가여운 마구간지기를 위협해 말을 끌고 나간 것도 안다. 장인의 으름장에 놀라 발광하는 재상의 몸부림도 안다. 음모를 꾸미겠다고 모여드는 후궁의 여자들과 쌍둥이의 눈을 피해 시종이나 시녀를 죽이는 후궁의 황자들도 알고 있었다.

"후."

하지만 상관하지 않는다.

제국을 뒤엎을 정도로 대단한 일은 없었다. 그저 소소한 일상일 뿐.

연기가 파르르 허공으로 치솟았다. 그녀는 다시 손을 뻗었다. 독한 담배였지만 그다지 감흥이 나지 않는다. 마약이 싫으니 담배를 피우는 것이지만 영 싱겁다. 그 이유를 그녀는 알고 있었다. 독초를 생으로 씹어도 까딱하지 않을 그녀를 걱정해서 충실하고 어여쁜 돼지가 최고급의 담배를 구해 왔기 때문이다. 강한 약효를 가지고 있긴 하지만 기본적으로 독성은 없는 최상급의 담배를 몇 번이나 정제해서 가져온 것이다.

"나의 달콤한 돼지, 그대는 어디 있는 게냐?"

레솔트 후작을 생각하자 그녀의 입가에 절로 미소가 떠올랐다.

쌍둥이를 임신하고 나서 조금 허탈해 있을 무렵에 그녀는 레솔트를 만났다. 외조부가 쌍둥이의 스승으로 추천해 준 창술의 명인이었지만 그녀의 눈에는 영 시원치 않았다. 가법게 실력을 알아보았더니 제법 **뼈대**는 단단해 보였다. 부상을 입은 후작은 그녀에게 원한을 품지도 화를 내지도 않았다. 그는 과묵했다. 그저 그녀를 향해 고개를 숙이고는 발그레한 목덜미를 드러내 보였다. 어, 어쩌라고? 뭐, 뭐지, 이 반응은?

그녀는 그가 보내는 눈빛에 당황했다.

헉! 눈빛이 왜 이리 깨끗하고 순수해? 저거 왜 이렇게 순진무구해? 일직선의 시선. 온몸이 간지러울 정도로 달콤한 핑크빛 오라가 중년의 무인을 돌돌 감고 있었다. 이거 뭐야? 이거, 인간 맞아? 사춘기 어린 소녀가 백마 탄 왕자에게 보낼 법한 눈빛으로 온몸을 빨갛게 물들이고 있는 중년의 후작을 보는 순간 그녀는 눈이 멀었다.

귀, 귀여워! 저거 왜 이리 귀여운 거야? 저건 아마 귀여운 사탕 요정이 인간의 탈을 쓰고 있는 거 아냐? 동글동글, 네모 납작한 게 무지 귀엽잖아? 어, 얼굴 붉히지 마! 코피가 터질 거 같아!

황제가 레솔트 후작을 돼지라 불렀다는 말을 듣고 열네 살의 그녀는 후작이 돼지의 탈을 쓴 사랑의 요정이라고 결론지었다. 그래, 저건 요정인 게야. 내 것이 될 운명을 타고난 나의 돼지. 귀엽고도 어여쁘도다. 앞발도 예쁘고 주둥이도 예쁘고 발바닥도 귀엽구나! 이런 생물이 존재하다니. 세상은 역시 살 만한 것이었던 게야. 신은 날 버린 게 아냐. 이 세상엔 유그 같은 괴물만 있는 게 아니었어.

울퉁불퉁 근육중년남을 보고 귀여운 요정이라고 결론 내린 그 순간 그녀는 신세계를 경험했다. 물론 이 상황에서 그녀는 이미 제정신이 아니었다. 그 당시 황궁의 모든 이들이 그녀의 심미안을 의심했다. 저분도 신혈은 신혈이었나 봐. 눈이 미쳤어.

어쨌거나 마노시아는 자신의 가련한 돼지를 포악무도한 남편이 때려죽일까 봐 고심했지만 황제는 무심했다. 그저 하나만으로는 부족하지 않느냐고 물었을 뿐이다. 너, 참 통 작네. 하나 갖고 되겠냐? 최소한 세 자리는 되어야 체면치레를 하지. 지극히 미친놈다운 그 소리에 이성과 지성을 자랑하는 마노시아는 냉소했다. 내가 너냐? 별로 쓸데도 없는 걸 수백이나 거느리게. 너나 잘해. 병신. 하나를 가져도 알찬 걸 가져야지. 네가 가진 수백 명 여자 다 보태도 내 돼지보다 못하더라. 양보다 질이다. 미친 것! 다다익선이다! 황제는 악악거리며 항의했지만 주먹 아닌 논리로 그녀를 이길 순 없었다.

"술을 올릴까요?"

잠시 과거를 생각하고 있던 그녀에게 가디언 그리엔이 공손히 물었다. 메리테인이었다면 말 나오기 전에 그냥 술을 내밀었겠지만 그리엔은 그렇게 하지 않았다. 황후는 건방지게 나대는 가디언을 용납하지 않기 때문이다.

"됐다. 곧 해가 뜨겠군. 신전에 가겠다."

그녀는 헐렁한 침의에 가운을 하나 걸치고 벌떡 일어섰

다. 재수없는 꿈을 꾸었더니 마음이 뒤숭숭했다. 악몽을 되씹느니 사랑스런 돼지의 앞발이나 되새기겠다는 생각으로 그녀는 황궁 내 신전으로 향했다.

황제와 달리 황후는 신전에 매일 새벽마다 기도를 올리러 다녔다. 결혼 초, 애를 낳기 전에는 카자르 엔더의 신전은 쳐다보기도 싫었지만 쌍둥이를 무사히 낳고 사랑스런 돼지를 만난 뒤부터는 독실한 신앙생활을 해왔다. 다른 여인들과 달리 그녀는 카자르 엔더에게 쌍둥이의 신력을 빌지 않았다. 내 새끼들이니까 셀 거야. 분명히. 확실히. 별 근거도 없이 그녀는 확신했다. 그리하여 명명식이 끝난 이래 그녀는 줄기차게 한 가지 소원만을 빌고 있었다.

"저 빌어먹을 놈을 XXX하시고 XX도 해주십시오. 피떡이 되도록 마구 패주십시오. 삶는다거나 터뜨린다거나 토막을 내도 괜찮습니다. 네, 태워도 괜찮습니다. 카자르 엔더시여, 저를 딸로 여기신다면 제 가슴에 못을 박은 저 XX를 묵사발이 되도록 두들기고 짓밟아주십시오. 한 365일쯤 그렇게 해주신다면 저는 평생 당신을 모시겠나이다."

미리 말해두지만 황후는 황제 다음으로 신혈이 강하고 또 많이 닮았다.

다시 말해 뒤끝이 좀 길다. 365일은 그녀가 황제와 동침하고 아이들을 낳기까지의 기간이다. 그녀는 그걸 다 일일이 기억해 두었다.

 카자르 엔더는 미녀를 좋아했다. 잘 싸우는 강한 미녀는 더 좋아했다. 그리고 황후는 잘 싸우는 강한 미녀다. 그것이 바로 황제가 365일 동안 얻어터져야 하는 이유다.

—아름답고도 장하도다. 사랑스런 이여, 그대는 내 옷깃에 입 맞추어도 좋다.

정의의 여신이 긴 옷자락을 들어 황자의 붉은 입술에 대고는 속 삭였다. 여신의 자태에 감복한 어린 황자는 빛나는 눈을 들어 사랑 의 맹세를 했다.

세상에서 가장 귀하신 분, 정의여. 옳은 길을 걷고 약자를 도우 며 살아가겠습니다. 그대의 사랑을 믿고 바른길을 걷겠나이다. 현 명한 부엉이의 눈을 가지고, 날렵한 매의 날개를 지니고 악의를 가 진 자들을 물리치며 여자와 어린애를 위한 검을 채우겠나이다.

황자는 검을 들었다. 빛나는 보검에 어린 햇살이 보고 있는 자 들의 심금을 뒤흔들었다. 미천한 무리는 믿을 수 없다 외쳤으나 여 신의 사랑을 받는 용사의 한걸음에 땅이 갈라지고 불길이 솟아났 다. 마침내 악당들이 눈물을 흘리며 애원했으나 잔혹한 검에는 눈 이 없었다.

—〈용사의 비행(飛行), 정의의 여신에게 사랑받은 이〉中에서

폴로 에네마흐 編著

CHAPTER 13

Reload

 당신, 뭐요? 뭐? 내 소개를 하라고? 너 미쳤냐? 배때기 좀 따줄까? 에, 네놈이 신관이셨어? 야히슨이셨어? 아, 미안하게 됐습니다요. 넵넵. 너님께서 그런 분인지 몰랐지요. 그냥저냥 날뛰는 놈들로 알았지 뭡니까? 에헤헤. 넵넵. 물어보십쇼! 오오, 가디언의 생활에 대한 질문입니까? 허허. 잘 찾아오셨습죠. 제가 바로 가디언 교육 담당입죠. 험험. 거기, 조용히 해. 그니까, 그게… 에, 번호를 물어보신다면 응당히 알려 드려야 하겠지만 그게 또 극비거든요. 아시다시피 황실을 보호하는 가디언의 숫자나 교육 같은 것은 극비사항 아니겠습니까? 너님께서 물어보신다 해도 자세히 답할 수가 없는 게 저희 방침입죠. 아? 그냥 개인 취미요? 어허, 충실한 가디언이 무슨 취미생활을 할 수 있겠습니까?

 악! 치지 마! 악! 치지 마십쇼! 악악악! 에, 또. 다시 말씀드릴깝쇼? 저는 그니까… 그게… 그냥 평범한 건 아니고요, 그게… 악! 알았다니까요! 전 75번입니다. 75번이 뭐하는 거냐고요? 그냥 대기하고 있는데요. 에, 그니까… 앞으로 도련님들을 모신다거나 아가씨들을 모실 거 같아요. 두 분 폐하를 모시는 가디언이오? 에헤, 그거 아무나 되는 줄 아쇼? 역시 너님은 바보인가. 수련하러 가야 하니까 그만하죠, 잉? 뭐? 어떻게 그런 게 정해지냐고? 거참, 끈질긴 양반이네. 대무여관께서 정해주시는 거니까 그게 그렇게 되는 게지, 뭐 특별한 게 있는 줄 아쇼? 아씨! 나도 바쁘다구요. 선배들이 과자 사오라고 시켰다고요. 아, 꼭 잔심부름만 하는 건 아니에요. 나이는 왜 물으시는지? 가디언은 나이로 말하는 게 아닙니다. 악! 때리지 말라구요. 나도 언젠가 1번이 된다니까요. 칫. 네, 전 열다섯 살이에요.

※

 황후가 과거를 되새기며 새삼 황제에 대한 악감정을 되새기고 있는 그즈음, 황제의 가장 총애하는 아들이라는 소리를 듣고 있는 황후의 차남께서는 고뇌하고 계셨다.

 "애들을 잡아갔다고?"

 후광이 도는 듯한 빛나는 금발과 아름다운 외모, 늘씬한 사지에도 불구하고 어딘가 흐르는 강자의 냄새. 유달리 짧은 말투. 값비싼 전마 세 마리에 번쩍번쩍 빛나는 무구로 온몸을 휘감은 금발의 소년.

오래된 할머니의 민담에서 나올 법한 강자의 면모를 발견한 많은 이들이 그에게 몰려 있었다.

"그렇습니다, 아름다운 기사님. 제 딸아이가 잡혀갔습니다. 어흐흐흑!"

"뿐만이 아닙니다. 그 식인괴물은 2년간 열다섯 명이나 희생자를 냈습지요. 우리 마을에서만도 그 정도이니 앞으로 얼마나 많은 이들이 희생될지……."

흐느끼는 산골 마을 사람들의 호소를 들은 황자는 팔짱을 끼고 잠시 생각에 잠겼다. 그래 봐야 일 분도 채 안 될 시간이었지만.

"좋아, 내가 잡아주겠다. 대신 내 말들을 잘 보살펴라. 내 말들의 터럭 하나라도 잘못되면 너희 전체를 다 찢어 죽이겠다."

아름다운 소년의 입에서 나올 소리는 아니었지만 이미 민담에 익숙해진 마을 사람들은 두 손 모아 맹세했다. 그의 말들을 잘 보살피겠다고.

다흐마르가 이틀간 말을 달린 끝에 도착한 산골 마을은 늙은 시골 영주가 다스리는 곳으로 너무나 벽지라 마을 경비병도 없는 작고 조촐한 마을이었다. 만약 조금이라도 컸다면 세금을 거두려는 욕심에 경비병과 기사가 있었겠지만 그러기엔 인구가 너무 적었다. 다흐마르 역시 가는 길목에서 길을 잃어서 도착한 것이지 일부러 간 건 아니었다.

어릴 때부터 다흐마르는 영웅전을 많이 읽었다. 어릴 적 스승이 레솔트였다는 것만으로도 다흐마르의 순진무구한 행동양식을 짐작할 수 있다. 어린 황자는 약한 백성을 괴롭히는 것들은 다 때려죽이거나 찢어 죽여야 한다고 결론 내리고 있었다. 대륙의 백성들은 다 자기 것이기 때문이다. 또 덧붙인다면, 가련한 백성들을 약탈하거나 황명에 의한 세금 이상을 걷어 착복하는 것들 역시 밟아 죽여야 한다고 교육받았다. 왜냐면 백성들의 돈은 다 자기 것이므로. 당연한 일이지만 이 부분은 로리랜드에게 교육받았다.

산골 마을의 식인괴물은 늙은 샤벨 타이거였다.

샤벨 타이거는 대형 맹수다. 주로 깊은 산속에서 긴 송곳니로 멧돼지나 들소를 사냥하는 것들로, 인적 없는 곳에서 서식하는 게 보통인데 이 늙은 샤벨 타이거는 그 긴 송곳니가 부러지고 빠지자 만만한 인간을 사냥하게 된 것이다. 게다가 병사나 기사도 없는 외진 산골은 샤벨 타이거에게는 식량이 널려 있는 밭이나 다름없었다.

페자페지 셔츠와 바지, 그리고 가벼운 블레스트 아머 하나만 걸친 다흐마르는 단검 하나만 달랑 들고 늙은 샤벨 타이거를 쫓았다. 이상한 선입견이 꽉 박힌 어린 황자는 사냥은 단검과 주먹으로 하는 걸로 알고 있었다.

어찌 되었든 그 맹수를 발견하는 순간, 자신의 몸보다 네

배는 큰 맹수를 눈앞에 두고도 황자는 실망했다. 에계, 겨우 샤벨 타이거였어? 나는 전설에 나오는 괴물인 줄 알았는데. 내 방바닥에 깔려 있는 그거잖아.

늙은 샤벨 타이거는 황자를 보는 순간 얼어붙었다. 헉, 쪼만한 게 왜 이리 무섭냐? 이거 인간 아닌 거 같아! 퍽! 캐캥!

겁에 질린 샤벨 타이거를 단검도 아닌 돌멩이를 던져 단매에 잡은 황자는 일단 팍팍 두들겨 가죽을 확보하고 주변을 살폈다. 샤벨 타이거 하나만으로는 허했기 때문이다. 그리고 놀랍게도 그 소굴에서 금붙이와 붉은 구슬을 발견했다. 황자인 주제에 맹수의 둥지까지 파보는 치밀함과 작은 금붙이도 소중히 여기는 경제관념은 레솔트에게 배웠다.

"이게 뭘까?"

좀 더러워지긴 했지만 금은 금이므로 잽싸게 주머니에 넣은 황자는 새알만 한 구슬을 두고 고민했다. 반짝반짝 빛나는 게 꽤 예뻤기 때문에 가치는 몰라도 일단 전리품으로 삼기로 하고 주머니에 넣었다.

산속으로 들어간 지 두 시간 만에 소보다도 커다란 샤벨 타이거를 질질 끌고 돌아온 황자를 보고 마을 사람들은 환호했다.

"와! 만세!"

"만세! 용사님 만세!"

용사라는 말과 환호를 처음 들어본 네 살의 황자는 크게 고무되었다. 많은 이들의 감탄과 존경, 기쁨에 물든 시선을 받은 것은 난생처음이다. 그의 발치에 무릎을 꿇고 감사를 표하는 늙은 촌장과 아이를 잃었던 부모들의 눈물에 어린 황자는 가슴이 벅찼다.

황궁 내에서는 한 번도 받아본 적이 없는 적나라한 신뢰와 존경. 미치광이들과 아부꾼들과 광신도로 가득 찬 황궁에서는 볼 수 없는 것이다.

"무엇으로 보답해야 할지… 우리 손주의 복수를 해주셨습니다, 용사님."

주름이 주글주글한 노파가 눈물을 글썽이면서 그의 발등에 키스했다. 무릎을 꿇고 있는 노파를 본 황자는 묘한 기분에 머리를 긁적였다.

"밥이나 줘."

용사의 말에 감격한 마을 사람들은 만세를 부르며 잔치를 열었다. 소박하다 못해 초라한 밥상이었지만 배만 채우면 되는 황자에겐 상관없었다. 마을 사람들은 샤벨 타이거의 가죽을 정성껏 손질해 황자에게 주려 했지만 어린 황자는 점잖게 사양했다. 그의 방에는 훨씬 좋은 가죽들이 즐비했기 때문이다.

네 살짜리 어린 황자는 그에게 꽃이며 나무 열매를 바치는 사람들을 보며 왜 황족들이 황궁을 뛰쳐나가면 안 돌아오는지 이해했다. 그리고 왜 제국 전역에 용사 전설과 정의의 사자 민담, 영웅 전설이 판을 치는지도 알아냈다. 또한 금발의 아름다운 소년과 소녀를 보면 왜 사람들이 일단 경외의 시선으로 바라보는지도 깨달았다.

'그래, 형은 황제가 될 거니까 나는 정의의 용사가 되겠어!'

모처럼 광기가 아닌 기쁨으로 가슴이 뜨거워진 다흐마르는 두 주먹 불끈 쥐고 결심했다.

바로 그때 그의 주머니 안에 있던 붉은 구슬이 빛을 발했다.

갑자기 빛을 발하는 구슬을 황자가 집어 들자, 구슬이 깨지며 그 안에서 무언가가 튀어나왔다. 혹시 새인가 하고 들여다보던 황자는 갑자기 자신의 콧등을 찌르는 사악한 행위에 놀라 구슬 안에서 튀어나온 존재를 후려쳐 잡았다.

─악!

비명에 놀란 황자는 바닥에 데구루루 구르는 정체불명의 존재를 쏘아보았다.

"너 뭐야?"

땅바닥에서 구르는 것은 붉은 날개를 가진 요정이었다. 손가락만 한 크기에 핑크빛 머리칼을 가진 요정은 흑흑 울면서 호소했다.

─날 때렸어! 날 때렸어!

"니가 먼저 쐈잖아! 이 벌레야!"

요정인지 벌레인지 구분이 안 가는 황자는 버럭 화를 냈다. 참고로 말하자면 황자는 네 살. 아름다운 소녀의 모습을 한 요정이 섹시한 자세로 쓰러져 울어도 흔들리지 않을 나이다.

꽉 밟을까 하고 다흐마르가 망설이는 순간, 고개를 든 요정은 그를 올려다보며 눈물을 닦았다. 그리고는 반투명한 붉은 날개로 하얀 나신을 가리며 외쳤다. 눈물이 글썽한 하트형의 작은 얼굴은 사이즈에 비해 엄청 요염하다.

—네가 내 알몸을 봤잖아! 책임져!

"벗고 뛰쳐나온 건 너잖아!"

—난 지금 막 깼단 말이야! 그런데 옷이 어디 있니?

"그걸 왜 나에게 물어? 니 옷은 니가 챙겨야지. 너 바보야?"

헹 하고 비웃는 황자는 겉모습만은 늠름한 소년 용사. 그러나 내부는 네 살짜리 유아.

—흑! 너무해! 너무해! 난 정의의 여신 마스칼리아 로네의 딸이란 말이야! 감히 인간 따위가 나에게 이런 태도를 취하다니!

앙앙대는 요정의 말을 들은 황자는 코웃음 쳤다.

"놀고 있네. 난 전쟁신 카자르 엔더의 손자다."

부황은 카자르 엔더의 아들, 자신은 그 아들의 아들이니 손자. 삼단논법에 따른 확고한 정체성을 드러낸 황자의 말에 요정은 흠칫했다. 전쟁신의 후예에 대해 그녀도 소문을 들었다. 성질은 더럽고 그 힘이 엄청나 요정은 물론이고 하급 신도 쩔쩔맨다는 소문이다.

—내 가슴 봐도 돼.

수줍게 날개로 가린 알몸을 살짝 드러낸 요정의 이름은 열혈의 요정 레바이나.

신의 계보상 정의의 여신 마스칼리아 로네는 운명의 여신 베기르 라라의 동생이다. 중립을 지키는 정의의 여신은 신계에서 조용한 편이었지만 한 가지 약점이 있었다. 그녀는 열혈에 약했다.

"그나저나 넌 왜 샤벨 타이거의 둥지에 있었니? 여신의 딸이라면서? 설마 그 식인마가 네 애완동물은 아니겠지?"

그녀가 가슴을 드러내든 말든 관심없는 어린 황자는 눈을 치켜떴다. 의심의 시선을 받은 열혈의 요정 레바이나는 당황했다. 좀 빈약해도 아름다운 소녀의 몸인데 남자인 주제에 관심이 없다니! 솔직히 말해 그녀는 자신이 샤벨 타이거의 둥지에 있었다는 것도 몰랐다. 그녀는 잠이 많아서 한번 잠들면 최소 오륙 년이다.

―나는 정의의 딸! 절대 그렇지 않아! 단지 자고 있었을 뿐이야!

열혈의 요정답게 흥분하는 그녀를 보고 황자는 미심쩍은 표정을 했다. 솔직히 열혈 요정이란 건 들어본 적도 없다. 정의의 여신에 대한 말도 별로 못 들어봤다. 황제의 아들답게 공부에는 취미 없는 다흐마르가 신의 계보를 외울 리 만무하다.

―너의 정의를 향한 뜨거운 마음이 나를 깨웠어! 나는 너의 부름을 받고 눈을 떴다! 나의 이름은 열혈의 요정 레바이나! 나

와 계약하겠는가?

불리하자 얼른 화제를 바꾼 열혈 요정의 말에 어린 황자의 마음이 흔들렸다.

정의를 향한 뜨거운 마음이라니. 어른이라면 단어만으로도 소름 돋겠지만 다흐마르는 네 살이다.

"좋아, 나는 정의의 용사가 될 몸이다. 전쟁신 카자르 엔더의 손자이자 제국의 황자 다흐마르! 너와 계약해 뜨거운 정의를 실현하겠다!"

선행은 아름답고 정의는 빛나는 법. 그 단어가 간지러운 것이라 할지라도 그 행동은 의미가 있다. 어린 황자는 정의의 여신이 가장 사랑하는 딸 열혈 요정 레바이나의 질문에 뜨겁게 응했다. 이 뜨거운 마음에 감동한 열혈 요정은 붉은 날개를 더더욱 빨갛게 물들이면서 다흐마르의 뺨에 키스했다.

―계약되었다. 다흐마르, 전쟁신의 손자여.

붉은 광채가 황자의 온몸을 덮었다. 갑작스런 신성한 빛을 본 마을 사람들은 더더욱 열광하며 신을 찬양했다. 전설이나 신화에 나올 법한 경이로운 기적을 본 그들의 순수한 신앙은 순식간에 신계까지 도달해 여신들과 놀고 있던 카자르 엔더의 엉덩이를 찔렀다.

―음?

갑자기 늘어난 신력에 전쟁신은 고개를 갸웃했고, 졸고 있던 정의의 여신은 남들보다 배는 작은 눈을 부릅떴다. 성질 더러운 전쟁신의 후예가 가장 순수한 열혈의 요정과 계약하다니! 이것은 인연! 이것은 운명! 이것은 바로 정의는 승리한다는 의미! 정의의 여신이 두 주먹 불끈 쥐고 포효하는 순간, 중립을 지키려고 노력하고 있던 운명의 여신은 머리를 부여잡았다. 가장 외골수인 동생과 전쟁신의 인연이 순식간에 이어졌다. 운명의 천칭이 순식간에 전쟁신을 향해 휘었다.

신계의 여러 신들이 경악하든 말든 열혈 요정과 어린 황자는 정의 실현을 위해 계약을 체결하고 굳게 손을 잡았다. 키스를 연발하는 열혈 요정 때문에 연신 뺨을 닦으면서 다흐마르는 짜증냈다. 어릴 때부터 모후를 보며 자라온 황자는 눈이 높아 아리따운 요정의 미모에 흔들리지 않았다. 계집애들은 왜 이리 뽀뽀를 좋아하나? 내가 잘난 것은 알지만 뽀뽀는 싫어.

어쨌든 다흐마르와 레바이나는 마을 사람들이 바치는 술을 마구 들이켜며 소박한 잔치를 만끽했다. 그리고 황자는 자신이 왜 전마와 무구를 가지고 황궁을 나왔는지 까먹었다. 유아에게 많은 것을 바라면 안 된다. 더욱이 그는 황제를 가장 많이 닮은 아들이었다.

감사와 기쁨, 그리고 존경과 감탄으로 가득 찬 시선을 받으며 요정과 황자는 세 마리 전마를 끌고 마을을 떠났다. 그리고 잔악한 살인마나 산적 떼, 욕심 많은 귀족들을 사냥하기 시작했다. 정의 실현을 위하여.

"저깁니다."

다흐마르가 용사의 길을 걷는 동안 황제 일행은 목표로 했던 북요르문 산에 도착했다. 세찬 바람과 온몸이 얼어붙을 것 같은 한기를 뚫고 도착한 것이다. 보통 인간이었다면 꽤나 괴로웠을 터이지만 이들 일행은 나름 대단한 자들만 모였기에 도착하는 데 오래 걸리진 않았다.

깎아지른 듯한 일직선의 절벽과 얼음으로 뒤덮인 산 어귀는 보기만 해도 압도적이었다. 험한 산맥 어귀를 뚫고 북요르문 산에 다다랐을 때는 어지간한 가디언들도 지쳐 있었고, 반니레다는 아예 황제의 등에 매달려 있는 상태였다.

물론 황제는 그녀를 등에 매달고 있는데도 불구하고 그 무게를 잊고 있었다. 조끼 하나 입은 셈치고 있었다 할까.

"흠."

황제는 팔짱을 끼고 깎아지른 절벽을 노려보았다.

가죽 바지와 한기를 막기 위한 모피를 두르고 있긴 했지만 실제로 그는 추위를 거의 느끼지 못하고 있었다. 좀 쌀쌀하다는 느낌이 전부다. 오는 동안 술이나 약을 먹지 못했기 때문에 오히려 신경이 날카로워져 짜증이 나 있긴 했지만 주변에 사람이 없어서 그런지 생각 외로 견딜 만했다.

"저 절벽을 북요르문 산이라고 부르는 건가?"

"정확히 말해서 저 절벽은 요르문 산의 일부입니다. 그런데 북쪽으로 면한 저곳이 절벽처럼 솟아 있기에 북요르문 산이라 부르죠. 다른 말로는 북벽이라고도 부릅니다. 전설에 따르면 대지의 여신이 거인을 물리칠 때 쓰던 도끼날의 일부라고도 하지요."

말이 산이지 수직으로 치솟은 절벽이라는 이야기다.

"요르문 산의 정상은 푹 파인 분지의 형태를 이루고 있습니다. 그 안쪽은 따스하고 온화한 날씨를 보입니다. 예전에 갔을 때는 동쪽의 산줄기를 타고 올라갔었는데 꽤나 아름다운 곳이었지요."

"동쪽으로 올라가도 된다고?"

"네. 그런데 그곳은 동요르문 산입니다."

사제는 나뭇가지로 얼어붙은 땅 위에 그림을 그렸다. 삐쭉삐쭉 솟은 왕관 모양을 한 그림을 그린 사제는 설명을 시작했다.

"이곳이 북요르문 산, 이쪽과 이쪽이 동, 서요르문 산입니다. 남쪽은 라이두 산과 연결되어 있지요. 실제로 사람들이 드나드는 곳은 이쪽 길입니다. 산맥을 타고 도는 약초꾼이나 사냥꾼들은 이쪽 산봉우리를 타고 이동하지요."

황제는 잠시 동안 북요르문 산이라고 불리는 절벽을 노려보았다. 빙벽이라고 부를 법한 살벌한 외양이다. 하늘을 향해 일직선으로 치솟은 절벽은 산이 아니라 정말로 칼날처럼 날카로웠다. 산이라면 산답게 발 디딜 틈은 주어야 할 것이 아닌가.

"어떻게 올라갑니까?"

메리테인이 묻자 바인데는 고개를 저었다.

"그냥 올라갑니다. 갈고리와 표창 같은 것으로 찍으며 올라가는 거죠."

"그런 미친 짓을 하는 이들이 많은가 보군요."

"가끔 야히들이 단련의 의미로 그런 미친 짓을 합니다."

바인데는 싱긋 웃어 보였다. 그 얼굴에 메리테인도 마주 웃었다.

"그렇군요."

두 사람 사이에 피어오르는 우정의 불꽃을 무시한 황제는 고개를 갸우뚱했다. 그나저나 진짜로 저 꼭대기에 황금 새라는 게 있기는 한가. 만약 애써서 올라갔는데 황금 새가 없으면 얼마나 억울할 것인가.

"황금 새라는 걸 보기는 봤나?"

"아뇨. 하지만 이곳 전설에 태양신의 사자라 불리는 황금 새가 있다는 것은 들었습니다. 이곳은 신화가 기록되지 않고 구전으로 이어 내려옵니다. 그 탓에 확실한 내용은 아무도 모를 겁니다. 하지만 여태껏 이곳에서 황금 새를 봤다는 보고는 들어온 적 없습니다."

"그럼 올라가지."

황제가 두 손을 뻗으며 말하자 바인데가 급히 물었다.

"그런데 다른 준비물은 어떻게?"

"준비물?"

황제는 허리춤에 있는 물통과 술병, 그리고 육포 주머니를 살피고는 다 있다고 말했다.

"산을 오르려면 준비가 필요한 법입니다. 이 인원이 다 오르기 위해선 밧줄이나 위급품, 그리고 장갑이나……."

바인데가 뭐라 설명하려는 순간, 메리테인이 밧줄을 꺼내 보였다. 긴 밧줄을 본 바인데는 가디언들과 황제에게 서로 묶으라고 설명했다. 일단 가디언들이 시키는 대로 허리에 밧줄을 묶자 황제가 물었다.

"밧줄은 왜 묶어?"

"저런 절벽에서 떨어질 경우는 그대로 사망이니 일행끼리 묶는 것은 당연……."

바인데는 설명하다 말고 기묘한 표정으로 쳐다보는 일행 때문에 입을 다물었다.

"난 안 묶어도 돼."

황제는 고개를 저었고, 메리테인은 가디언들끼리만 묶어도 충분하다고 자신은 빠졌다. 그토록 자신이 있는 것인가 싶어 바인데는 한숨을 내쉬었지만 아무런 잔소리도 하지 않았다. 인간의 힘이라는 것은 대자연의 앞에선 무력하다. 하지만 신의 아들이란 소리를 듣고 있는 황제가 어느 정도인지는 그도 잘 몰랐으니 입을 다물 수밖에 없었다.

"그 아가씨는 어떻게 하시려고요?"

바인데가 묻자 황제가 뒤를 돌아보았다.

"어떤 아가씨? 아무도 없는데?"

바인데는 쓴웃음을 지었다. 황제는 등에 매달린 가죽 배낭 안에 고이 들어가 있는 반니레다를 잊고 있었던 것이 분명하다.

"폐하께서 지고 계신 아가씨 말입니다."

황제는 그제야 자신이 사람 하나를 지고 있었다는 것을 깨닫고 어깨를 으슥했다.

"이 정도는 그냥 지고 가면 된다. 잊고 있었군."

바인데는 그녀를 아예 잊고 있었던 황제의 무심함에 놀랐지만 옆에 있는 메리테인은 그런 황제에게 놀라고 있었다. 아무리 신관이라지만 황제는 바인데에게 굉장히 관대했다.

그가 아는 황제라면 건방진 바인데의 몸통을 반으로 갈라 자르고도 남았을 터였다. 그런데 황제는 아무렇지도 않게 그와 대화를 나누고 있었다. 예전이라면 대화라는 게 성립하지도 않았을 터였다.

'정말로 변하셨어.'

메리테인은 묘한 기분에 고개를 갸웃했다.

요즘 들어 그의 주인은 분명히 변했다. 일기를 갑자기 읽으라든가, 한번 품은 여자를 업고 다닌다거나, 불편한 잠자리를 오랫동안 참고 있는 거라든가. 가디언들에게 관대한 것도 묘하다. 돈을 준다거나 덜 때린다거나 기타 등등.

'정말 미치신 건가?'

설마. 진짜 미쳤다면 저렇게 얌전하실 리가. 그를 살펴보던 메리테인은 가슴을 쓸어내렸다.

기묘한 감정이 스며들었다. 주인을 모시고서는 한 번도

느껴보지 못한 감정이다. 불편하고 거북한 느낌. 생소한 감정에 그는 잠시 고개를 갸웃했다. 가디언의 감정은 주인을 통해서만 느껴지는 것. 주인인 황제의 감정은 언제나 비슷했다. 광기, 분노, 즐거움, 짜증.

그런데 요즘은 다른 감정도 느껴진다. 메리테인은 황제의 뒷모습을 바라보다 말고 갑자기 뒤를 돌아보았다. 다른 가디언들도 자신과 비슷할까. 각자 밧줄을 허리에 매고 짐을 간소화하고 있는 가디언들의 얼굴은 무표정했다. 하지만 그 얼굴도 예전과는 조금 달랐다. 황제가 그들에게 선물을 한 이래로, 그들에게 말을 걸어준 이래로 조금씩 달라졌다.

바인데가 앞장서고 황제가 그 뒤, 그리고 그 옆으로 메리테인이 섰다. 그 뒤로 줄줄이 가디언들이 준비하는 가운데 일행은 출발했다.

출발했다기보다는 기어오르기 시작했다는 말이 맞았다.

살갗을 찢을 듯 차갑고 매서운 바람이 윙윙 귓가를 울리고 가죽장갑을 낀 손가락을 마비시킨다. 바인데는 차분한 마음으로 천천히 바로 앞에 보이는 지점에 익숙하게 단검을 박아 교두보를 확보하고는 준비했던 표창을 군데군데 박아서 뒤에 올라오는 일행의 지지대를 만들었다. 중년의 나이이지만 숙련된 전사인 그는 산에 대해서 경험이 풍부했다. 아마 그가 황제의 길잡이로 뽑힌 이유도 그 때문일 것이다. 비록 황제의 가디언들이라고는 해도 이런 험한 산을 오른 경험은 그보다 적을 것이 분명하다.

그가 중간중간 발 디딜 곳을 마련하고 고개를 돌리는 순간이었다.

맙소사. 바인데는 입을 벌렸다.

이미 황제는 그의 앞에 있었다. 그의 옆에 있는 것은 황제가 아니라 메리테인이었다.

황제는 단검이고 표창이고 그다지 신경 쓰지 않고 오르고 있었다. 그가 움직일 때마다 퍽퍽 하고 돌가루가 떨어진다. 이유는 간단했다. 그 단단한 벽에 맨 손가락으로 구멍을 내고 발끝을 박으면서 오르고 있었다.

"맙소사."

북요르문 산은 빙벽 반 돌벽 반이다. 그것도 오랜 세월에 걸쳐 끝없이 모진 바람에 단련된 단단하기가 강철 같은 벽이다. 재질이 뭔지는 몰라도 그 단단한 벽을 맨손으로 뚫다니.

그가 멍하니 있는 동안 메리테인은 황제가 뚫어놓은 구멍에 발을 디디고 오르고 있는 중이었다. 주인이 뚫은 길을 종이 따르고 있는 형세였지만 메리테인은 태연했다. 그의 주인은 원래 그가 따를 수 없는 존재. 자신은 그저 시중만 들 뿐.

그 뒤를 가디언들이 줄줄이 따라붙는다. 밧줄로 연결해 묶긴 했지만 가디언들은 태연자약했다. 예전에도 이런 거 했었지? 그때는 산이 아니라 성벽이었잖아. 그때 주인님이 성벽 무너뜨려서 선황후께 얼마나 매 맞았다고. 아아, 그

때는 정말 어렸지.

수다를 떠는 가디언들의 얼굴에는 그다지 힘들어하는 기색이 없었다. 바인데는 심호흡을 하면서 잠시 카자르 엔더를 찾았다. 그래, 힘든 일을 그분께서 시키실 리 없지. 그저 신실한 마음으로 임하도록 하자. 중년의 신관은 잠시 사이에 겪은 무수한 사건을 되새기며 신앙을 돈독히 했다.

차가운 바람. 끔찍한 추위.

제일 앞에 서서 절벽을 타고 오르는 황제는 지루했다. 그의 단단한 살갗은 이 정도 바람에 고통을 느끼지 않는다. 격렬하게 움직이고 있으니 춥다기보단 열이 난다. 그의 등에 매달려 있는 반네레다도 공중에 대롱대롱 매달려 있는 상황에도 공포보다는 열기를 느끼고 있었다. 하나도 안 춥다. 황제의 몸에서 나오는 열기로 배낭 안에 있는 그녀는 따스했다. 한숨 자고 일어나니 허공이었다는 황당한 상황에도 그녀는 동요하지 않았다. 그녀는 황제를 신뢰했다. 신의 아들이라 불리는 남자다. 그녀를 하루 종일 업고 다녀도 지칠 줄 모른다. 지치기는커녕 그녀가 매달려 있다는 것조차 잊고 있는 듯했다. 어차피 소리도 안 나오니 비명도 지르지 못하는 그녀는 차분한 마음으로 기도나 했다. 모든 일이 잘 풀려 그녀는 일족의 복수를 하고 그녀의 태에서 나올 아기는 건강하기를.

바인데는 무념무상 절벽을 오르다 말고 잠시 뒤를 돌아보았다.

흐린 하늘 위로 비구름이 보인다. 이런 곳에서 폭풍을 맞이하면 십중팔구는 추락사이고 나머지는 동사다. 북요르문 산이 위험한 이유 중 하나는 높기도 높거니와 기온 변화가 무지막지하다는 이유도 있었다.

휴식할 곳이 없는 곳이기에 보통이라면 밧줄에 매달려 휴식을 취해야 한다. 그런데 이들은 밧줄도 별로 없다. 그나마 황제와 메리테인은 밧줄도 없이 그냥 오르기만 했다. 아직 삼분의 일도 채 오지 못했지만 벌써 다리가 후들거렸다. 조금 더 가서 휴식을 해야 한다고 판단한 그는 재빨리 적당한 위치를 찾았다. 그런데 황제는 벌써 저만치 앞서 간 상태. 이렇게 되면 가디언들도 절대로 쉬지 않을 것이다.

"폐하, 조금 쉬시는 게 어떻습니까?"

그가 악을 질러 묻자 황제가 위에서 대꾸했다.

"뭐하러?"

뭐하긴, 지치니까 쉬자는 거지! 두 시간 내내 절벽을 탔는데 어떻게 안 쉴 수가 있나! 바인데가 이를 가는 동안 메리테인이 말했다.

"배 안 고프십니까?"

"아, 좀 먹을까."

황제의 대꾸에 메리테인은 가디언들에게 턱짓했다.

멀리서 그걸 어떻게 알아봤는지 가디언들은 저마다 디디고 선 곳에 단검을 박고 밧줄을 연결했다. 바인데가 지켜보는 가운데 가디언들은 각자의 위치에서 밧줄을 동여매 궁둥이 붙일 자리만 확보했다. 촘촘한 가죽 그물을 꺼낸 그들은 심지어 해먹까지 만들어놓았다. 바인데가 감탄할 정도로 여유있는 솜씨였다.

차가운 바람이 불어올 때마다 해먹이 이리저리 흔들렸다. 황제는 순식간에 가디언이 마련해 놓은 곳까지 내려와 해먹 안에 앉아 다리를 뻗었다. 그리고는 평지나 다를 것 없는 태도로 육포와 술을 마셨다. 다른 가디언들도 비슷했다. 밧줄 하나에 궁둥이를 얹은 그들에게서는 두려움이라고는 조금도 보이지 않는다.

"하늘이 어두워집니다. 곧 폭풍이 올 거 같은데."

피신처를 마련해야겠다는 말에 황제는 고개를 저었다. 오르는 게 지루한 그는 빨리 올라갔으면 했다. 움직이는 건 괜찮은데 벽에 매달려서 계속 움직이는 건 귀찮았다. 같은 동작을 오랜 시간 동안 해야 한다는 것도 빈약한 인내심에 한계를 느끼게 했다.

식사를 끝낸 그들은 결국 황제의 의견에 따라 다시 오르기 시작했다. 바인데는 자꾸 울렁거리는 기후 변화에 신경을 곤두세웠지만 별수 없다.

곧 빗방울과 함께 우박이 쏟아지기 시작했다.

따닥따닥 쏟아지는 우박은 일행의 몸을 때렸다. 세찬 바람 탓에 어린애 주먹보다 조금 작은 우박은 꽤나 강한 충격을 선사했다. 잘못 맞으면 멍이 들 정도다. 바인데는 몸을 웅크렸다. 등에 매달린 등짐과 가죽옷 탓에 고통은 덜했지만 절벽에 매달린 자세로는 우박을 피할 수도 없어 고스란히 맞는다. 손이나 발치에 떨어지는 우박은 고통스러웠다.

바인데는 위를 올려다보았다. 빗물 탓에 시야도 불분명하다. 젖은 옷 속까지 파고드는 한기에 팔다리가 뻣뻣했다. 손가락 끝은 이미 감각이 없다.

황제는 여전히 오르고 있었다. 우박이든 빗물이든 한기든 그와는 아무런 상관이 없는 것처럼 태연히 오른다. 그 뒤를 따르고 있던 메리테인과의 거리가 점점 멀어지고 있는데도 황제는 돌아보지 않고 있었다. 가디언들은 더했다. 몇몇은 미끄러져서 추락할 뻔하다가 동료들의 힘으로 겨우 버텼다. 그럼에도 불구하고 그들 중 누구 하나 비명을 지르는 이는 없었다.

'이래서 피했어야 하는 건데.'

그의 의견대로 잠시 쉬면서 폭풍을 피할 위치를 확보했다면 이런 일은 없었을 것이다.

속눈썹이 얼어붙어 시야가 순식간에 어두워졌다. 바인데는 눈을 비벼서 얼음을 떼어내고는 계속 움직였다. 움직임을 멈추면 그대로 동사다.

바로 그때 불길한 예감이 느껴졌다.

디딘 발끝에서 진동이 올라왔다. 그는 아래를 내려다보았다.

밧줄에 매달려 있던 가디언 셋이 아래로 추락하고 있었다. 중간에 매달려 있던 가디언들이 결사적으로 매달려 있었지만 뒤를 이어 넷이 아래로 떨어지자 버티는 힘이 부족했는지 줄줄 미끄러지고 있었다.

"안 돼!"

바인데는 외쳤다. 그 순간, 그는 위화감을 느꼈다. 떨어지는 가디언들이 다섯이나 되는데도 비명을 지르는 이는 아무도 없다. 그들은 그저 떨어져 내릴 뿐.

그는 위를 올려다보았다. 마침 아래를 내려다보는 메리테인과 눈이 마주쳤다.

제법 거리가 있는데도, 눈보라가 몰아치고 있는데도 바인데는 그 순간 메리테인의 얼굴에 떠오른 표정에 경악했다.

무표정했다. 석상처럼 무심한 표정을 한 가디언의 수장은 자신의 동료이자 부하들이 절벽에서 떨어지고 있는데도 불구하고 무심했다.

"폐, 폐하!"

그래서 바인데는 외쳤다. 그들을 구할 수 있는 것은 황제뿐이라고 그는 판단했다.

"폐하! 폐하!"

그가 잘 움직이지도 않는 입술로 악을 지르자, 한참 앞서 가던 황제가 아래를 내려다본다. 표정은 보이지 않았지만 그는 황제가 아래에서 벌어지고 있는 상황을 알아차렸을 거라고 직감했다.

황제는 눈을 크게 뜨고 아래를 내려다보았다.

저 멀리 밧줄에 매인 채 가디언들이 툭툭 떨어져 내리고 있었다. 처음엔 아무런 생각도 들지 않았다. 그까짓 것들. 뭐 그런 생각이었다.

그러나 떨어지고 있는 가디언들이 비명도 지르지 않고 있다는 것을 깨달은 순간, 황제는 벽을 쥐고 있던 손가락을 풀었다.

"폐하!"

석상처럼 무심하기만 했던 메리테인의 얼굴이 순식간에 일그러졌다.

황제의 몸이 반전했다. 그는 허공에서 몸을 돌려 절벽을 차고 아래를 향해 몸을 던졌다. 살처럼 아래로 떨어지는 황제의 모습에 메리테인은 물론이고 바인데도 얼어붙었다.

가디언들은 버티려고 노력했지만 줄줄이 떨어지자 방법이 없었다. 열 명의 몸을 한 명이 다 감당한다는 것은 쉬운 일이 아니다. 버티고 있던 4번이 아래로 떨어지자 마지막까지 매달려 있던 3번 가디언의 손가락이 부러지고 말았다.

이것이 끝이구나 하고 담담한 마음으로 떨어지려던 순간이다. 갑자기 눈앞에 황제의 얼굴이 보였다. 3번 가디언은 생각했다. 아아, 내가 주인님을 너무 생각해서 환상이 보이나 봐. 주인님, 안녕히 계십쇼. 새 가디언들 예뻐하지 마십쇼. 그럼 우리 삐치지 말입니다.

"안녕은 무슨 안녕! 이 빌어먹을 XXX아!"

터억.

3번은 허리가 부러지는 줄 알았다. 절로 컥컥 비명이 나올 지경이다. 뿐이랴. 그 아래에 있던 4번도 억 소리를 냈고 뒤이어 아래에 있던 2번도 괴성을 질렀다. 그 뒤를 이어 줄줄이 악악 소리를 낸다.

황제는 한 손을 통째로 절벽에 박아 넣고 있었다. 그뿐이랴. 두 발 역시 절벽에 박아 넣었다. 나머지 한 손으로는 가디언들을 주렁주렁 매단 밧줄을 움켜쥐고 있었다. 3번은 바로 코앞에서 으르렁거리는 황제의 옥안을 마주하고는 발발 떨었다.

살기라기보다는 아예 광기에 가까운 눈빛이 이글거리고 있었다. 한 번도 본 적이 없는 황제의 표정은 단단한 가디언의 마음을 뚫고 충격을 주었다.

"이 육시랄 것들이 어디서 죽어? 죽게 내버려 둘 것 같아? 또 그렇게 죽느니 내 손으로 찢어 죽이는 게 나아!"

포효.

절규에 가까운 포효가 울려 퍼졌다. 황량한 절벽을 뒤흔드는 고함에 가디언들은 무력하게 몸을 떨었다. 지켜보고 있던 바인데는 숨을 삼켰다. 강렬한 신력이 황제의 몸에 머무는 것이 느껴졌다. 그것은 신성(神性). 신의 힘이다.

정신을 차린 가디언들이 줄지어 절벽에 달라붙기까지는 그다지 오래 걸리지 않았다. 하지만 열한 명의 사내를 한 손으로 지탱한 황제의 엄청난 괴력에 바인데는 혀를 내둘렀다. 맨손으로 북요르문 산을 넘겠다는 건 거짓이 아니었다.

"올라가면 보자."

이를 으드득 가는 황제의 얼굴에 바르르 떨던 가련한 가디언들은 얌전히 침묵했다. 올라가면 뼈 한두 대로는 끝날 것 같지 않은 무한 고문이 기다리고 있을 듯했다. 엄마, 저 무서워요. 주인님이 화났어.

바인데는 경이의 시선으로 바로 앞으로 척척 벽을 타는 황제의 뒷모습을 바라보았다. 코앞에서 보지 않았다면 믿지 못할 신력이었다. 화가 나서 그런지 오르는 것도 속도가 늘었다. 얼마나 쉽게 절벽을 오르는지 인간이 아닌 것만 같았다. 다리 많은 지네라든가, 납작한 바퀴벌레라든가, 도마뱀이라든가 하는 그런 종류의 동물처럼 보인다. 아, 신이여. 용서하소서. 감히 신의 후예를 벌레로 보았나이다.

그의 포효에 하늘도 놀랐는지 어느새 구름이 개고 비바람이 멈췄다.

멀리서 구름 사이로 눈부신 태양이 드러나자 바인데가 소리쳤다.

"눈을 잠시 감도록 하십시오!"

이런 상황에 빙벽에 반사된 빛을 받으면 실명하거나 눈을 다치기 십상이다. 다들 그의 말에 따라서 잠시 멈추고 눈을 감았다. 황제는 눈을 감으며 이를 갈았다.

흐릿한 기억 속에서 선명한 장면은 몇 개 되지 않는다. 지금도 떠오르는 모습들. 서글픈 표정이나 억울한 표정도 짓지 못한 채 죽어가는 그 얼굴들을 생각하면 속에서 불이 났다. 화가 치민다. 빌어먹을! 병X 같은 XX들!

잊고 있던 기억이 감고 있는 눈앞으로 떠올랐다.

그를 위해 죽어가던 자들, 그로 인해 죽었던 자들, 그가 죽였던 자들.

그리고 안데르.

사랑하는 안데르. 사랑한다, 어여쁘다 말 한마디 안 했던 그때. 술에 취하고 약에 취해 자신의 행동조차 기억하지 못했다. 다시 되새겨 새로 시작하려 해도 아는 게 없다. 제국의 황제였음에도 불구하고 아는 게 없다.

"아는 게 없다……. 짜증나."

기억도 안 나는 교사 중 한 명이 말했다. 하지 않아도 될 일과 하지 않으면 안 될 일이 있다고. 주변에 있는 일들을 살펴야 하는 것은 그가 하지 않으면 안 될 일이었다.

안데르에게 건넬 상냥한 말 한마디조차 그는 알지 못했다.

아는 게 없다. 정말 아는 게 없었다. 떠오르는 것은 욕설뿐이다.

황제가 이를 갈든 말든, 가디언들이 흔들리든 말든, 바인데가 경악하든 말든 그들은 끝없이 움직인 덕분에 북요르문 산의 정상에 도착했다.

"야히들은 돌았구나."

황제의 한마디에 녹초가 된 바인데는 침묵했다. 잔뜩 고양된 탓인지 피곤도 잘 모르던 차였지만 일단 정상에 오르자 긴장까지 풀리면서 눈앞이 새까맣게 된다. 정신이 번쩍 날 만큼 매서운 바람에 절로 몸이 휘청거렸다. 북요르문 산이 달리 벽이라 불리는 게 아니다.

"야, 줄 서. 디딜 틈이 없다."

"…그, 그러네요. 헉헉."

황제의 바로 옆에 달라붙어 있는 가디언의 수장은 창백한 바인데의 얼굴을 흘끗 쳐다보았다. 왜 하필 이런 곳으로 데려온 거냐 하고 노골적으로 쓰여 있는 얼굴은 얼마 전 보았던 무감한 얼굴과는 거리가 멀다. 신관은 어쩐지 슬픔을 느꼈다. 가디언을 만든 것은 신이 아니라 인긴이다. 인간은 신을 모시기 위해 인형을 만들어 바친 것. 이 얼마나 잔혹한 행위인가.

"헐떡대지 마. 시끄러."

"네, 네에."

대지의 여신이 쓰던 도끼날이라는 말이 전해오듯 정말로 북요르문 산의 형세는 괴악했다. 절로 등반한 이들을 쉬게도 못하는 모습이다. 산이 크면 클수록 최소한 디딜 틈이라도 있는 법인데 이 산은 디딜 곳이 없을 정도다. 정말로 도끼날을 세로로 세워놓은 형상으로 한 사람의 엉덩이 반쪽만 걸칠 자리가 있을 뿐이다. 그것도 일렬로.

바람은 모질기 그지없어 수염이고 코털이고 모조리 얼어붙을 지경인데 쉴 곳도 마땅찮다. 황제는 올라오자마자 그냥 넘어가려 했지만 뒤에서 핵핵대며 기어올라 온 가디언들을 생각해 그냥 발치의 칼날처럼 모난 바위를 비비고 서 있었다.

여인네들이 빨래 너는 것처럼 일렬로 줄줄이 앉은 가디언들은 그의 눈치를 보느라 여념이 없다. 아, 화가 풀리셨나? 혹시 팰 데가 없어서 참고 계신 건가? 평소라면 이 산꼭대기에서 우릴 집어 던지실 텐데. 가디언들은 간절히 기도했다. 주인님이 잊어버리시길. 아, 그래. 그런 사소한 건 잊으실 거야.

바인데는 시퍼렇게 질린 얼굴을 한 가디언들에게 주머니에서 설탕 덩어리를 꺼내서 나누어 주었다. 아무리 봐도 가디언들은 정상적인 상태가 아니었다. 얼핏 보기만 해도 여기까지 올라온 게 기적이다. 아마도 밧줄을 묶고 올라왔기에 부상 입은 자들을 끌고 올라온 것이 분명했다. 이들에겐 약과 휴식이 필요했다. 하지만 이 일행이 절대로 그런 걸 가지고 있을 리 없다고 판단했다. 신의 후예를 모시는 인형들. 분노보다 슬픔이 앞서는 걸 보면 전쟁신의 신관도 신관은 신관인 모양이다. 바인데는 그냥 말없이 행하는 게 낫다고 생각했다.

귀한 설탕 덩어리를 입안에서 굴리면서 기분이 아주 조금, 쬐끔 좋아진 황제가 아래를 내려다보며 물었다.

"대체 어디에 그 씨X 새가 있냐?"

"구름 때문에 보이지는 않지만 이 아래로 내려서면 요르문 산의 중앙 분지에 숲이 있습니다. 요정의 눈물이라고 불리는 숲인데 크진 않지만 기기묘묘한 동물들이 산다는 말은 들었습니다. 그곳이겠죠."

말끝마다 욕설이 묻어나는 황제의 옥음에도 태연해진 바인데는 구름으로 뒤덮여 보이지도 않는 아래쪽을 가리켰다. 그들의 발치로 허연 구름이 지나간다. 하얀 솜을 깔아놓은 듯한 풍경은 당장이라도 구름을 밟고 걸어갈 수 있을 것 같은 착각을 불러일으킬 지경이었다. 세찬 바람에 따라 이리저리 흩어졌다 모이는 구름과 세상이 온통 아래로 보이는 경치. 실로 드문 장관이었지만 그것을 바라보며 감상에 젖을 정도로 감수성 풍부한 이들은 아무도 없었다.

바인데는 황제의 등에 가죽 배낭째로 업혀 있는 반니레다의 상태를 살폈다. 불행히도 그녀를 보살피려는 마음을 가진 것은 그뿐이다.

'거참.'

그는 묘한 의미로 감탄했다.

반니레다는 숙면 중이었다. 그만큼 황제가 안정적으로 움직였다는 증거다. 하긴 황제에게 밤새 시달리고 그전에는 일족이 몰살당하는 참극을 겪었으니 지쳐 병이 날 법도 하다. 거기다 잘 보이지는 않지만 임신도 했다니 졸릴 만도 했다.

하지만, 저 엄청난 절벽을 기어오르고, 거기다가 가디언들을 구하기 위해 몸까지 던졌던 황제다. 그런 그의 등에 업혀 있으면서 잠을 자고 있다니. 그만큼 황제를 믿고 있다는 의미도 되리라.

역시 신의 뜻은 오묘하셔. 신관은 흐트러지는 신앙심을 다잡으면서 한숨을 삼켰다.

"올라오는 데 한참 걸렸는데 내려가는 데도 한참 걸리는 거 아냐?"

황제가 귀찮다는 듯이 중얼거렸다. 그는 당장이라도 뛰어 내려 갈 태세였다. 한참이라니. 단련된 야히들보다 세 배는 빨리 올라온 것이다. 기함을 한 바인데는 가슴을 움켜쥐었다. 맙소사. 이분은 정말 인간의 체력을 뛰어넘고도 남았어. 몇 번이나 등반 경험이 있는 바인데도 온몸이 후들거릴 정도다.

다행히 내려가는 길은 올라오는 것만큼 힘들진 않아 보인다. 그럭저럭 후면은 전면처럼 절망적인 절벽이 아니었다. 하지만 결코 남들이 생각하는 등산길은 아니다. 완벽하게 일직선의 빙벽은 아니고 높이도 낮지만 그래도 절벽은 절벽이다.

"안쪽은 찬바람이 불지 않으니 올라올 때보단 나을 겁니다. 게다가 야히들이 묶어놓은 밧줄을 타고 내려가면 좀 낫겠지요. 하지만 부상 입은 이들이 있으니 서두르면 위험합니다."

신관의 말에 메리테인이 천연덕스럽게 대답했다.

"에이, 다친 것들이 병X이죠. 그냥 버리면 돼요."

8번과 6번, 4번과 3번이 동시에 부르르 떨었다. 나머지들은 타박상과 찰과상 정도였지만 그들은 손가락이 부러지고 다리가 부러진 상태였다. 아까처럼 벽을 타면서 내려가는 것은 불가능해 보였다. 올라올 때는 몰랐지만 정상에 오르는 순간, 그들은 자신들이 무사히 내려갈 가능성이 없다는 것을 깨달았다.

바인데는 당황하면서 가디언들을 돌아보았다.

머리가 깨져 피가 줄줄 흐르는 이들도 있었고, 사지가 부러진 것으로 보이는 이들도 있다. 하지만 동료인데 버리면 된다니. 바인데는 저도 모르게 황제에게로 시선을 돌렸다.

황제는 무심코 메리테인의 말을 한 귀로 듣고 한 귀로 흘리다가 조금 거슬리는 기분이 되었다. 가만있자, 다친 게 병X인 건 맞는데 그냥 버리면 된다니. 저게 지 거야?

돌아보니 부상이 제법 심각한 놈들이 눈에 띈다. 아까는 잘 몰랐는데 가까이에서 보니 이것들이 정말로 꽤나 다쳤다. 부하가 수천, 수만 명 있는 상황에서 서넛 정도 죽는 건 눈에도 안 띄지만 겨우 열 몇 명 있는 중에 피 좀 흘린다고 대여섯을 버리자니 어째 좀 거슬린다.

황제의 주먹이 메리테인의 머리통을 내려쳤다.

"악!"

"저것들이 니 거냐? 엉? 니 거야? 왜 니가 버린다 만다야, 건방지게?"

억울하다는 듯 머리통을 잡고 있던 메리테인은 어리둥절한 얼굴로 그를 올려다보았다. 가디언들이야 교체 가능한 것들 아닌가. 실제로 그는 황제가 자신이 귀찮다고 버리고 가도 상관없다고 생각하고 있었다. 에, 귀찮으면 버리는 거 아닌가?

가디언들도 비슷했다. 그들은 다쳤기 때문에 가다가 떨어져 죽을 거라고 생각해 벌써부터 서로를 묶고 있던 밧줄까지 풀어두고 있던 차다. 갑작스런 황제의 말에 가디언들도 어안이 벙벙했다.

황제는 고심했다. 이 빈약한 것들을 버리고 가자니 어째 찜찜하다. 자신이 몸소 구해주기까지 했는데 가다가 또 떨어지면 귀찮을 것 아닌가. 그렇다고 해서 사지가 부러진 놈들이 벽 타기를 한다는 것도 어려운 일이다. 벽을 타려면 최소한 손가락, 발가락은 무사해야 하는 법. 그에게 건방진 소리를 지껄이던 3번 놈은 손가락이 부러졌고, 4번하고 6번 놈은 아무래도 어깨나 팔이 부러진 것 같았다. 그런 것들이 벽을 타는 건 무리다. 좀 부딪쳤다고 뼈가 부러져? 이것들이 이렇게 허약했나? 돌이 부서지는 게 정상 아냐?

황제는 잠시 자신에게 놀랐다. 오, 오! 내가 이렇게 관대해졌다니!

자신의 관대함에 놀란 그는 잠시 가슴을 쓸어내렸다. 엄청 자신이 착해진 것 같아 스스로도 놀랍다. 가디언이라는 건 없어지면 어디선가에서 굴러오는 발깔개 같은 거였다. 그런데 그런 발깔개를 위해서 고민이라는 걸 하다니.

"그냥 버리고 가시는 게 나을 거 같은데요."

"네, 맞습니다, 주인님. 그냥 가시는 게 낫지 말입니다."

그를 돕겠답시고 가디언들이 한마디씩 던졌다. 전 손가락이 부러져서 기어 내려갈 자신 없지 말입니다. 저도요. 가다가 떨어져 죽을 거 같아요. 다리가 풀렸거든요. 저는 양팔이 부러진 거 같습니다. 전 다리가 부러진 게 확실해요. 벌써 보라색으로 퉁퉁 부었지 말입니다. 저도 손가락이 엄청 부었지 말입니다. 꼭 찐빵 같아요. 천연덕스럽게 한마디씩 하는 그들의 얼굴에서는 원망이라든가, 절망이라든가, 실망이라든가 하는 감정은 조금도 보이지 않는다. 바인데는 그들의 감정선에 오한을 느꼈다. 절대 충성의 도를 넘어서 스스로를 아예 도구화하고 있는 게 가디언들이다.

감개무량한 마음에 방법을 찾던 황제는 나불대는 가디언들의 면상을 쏘아보았다. 관대하신 마음으로 돌봐주려는데 이것들이 돕지는 못할망정 초를 친다.

"그렇게 떨어지고 싶으면 내가 던져 주랴? 그놈의 아가리를 찢어줘?"

음산하게 한마디 던진 황제는 다친 놈들의 뒤통수를 잡아당겼다. 정말로 던질까 봐 놀란 바인데의 얼굴이 시퍼렇게 질리는 가운데 황제는 사내 넷을 힘들이지 않고 공깃돌 굴리듯 집어 올려 겹쳐 안았다. 그리고는 던져 버린다는 말과는 달리 놈들의 짐에서 밧줄을 꺼내 네 명을 둘둘 감았다. 서툴기에, 그리고 힘이 너무 세기에 묶인 네 명의 가디언은 짓눌린 상처가 끔찍하게 아파서 낑낑댔다. 하지만 누구 히나 반항하진 않았다. 하긴 반항할 새도, 발 디딜 틈도 없었다.

"헉! 폐, 폐하!"

바인데는 얼결에 두 손을 내밀 뻔했다.

황제가 산 아래로 밧줄로 묶은 네 명의 가디언들을 집어 던졌던 것이다. 놀란 심장을 부여잡은 바인데와 달리 허공으로 던져진 가디언들은 비명조차 지르지 않았다.

"잘 묶어졌나?"

황제는 밧줄을 쥔 손을 이리저리 흔들어보고 있었다.

덩치 큰 사내 넷을 밧줄로 둘둘 감아 흔든다. 밑도 안 보이는 까마득한 절벽. 그 산 아래에 밧줄 하나에만 매달린 채 네 명의 가디언들이 흔들린다. 보기만 해도 심장이 멎을 것 같은 광경이었다. 괜찮네, 이 정도면. 황제는 확인 중이었다. 밧줄은 제법 튼튼했다. 그는 몰랐지만 이 밧줄은 페자페지 공방에서 만든 특수 강화 조직물로 만든 특제품이었다. 방어구를 구입하면서 은신술의 대가인 가디언들이 슬그머니 훔쳐 온 것이다.

"폐, 폐하."

자신도 모르게 신관다운 자비심이 수직 상승한 바인데가 떨리는 음성으로 불렀지만 황제는 무시했다.

바인데는 출혈을 다시 시작한 명투성이 가디언들을 멍하니 바라보았다.

발 디딜 곳 없이 허공에 매달린 상황이라 비명이 터질 듯도 했지만 아무도 소리 내지 않았다. 밧줄에 돌돌 감긴 네 가디언은 그저 별로 사이도 안 좋은 사내 넷이 온몸을 비비고 있다는 것이 민망하다는 듯 얼굴만 구기고 있을 뿐이다.

발아래는 바로 허연 구름바다. 떨어지면 뼈도 못 추릴 높고도 높은 곳. 아니, 아예 바닥도 안 보이는 공중에서 가디언 넷은 한 덩이가 된 상태로 밧줄에 매인 채 흔들렸다. 그 모습에서 왕년에 휘두르던 모닝스타의 향수를 느낀 바인데는 비명을 삼켰다. 아아, 화, 확실히 인간은 아니셔.

가디언 넷을 매단 밧줄을 이리저리 휘둘러 보던 황제는 허리춤에 둘둘 감았다. 원래는 반니레다를 업고 있는 것을 잊고 등에 매달려다가 위치를 바꾼 것이다. 내가 언제 고민 씩이나 하고 살았나. 귀찮은데 고민하지 말고 그냥 메고 가자. 별로 무겁지도 않은데. 하나나 다섯이나.

"됐어. 출발."

"에?"

"페, 펠님."

메리테인은 물론이고 가디언 전체가 입을 쩍 벌렸다. 웬 미친 짓이십니까? 진짜 어디 아프세요? 감격은커녕 의심을 하는 놈들을 보고 황제는 손을 털었다.

"씨불대지 말고 궁둥이 들어."

음산한 위협에 가디언들은 잽싸게 일어나 다시 밧줄을 동여맸다. 나머지들도 그다지 상태가 좋은 것은 아니었지만 그래도 사지가 부러진 것은 아니다.

"괘, 괜찮으시겠습니까?"

죽어도 내가 들겠다는 말은 못한다. 바인데는 그럼에도 불구하고 불안한 마음으로 황제를 바라보았다. 말투가 전혀 황제답지 않은 사내는 짜증스러운 듯 미간을 찌푸리고는 투덜거렸다. X발. 하나나 다섯이나 거기서 거기야.

제대로 쉬지도 못하고 내려오는 길은 고통의 연속이다. 휴식을 요구하는 사지가 벌벌 떨렸다. 다리가 후들거려서 디딜 때마다 발끝이 흔들린다. 사실상 하산할 때 이 경우가 가장 위험하긴 했지만 앞서서 내려가는 황제 덕분에 그럭저럭 편한 상태라는 걸 바인데는 누구보다도 잘 알고 있었다.

북요르문 산, 이 북벽을 오르는 데만도 한나절이 걸린다. 혼자서는 어려운 일이라 최소 3인이나 5인이 움직이는 것이 보통이고 30분이나 한 시간마다 규칙적으로 쉬면서 오른다. 수직의 암벽을 등반한다는 건, 그것도 혹한의 날씨가 사시사철 반복되는 빙벽 등반은 야히들 사이에서도 고행 중의 고행이었다.

그런데 황제는 반나절도 걸리지 않았다. 어쩌면 혼자서 왔다면 정말 한두 시간도 채 걸리지 않았을지도 모른다. 사람을 주렁주렁 매달고 맨몸으로 밧줄 하나 없이 휴식도 없이 그냥 걸어가듯 절벽을 오르고 내린다. 진정 사람이라고 부르기엔 민망한 힘이다.

'한계가 어디일까.'

너무 세다 보니 보통 인간들은 따라가면서 등골이 휜다.

아니, 생명의 위협을 느낄 정도다. 바인데는 헐떡이며 생각했다. 다행히 내려갈 때는 밧줄을 타고 내려갈 수 있었다. 왕년에 야히들이 수행할 때 매달아놓은 밧줄이 썩지 않은 상태였던 것이다. 앞서 죽죽 내려가고 있는 황제는 그 밧줄도 안 잡고 맨손이다. 하기야 다섯 사람을 짊어진 그가 밧줄을 잡았다면 혹한의 추위에 방치된 낡은 밧줄이 끊어졌을지도 모른다.

뒤따르는 가디언들도 필사적이었다. 어딘가 주인이 변했다는 것을 누구보다도 금방 깨달은 그들은 주인의 변덕에 기뻐한다기보다는 걱정했다. 정말로 광기로 판단이 오락가락할 수도 있다 판단했기 때문이다. 그들이 아는 주인은 결코 동정심이라든가 연민이라든가 애착 같은 것을 키우는 인물이 아니었다. 쓸모도 없는 것들을 왜 짊어지고 가시는 걸까. 혹시 여기다 버리기 싫으신 걸까? 아니면 혹시 편히 죽이느니 고문하려고? 가디언들의 머릿속에 떠오른 생각은 다 똑같았다.

구름을 헤치고 드디어 흙다운 흙을 밟게 된 황제는 대롱대롱 매달고 있던 가디언들을 휙 던져 버리고는 손을 털었다. 다친 놈들이 헉헉대든 말든 그는 개운한 마음으로 가슴을 폈다. 흐, 내가 좀 관대해졌어. 아아, 그래. 나의 이 자상하고 자비로운 모습을 보라.

황제는 여전히 등에 업힌 반니레다를 잊고 있었다.

다른 가디언들이 다친 가디언들의 밧줄을 풀어주는 동안

녹초가 된 바인데는 헐떡이면서 주변을 살폈다. 깊은 산중이라 야수는 없다 들었지만 그래도 경계는 해야 했다.

구름이 걷히자 제법 햇살이 비쳐들어 주변을 환하게 물들였다. 모처럼 평지에 선 황제는 천천히 돌아보았다.

희뿌연 대지 위로 연녹색 이끼가 돋아 있다. 날카로운 바위틈 사이로 돋아난 이끼를 발끝으로 짓밟으면서 그는 천천히 바로 앞에 보이는 키 작은 관목림을 향해 걸었다.

"뭘 좀 드시지요?"

뒤에서 급히 메리테인이 따라붙었다. 어느새 다쳤는지 그는 다리를 절룩거리고 있었다.

"목말라."

황제의 말에 메리테인은 급히 물통을 꺼내 들었다. 그러나 불행히도 물이 얼마 없다. 순식간에 창백해진 그가 다른 가디언들의 물통을 끌어모아 주인에게 바쳤다. 황제는 몇 모금 마시다가 사라진 물에 짜증을 내면서 물통을 내던졌다. 가디언들은 벌벌 떨며 자책했다.

아! 아까 물을 마시지 말걸. 야, 넌 먹지 말았어야지. 조심성없는 놈! 물통에 구멍을 내다니. 넌 그런 말 할 자격 없어. 물통을 잃어버리기까지 한 주제에! 가디언들 사이로 무언의 수다와 질책이 오가는 동안 황제는 까칠해진 손을 툭툭 털고는 미간을 구겼다.

몰랐는데 아까 가디언들을 구할 때 손톱이 좀 깨졌다. 손등도 좀 찢어졌다. 단단한 빙벽에 맨손으로 1미터짜리 구멍을 낸 주제에 손톱 깨졌다고 짜증내는 황제를 보고 바인데는 그저 신의 이름을 불렀다.

"물을 찾아라."

"이곳에는 샘이 없습니다, 폐하. 좀 더 안쪽으로 가셔야······."

바인데가 설명하려는 순간 코앞에서 뭔가가 번쩍했다.

신관의 면상을 뭉개려던 황제는 참았다. 바로 코앞에서 주먹을 본 신관의 얼굴이 허옇게 들뜨는 것을 보면서 그는 애써 심호흡했다. 참아, 참아. 그래, 나는 관대하다. 나는 착해졌다. 이건 카자르 엔더의 신관이다. 이걸 패면 오늘 밤은 고이 잠들지 못해. 이걸 뭉갰다간 내 머리통이 갈릴 거야.

애써 참던 황제는 태연하게 돌아서서 걸었다. 한 마디만 더 하면 패자. 아니, 두 마디만 더 하면 패는 거야. 나는 대단한 인내심을 가진 남자니까.

바인데는 얼어붙은 채 엉뚱한 방향으로 가는 황제를 보고 있었다. 그쪽이 아니라 말을 하려는데 도저히 몸이 안 움직인다. 순식간에 달려들었던 살기가 각인이 되어 전신이 비명을 지르고 있는 중이었다. 그는 억지로 손을 움직였다. 손가락이 부들부들 떨리는 게 보였다.

'맙소사. 저런 분을 시중드는 가디언들이 놀랍군.'

단련된 전사인 그는 이해했다. 왜 가디언들이 인형이 되어야 했는지.

바인데가 얼어붙어 있는 동안 가디언들은 절룩거리며 일

제히 황제의 뒤를 따라가고 있었다. 새끼 오리들이 어미 오리를 따라가는 것처럼 뒤뚱거리는 모습이 애처롭기까지 하다.

목마른 황제가 이끼 낀 바위틈에서 물을 찾아낸 것은 바인데의 깨달음이 슬픔으로 이어지는 순간이었다.

"우와! 어떻게 찾으셨나요?"

"잘."

메리테인은 주인의 짐승스러운 능력에 감탄했다. 진짜 대단하셔.

샘물에 독기가 있다든가 뭔가 문제가 있을지도 모른다는 생각 자체를 안 하는 가디언의 수장은 손바닥만 한 크기로 솟아나는 얼음처럼 차가운 물을 물통에 담아 그에게 바쳤다.

"이런 곳에 샘이 있다니, 희한합니다."

바인데가 고개를 갸웃했다. 그가 알기론 분명 이 근방은 물이 귀한 곳이었다.

본인은 모르고 있으나 샘의 요정이 내린 축복이 생생히 살아 있다. 힘들이지 않고 샘을 찾아낸 황제는 식중독을 걱정하는 신관의 심정에도 아랑곳하지 않고 물을 마시고 손발도 씻었다. 어느새 잠에서 깨어난 반니레다는 얌전히 그의 등에서 기어나왔다.

"드세요."

메리테인이 반니레다에게 물과 육포를 내밀었다. 전과 달리 식욕이 왕성해진 그녀는 황제의 옆에 다소곳이 앉아 식사를 했다. 눈을 뜨고 보니 전혀 다른 곳에 와 있다. 너무 생소해서 어딘지도 모르겠다.

"새를 찾아."

"네."

어떻게 생겼는지, 어떻게 찾는 건지 설명도 없는 말이었지만 순종적인 가디언들은 각기 뿔뿔이 흩어졌다. 황제는 가만히 쳐다보는 반니레다를 내버려 두고 하늘을 올려다보았다. 구름에 가려진 붉은 태양은 둥근 동전처럼 보였다. 벌써 황혼이다. 시간은 잘도 흐른다.

황제는 머리를 긁적였다. 마음이 급했다. 빨리 돌아가고 싶었다.

그 똥새를 잡아 족치고 나면 귀여운 눈토끼를 끌어안고 예쁘다고 속삭여 줄 테다. 예쁘다, 예쁘다, 어여쁘다, 계속해서 말해줄 테다. 허벌나게 예쁘고 X나게 귀엽다고 말해주겠다. 꽉 끌어안고 앞으로도 끝없이 예뻐해 주겠다고 맹세하겠다. 절대로 울리지 않겠다고.

그가 그렇게 순정의 맹세를 다짐하는 순간, 익숙한 냄새가 콧속으로 스며들었다.

피 냄새다.

"주사위놀이 안 할래?"

갑자기 나타난 소녀를 보고 기사들은 말을 멈췄다. 평소라면 확 짓밟고 가거나 돌아갈 수도 있었다. 하지만 난데없이 전갈이나 뱀, 독충만이 사는 거친 황야 한가운데에 어린 소녀가 턱하니 나타나니 절로 경계하게 된다.

맨발의 소녀였다. 열두엇가량 되어 보이는 하얀 얼굴에 반투명한 얇은 옷을 입은.

용모나 복장을 봐선 도저히 유목민 부락의 아이라고는 할 수 없다. 그렇다고 해서 이런 곳에 제국 귀족 소녀가 홀로 서 있는 것도 이상하다.

지나친 위화감에 근위기사단 호르데마누의 단장인 루네릭 백작은 긴장했다.

이곳은 북방의 옅은 황혼이 내려앉는 황야. 하얀 옷자락을 휘날리며 서 있는 소녀는 지극히 비현실적이었다. 소녀는 앞머리를 길게 내려 눈가를 가리고 있었다. 하지만 드러난 이목구비는 뭐라 말할 수도 없이 곱고 반듯하다.

"누구냐?"

앞을 가로막는 소녀에게 짜증이 난 기사 한 명이 칼을 뽑아 들며 외치는 순간, 루네릭은 본능적으로 막아섰다.

"당신은 누구십니까?"

소녀는 미소를 머금었다. 드러난 붉은 입술은 앳된 몸과는 달리 어딘가 달콤한 매혹을 뿌리고 있었다.

"무시하고 출발하지요."

수석기사 앙데라그가 차가운 표정으로 단장에게 충고했다. 저런 이상한 여자애를 일일이 상대할 필요가 무엇인가.

황제의 뒤를 빨리 따라가야만 했다.

"단장님, 어서 가지 않으면……."

"기다려."

루네릭은 거세게 뛰는 심장을 억누르면서 눈앞의 기이한 소녀에게 다시 물었다.

"누구십니까?"

"나와 주사위놀이를 할 사람 있어?"

소녀의 뜬금없는 질문에 그제야 기사들은 소녀의 하얀 손바닥 위에 놓인 주사위 하나를 발견했다. 도박을 지극히 싫어하는 고지식한 루네릭을 닮아 근위기사들은 귀족들답지 않게 도박의 능력이 희박했다. 하지만 그런 그들도 가끔 술내기나 식사 내기로 주사위놀이 정도는 해왔다. 한 개의 주사위로는 수작을 부리기 쉽기 때문에 도박을 하든 놀이를 하든 어쨌거나 주사위는 한 쌍으로 노는 게 보통이다.

"말도 안 되는……!"

기사들이 이상한 소녀의 이상한 말에 어리둥절하다 말고 짜증을 내려는 순간, 백작이 다시 입을 열었다.

"어떤 놀이입니까?"

"단순하지. 큰 수가 나오는 쪽이 이기는 거야."

"내기를 하려는 겁니까?"

말판도, 숫자판도 없다. 그렇다면 단순한 주사위 굴리기 밖에는 안 된다. 루네릭은 침을 꿀꺽 삼키며 말에서 내렸다.

"단장님!"

평소의 그답지 않은 행동에 다른 기사들도 당황했다. 근위기사들은 다 귀족으로 이루어진 능력있는 젊은이들이었다. 황족 앞에서나 공손할 뿐 본바탕은 오만하기 짝이 없는 자들이다.

"대체 왜 이러시는 겁니까? 갈 길이 급한데!"

짜증을 팍팍 내며 앙데라그가 말에서 내려 백작의 옷자락을 잡았다.

이상한 여자애 하나쯤은 급한 상황에 짓밟고 가거나 피해 갈 수도 있는 일인데 대체 왜 뜬금없이 말상대를 해주는 것일까. 황제를 걱정하며 식사도 휴식도 없이 달려오던 중이라 짜증이 솟구친 것도 당연했다.

"기다리라고 했다."

루네릭의 가라앉은 눈을 본 앙데라그는 흠칫했다.

그 모습을 보며 소녀는 빙글빙글 웃고만 있었다. 바람이 부는 황야에 선 소녀의 머리칼이 이리저리 흔들린다. 백작은 그 소녀의 머리칼이 은색이라기보단 회색에 가깝다는 것을 깨달았다. 아니, 윤기가 흐르는 그 기묘한 색은 날 선 칼날과도 같은 색상이다.

"내기를 하자, 기사여."

소녀가 미소 지으며 다시 말했다.

"무엇을 걸고 하는 내기입니까?"

루네릭의 말투가 공손해지자 앙데라그도 입을 다물고 소녀를 주시했다. 황제 이외엔 두려운 게 없는 호르데마누의 단장이 존댓말을 했다.

"네가 이기면 나는 너를 네 주인에게로 데려다 주고, 내가 이기면 너의 칼을 빼앗겠노라."

소녀의 목소리가 기묘하게 들렸다. 몹시 귀에 익어 친근감까지 느껴졌다.

백작은 고개를 갸웃거리면서도 한 걸음 나섰다.

"다, 단장님, 제가 하겠습니다."

소녀의 말을 들은 앙데라그가 대신 나섰다. 그는 한 번도 주사위 게임에서 진 적이 없어 행운의 사나이라 불리는 남자였다. 그의 얼굴에 긴장감이 시렸다. 눈앞에 있는 소녀가 범상한 자가 아니라는 것을 그도 느끼고 있었다. 보통 소녀가 기사들의 살기를 웃으며 넘긴다는 것 자체가 말도 안 된다.

"대신 주사위는 바꿉시다. 아가씨가 어떤 속임수도 쓰지 못하도록."

앙데라그가 주머니에서 애용하는 주사위를 꺼내자 소녀는 고개를 저었다.

"너 말고, 호르데마누의 검, 너 말이다."

소녀가 가리키는 상대는 루네릭이었다. 루네릭은 갑자기 흐르는 진땀을 느꼈다. 살벌한 예기를 느끼면서 그는 한 걸음 나섰다. 앙데라그가 뭐라 하는 것을 제지하면서 그는 공손히 고개를 숙였다.

"좋습니다. 제가 이기면 저희들을 주인의 곁으로 보내주신다 했지요?"

"그렇다."

소녀가 웃으며 주사위를 건넸다. 떨리는 손으로 주사위를 받은 루네릭은 눈을 질끈 감고 주사위를 던졌다. 붉게 물들어가는 저녁 하늘을 배경으로 누런 황야에서 허공으로 던져진 주사위가 하얗게 빛났다. 뭔가 속임수를 쓰는 게 아닌가 하고 신경을 곤두세우고 있던 앙데라그가 나서려는 순간, 루네릭은 이를 악물었다. 검사의 본능이 눈앞의 존재를 향해 무거운 경고를 보내온다. 시선이 닿은 것도 아닌데 심장이 터질 것만 같았다.

핑그르르 돌며 주사위가 떨어졌다.

점이 여섯 개. 6. 가장 큰 숫자가 나오자, 앙데라그를 비롯해 모두가 안도의 한숨을 내쉬었다.

"가장 큰 수가 나왔구나."

주사위를 주우며 소녀가 미소 지었다.

"그럼 나는 던질 필요도 없겠군."

소녀의 말에 루네릭은 떨리는 시선으로 그녀에게 고개를 숙였다.

"감사합니다."

"천만에. 네가 이긴 거니까."

루네릭은 떨리는 음성으로 다시 물었다.

"누구신지, 왜 이러시는 것인지 감히 여쭈어도 되겠습니까?"

극도의 존대를 하는 단장을 보고 기사들도 긴장했다. 아무리 봐도 이건 보통 상황으로는 보이지 않았다. 앙데라그는 루네릭의 목덜미 아래로 땀방울이 뚝뚝 떨어지고 있는 것을 보며 검자루를 틀어쥐었다.

"나의 귀여운 아이가 또다시 슬퍼하지 않도록 신경을 쓰는 것뿐이니라."

주사위를 든 소녀가 방긋 웃었다.

바람에 휘날리는 머리칼 사이로 그녀의 눈가를 동여맨 은색 안대가 보였다. 장님 소녀인 것일까. 앙데라그가 멍하니 생각하는 순간, 소녀가 말했다.

"아침이 되면 너희들은 주인의 앞에 있을 것이다."

그 말이 끝나기도 전에 눈앞의 소녀는 사라졌다.

순식간에 사라진 소녀에게 놀란 기사들은 날뛰는 말을 진정시키며 허둥거렸다. 석상이 된 것처럼 굳어 있는 루네릭의 옷자락을 잡아끈 앙데라그는 평상시와는 다른 어투로 물었다.

"다, 단장님, 방금 우리가 뭘 본 겁니까?"

루네릭은 멍하니 소녀가 사라진 곳을 보며 대답했다.

"검의 여신 나포르나 길타."

"에?"

"단련된 강철의 머리칼, 눈이 없는 어린 소녀의 모습을 한 신은 단 하나, 검의 여신 나포르나 길타뿐이야."

루네릭은 멍하니 달달 떨리고 있는 손가락을 바라보며 대답했다.

"여, 여신께서 강림하셨다고?"

자신도 모르게 다리가 풀린 앙데라그가 털썩 주저앉으며 말했다. 루네릭도 얼결에 털썩 주저앉자, 기이하게도 날뛰던 전마들도 하나둘 무릎을 꿇고 앉았다. 놀란 기사들이 낙마를 했을 정도다.

"마, 말들이 이상합니다!"

"말이 무릎을 꿇다니."

잠도 서서 자는 말이 무릎을 꿇는 모습을 본 기사들이 소리를 질러대도 루네릭과 앙데라그는 멍하니 여신이 사라진 그 자리를 보고 있었다.

"시, 신께서 역시 폐하를 굽어보고 계시는 거겠죠?"

앙데라그가 멍하니 중얼거리자 기사와 검사들의 여신을 눈앞에서 본 감격으로 제정신을 잃고 있던 루네릭이 멍하니 반문했다.

"뭐?"

"그렇지 않고서야 6밖에 없는 주사위로 내기를 하자 하실 리는 없을 테니까요."

앙데라그의 말에 루네릭은 눈을 끔뻑거렸다. 뭐라구? 6밖에 없는 주사위?

"모르셨습니까? 여신께서 내민 그 주사위는 6면 모두 6밖에 없었습니다. 그래서 제가 나섰던 것이고요."

입을 쩍 벌린 루네릭은 멍하니 그를 바라보았다. 무릎을 꿇은 채 움직이지 않는 말들 때문에 소란을 떨고 있는 기사들을 배경으로 앙데라그가 감격한 음성으로 말했다.

"모르시겠습니까? 단장님이 먼저 주사위를 던지기만 해도 이기는 거였어요. 여신께서는 단장님이 이기시는 것을 바랐다는 이야기고요."

다시 말해, 우리 제국과 황제 폐하를 위해서 강림하셨다는 이야기잖아요. 흥분한 앙데라그의 생각과는 달리 루네릭은 아련한 청춘의 추억—맞고 또 맞고 반항하면 더 맞고 짓이겨졌던 과거—이 떠올랐다.

"왜 결혼 안 하십니까?"
"내게 여자는 단 하나야."
"황후 폐하 말씀입니까?"
"떽! 내가 사랑하는 여인은 이거다."

중년의 나이를 훌쩍 뛰어넘은 노총각 검사 와스발딘이 자랑스럽게 내민 것은 검이었다. 생채기가 가득한 검은 그의 신분에 맞는 보검이 아닌 평범한 철검이었다.

"스승님이시라면 페자페지의 보검을 가지실 수 있잖습니까? 그거 한 20년 쓴 거잖아요?"

"난 페자페지 무구는 싫어해. 그건 한이 서린 괴물이지 아름다운 여인이 아냐."

짜증나는 심미관과 쓸데없는 고집을 가진 와스발딘은 진지하게 말했다.

"진정한 검사의 연인은 손에 익은 검이다."

설마,

그 귀여운 아이가 와스발딘 스승님인 것은 아니겠지?

루네릭은 자신의 검을 쥔 채 섬뜩한 단어를 잊으려 노력했다.

⚜

그즈음, 신계의 한구석에서 검의 여신 나포르나 길타가 행운의 여신 메디카나 퀴즈를 만나고 있었다.

―빌려줘서 고맙다.

검의 여신이 내민 주사위는 두 개였다. 하나는 1로만 채워진 주사위, 하나는 6으로만 채워진 주사위. 이 한 쌍의 주사위는 행운의 여신 메디카나 퀴즈의 상징이자 무구이기도 했다.

―천만에. 오히려 난 개입할 여력을 준 네가 더 고마워. 그 고지식한 인간들이 너와 내기를 할 줄이야.

―내게도 귀엽게 여기는 아이가 있으니까.

검의 여신의 말에 행운의 여신은 고개를 갸웃했다.

―그 애 말인가? 검의 요정이 될 수 있는 자질을 가졌다는 아이?

―그렇다. 안타까운 일이었지. 만약에 전쟁신이 시간의 축

을 비틀지 않았다면 나는 영영 내 요정을 잃었을 게다. 하지만.

 요요한 미소를 머금은 검의 여신이 기분 좋게 말했다.

 ―이제 나는 내 요정을 얻을 수 있게 되었지. 특별한 일이 없다면 그 아이는 백 년 뒤에 내 요정이 될 것이야.

 ―잘되었네. 훗훗. 허긴 나도 내 자매의 사랑을 돕고 있는 중이야.

 음험한 웃음이 행운의 여신에게 떠올랐다. 풍만한 몸매에 화사한 미모를 가진 반라의 여신은 장난스럽게 웃으며 주사위를 굴렸다.

 ―그대의 쌍둥이, 불행의 여신 자마히라 루노 말인가? 쯧.

 검의 여신은 혀를 찼다.

 ―꺄하하하하! 그 애가 홀라당 빠져 있으니 할 수 없지. 잘생긴 것도 죄야. 가여운 태양신.

 행운의 여신은 배를 잡고 데굴데굴 구르며 웃었다.

신의 사랑을 받는 이들이여, 나에게도 그 행운을 남겨주세요.

행운의 여신은 장난기가 넘쳐 가혹하신 분. 자, 이 주사위에 숨결을 불어넣어요.

행운의 쌍둥이, 불행이 찾아오기 전에 주사위를 굴려요.

손을 내밀어보세요.

행운의 쌍둥이는 불행, 불행의 쌍둥이는 행운.

한쪽만 택할 수는 없어요. 모두 다 같이 온답니다. 용사여, 눈먼 행운에 혹하지 말아요. 눈먼 불행도 같이 올 테니까. 하지만 불행에 굴복하지도 말아요. 행운이 찾아올 테니까요.

자만하지 말아요. 당신도 예외는 아니랍니다. 어느 누구도 여신의 장난기를 피해갈 순 없어요.

—서사시 〈로잘란 페이스토〉 행운의 주사위 경고 中에서

(작가 미상)

CHAPTER 14

Reload

 저는 메리테인입니다. 네, 주인님의 메리이자 가디언들의 우두머리, 대장, 최고의 능력자 메리테인입니다. 주인님을 펠님이라 부를 수 있는 유일한 존재이자 가디언의 대표가 바로 접니다. 아무것도 묻지 마십시오. 저는 다른 놈들과는 다릅니다. 주인님의 약점? 훗, 그런 게 있을 리 없지요. 저의 약점? 훗, 그런 건 있을 수가 없는 겁니다. 제 취미? 주인님을 모시는 것입니다. 제가 갖고 싶은 것? 주인님의 번영과 행복이지요. 하고 싶은 말이요? 주인님은 위대하시고 소중하시고 대단하시다! 아부하지 말라고요? 훗, 저의 모든 말은 진심 그 자체입니다. 전 아부란 단어 자체를 모릅니다. 고민이요? 주인님의 고민이 곧 저의 고민입니다. 주인님의 고민이 뭐냐고

*요? 제가 그걸 어떻게 압니까? 저는 가디언 메리테인. 주인님
을 위한 가디언일 뿐입니다. 그럼, 안녕히.*

⚜

 황제가 가장 좋아하는 먹을거리 중 하나는 피였다. 정확
히 말하자면 신선한 피. 묵힌 거나 썩은 거나 비린 것 말고
줄줄 흐르는 신선한 피다. 가끔 정력에 좋다고 사냥 중에 사
슴 피 한 사발 들이켜는 중년 아저씨들처럼 가끔 먹는 게 아
니다. 피 맛이 좋다고 음료수로 들이켜는 수준이다. 따라서
황제는 피 냄새에 민감했다.
 긴장한 바인데와 반니레다를 놔두고 황제는 재빨리 몸을
날렸다. 들고 있는 것이라곤 레솔트가 바친 검 한 자루뿐이
었지만 져본 일이 없는 황제는 자신만만했다.
 바위와 관목림으로 둘러싸인 골짜기가 눈앞에 드러났다.
한기가 풍기는 그늘진 골짜기로 몸을 뻗자, 피 냄새와 더불
어 말발굽 소리와 고함이 들려왔다. 싸움이 벌어진 게 분명
했다. 황제는 숨을 생각도 하지 않고 그저 일직선으로 달려
아래를 내려다보았다.
 놀랍게도 말을 탄 백여 명의 기마대가 그의 가디언들과
싸우고 있었다. 가디언은 셋. 하나는 다쳐서 피를 줄줄 흘리
며 쓰러져 있다.
 "죽어라!"

달려드는 놈들이 날리는 창날에 가디언들이 이리저리 피하는 것이 보였다. 그다지 넓지도 않은 골짜기에서 백여 기의 기마가 움직이니 요란한 소리가 울렸다.

가디언의 수는 겨우 셋이었지만 그들은 금방 가디언들을 죽이지 못했다. 통로가 좁아 세 마리가 동시에 내달릴 수 없기 때문이다.

'대체 어디에서 나타난 것들이지?'

황제는 눈살을 찌푸렸다. 이런 오지에 이 순간에 나타날 놈들이란 뻔했지만 그는 기억을 하지 못했다. 어쨌든 놈들은 공격해 왔고, 싸움은 일어났다.

그의 판단은 단순무식했다.

"비켜!"

몸을 숨기고 자시고 할 것 없이 그는 그대로 뛰어내렸다. 놀란 가디언들이 뭐라 외치든 말든 그는 제일 먼저 쓰러져 있는 가디언을 높은 바위 위에 던져 놓았다. 밟히면 죽는다.

가디언들이 당황하며 돌아보는 순간 황제는 제일 먼저 자신을 향해 짓쳐드는 기마를 쏘아보았다. 건방지게 말 위에서 침 튀기며 덤벼드는 꼴이 마음에 들지 않는다.

"건방진!"

황제의 주먹이 보검보다 먼저 날았다.

퍼억 소리와 함께 그에게 달려들던 사나운 말의 머리가 그대로 터져 나갔다. 뇌수를 뒤집어쓴 기수가 놀라 튕겨 나가자마자 뒤에서 오고 있던 기마가 기수를 짓밟았다. 그다음 역시 비슷한 수순을 밟았다. 인간을 초월한 주먹을 자랑하며 황제의 주먹이 연이어 날았다. 기세등등하게 달려들던 말이 순식간에 피범벅이 되어 쓰러지자 낙마한 기수 역시 넝마가 되었다.

비명과 고함이 난무하는 가운데 황제는 씨익 웃었다.

달짝지근한 피 맛이 입안에 향긋하게 휘감긴다. 입가를 혀로 핥으며 그는 천천히 검을 뽑았다. 맨손도 좋지만 무기도 좋다. 오랜만에 제법 손맛이 온다. 너무나 착해진 나머지 싸움도 자제하고 피 맛을 보는 것도 자제하던 나날. 공격한 놈들을 죽이는 것은 나쁜 일이 아니라고 굳게 믿고 있는 황제는 웃음을 터뜨렸다.

"미, 미친!"

"저, 저럴 수가!"

황제가 좋아서 웃는 것이지만 보는 이들로서는 등골이 오싹한 풍경이다. 가디언들이 재빨리 황제의 뒤로 물러나는 동안 그는 피범벅이 된 채 사지를 떨고 있는 말 한 마리의 목을 댕강 잘랐다. 허공으로 치솟는 핏줄기를 뒤집어쓴 채 그는 한 걸음 내디뎠다.

"저, 저게 사람이냐?"

"쏴라!"

화살이 매겨지고 순식간에 수십 발의 화살이 쇄도했다.

빗발치는 화살을 말의 시체로 막으며 그는 말의 시체에 입을 대고 피를 마셨다. 쿨럭쿨럭 솟아나는 피를 마시자 시야가 붉게 변했다.

그는 뒤를 돌아보았다. 가디언들이 저마다 시체를 방패 삼아 화살을 피하고 있었다. 공격하는 적은 많다. 황제의 심장이 뛰기 시작했다. 잠잠했던 신혈의 광기가 치밀었다.

피를 마시면 취한다. 술을 마셔도 취하지 않는 육체가 피를 마시면 취한다. 가장 강렬한 맛은 역시나 인간의 피다. 하지만 모후와 유모의 잔소리 때문에 인간의 피는 마시지 않게 되었다.

시야가 붉게 물들고 시간이 느리게 흐른다.

황제는 들고 있던 말의 시체를 달려드는 기마들을 향해 던져 버리고 뛰어올랐다. 건방지게도 그의 앞을 막아서고 있는 것들을 뭉개 버리기 위해 움직였다.

무려 사오 미터는 날아오른 그의 몸이 육중한 무게감을 가지고 제일 앞에 있던 기수의 가슴뼈를 걷어찼다. 콰직 하고 가슴뼈가 으스러지는 소리와 함께 뒤이어 옆에 있던 기수의 목이 날아갔다. 난데없는 횡액에 놀라 방패를 들어 올리기도 전에 뒤이어 두 번째 디딤돌이 된 기수의 목이 어깨 속으로 파고들어 갔다. 피 화살이 솟구치면서 네 번째 희생자의 상체가 두 토막이 났다.

"괴물이다!"

"주, 죽여!"

좁은 골짜기라는 것이 그들에게는 불리한 상황이었다.

시커먼 바윗덩이로 둘러싸인 좁은 골짜기다. 셋 이상 나란히 설 수 없는 곳에서 싸울 수 있는 인원은 한정될 수밖에 없었다. 앞에서 벌어지는 상황을 뒤에서 모르니 뒤로 물러설 자리도 없다. 화살을 쏘려 해도 재수없으면 아군이 맞는다. 당황한 이들은 전부 창을 들고 허공을 향해 내질렀다.

"죽어! 괴물아!"

콰직콰직 소리를 내며 창대가 부러졌다. 황제는 한 손에 검을 쥐고 한 손에는 부러진 창대를 쥔 채 몽둥이처럼 휘둘렀다. 서글픈 비명을 지르며 앞다리가 부러진 말들이 쓰러졌다. 으스러진 뼈를 감싸며 기수들이 아군들에게 짓밟힌다. 혼란과 공포가 뒤엉키고 비명과 살기가 뒤엉켰다.

"뒤로 물러나!"

"뚫고 가야 해!"

우왕좌왕 어느 쪽도 택하지 못한 이들이 순식간에 죽어나갔다. 시체도 온전하지 못한 상태로 나자빠지는 상황에서 공포가 전염되었다. 마침내 무시무시한 속도로 움직이는 적을 잡기 위해 화살이 아무렇게나 날다가 아군을 죽이는 상황이 벌어졌다. 아군의 무기에 아군이 죽어 넘어지는 것처럼 비참한 일은 없다.

"대체 무슨 일이야?"

골짜기라서 비명과 고함이 넓게 울린다.

뒤에 있던 자들도 당혹감에 휩싸였다. 이런 오지에서 적을 만날 것이라곤 상상도 한 적 없는 그들이다.

"앞에 괴물이 나타났습니다!"

"적병이다!"

각기 다른 전언이 돌아왔다.

앞이 잘 안 보이니 뒤에 있는 이들은 답답할 수밖에 없다.

이들은 리카르의 오른팔이자 베이딘족의 대전사인 로삼이 이끄는 기마대였다. 베이딘족으로 구성된 전사들로 리카르의 명령에 따라서 탐색하고 있는 중이었다.

"뒤로 물러나. 이곳 지형은 불리하다."

베이딘족의 대전사 로삼은 말고삐를 당기며 후퇴하라고 명령했다. 그의 명령에 줄지어 전진하고 있던 이들이 일제히 후퇴를 시작했다. 말고삐를 돌리는 것도 쉬운 일은 아니었지만 최소한 앞에서 벌어지는 일도 모르고 죽을 순 없는 일이다.

후미의 기마가 질서 정연하게 후퇴를 시작하자, 자연스럽게 싸우던 자들과 거리가 생겨났다. 그리고 후미에 있던 이들은 그제야 앞에서 벌어진 참극을 고스란히 목격할 수 있었다.

"맙소사!"

참혹하기 그지없는 시체들이 쌓여 있는 가운데 피로 물든 한 남자가 서 있다.

본래의 색을 알아볼 수도 없을 정도로 피를 뒤집어쓴 거구의 남자는 하얗게 이를 드러낸 채 웃고 있었는데 그 모습이 악귀나 다름없어 보인다. 그 모습만으로도 끔찍한데 어느 전사의 목을 잘라 집어 들고는 그 흐르는 피를 입을 벌려 마시고 있었다.

"악마!"

"마귀다!"

그 섬뜩함에 놀란 이들이 일제히 무기를 집어 들자 로삼이 외쳤다.

"쏴라!"

아까와는 다른 수십 발의 화살이 달려들었다.

황제는 피를 꿀꺽꿀꺽 삼키며 바닥에서 구르던 시체를 하나 집어 들고는 내던졌다. 쐐액 소리를 내며 날아든 시체가 화살을 쏘던 맨 앞에 있는 열을 쓰러뜨리고도 모자라 두 번째 열까지 덮치자 화살을 쏘던 이들이 무너져 버렸다.

"클클클."

황제는 웃으면서 도약했다.

이처럼 날뛸 수 있는 기회가 어디 흔한가. 그는 희열에 젖은 채로 허공을 딛고 올라 바위에 달라붙었다. 좁은 골짜기를 이루고 있는 바윗돌은 그가 힘들게 올랐던 북요르문 산의 벽보다는 훨씬 무른 재질이었다.

기마대란 한번 혼란에 빠져 낙마를 하게 되면 좁은 공간에서는 치명적이다. 사상자가 나는 것도 순식간이다. 베이딘족의 전사 대부분은 능란한 기수들이었지만 이런 좁은 곳에서 밀착한 채로 말을 타본 적은 거의 없었다.

"뒤는 후퇴! 후퇴!"

기마와 기마 사이를 좀 넓게 잡는 것밖에는 방법이 없다.

로삼이 악을 질렀지만 당황한 이들은 서로 엉기기만 했다. 전사들은 훈련을 받은 것이 아니라서 단체로 움직이는 것에는 익숙지 않았다.

"맞아봤자지."

황제의 주먹이 바위를 내려쳤다.

쿵 하고 소리가 나긴 했지만 거대한 바위는 흔들리지 않았다. 하지만 연거푸 바위를 내려치자 바윗돌이 쌓여 이루어진 돌벽이 미미하게 진동을 일으켰다.

"손이 좀 아프긴 하네."

황제는 피에 취한 채 킬킬대며 핏발 선 눈을 부릅떴다.

콰직 소리와 함께 그의 주먹이 다시 한 번 바위를 후려치자 이번엔 종소리가 울리는 것처럼 바위가 울었다. 그 소리에 로삼은 그를 발견했다.

뿌연 먼지와 소란 때문에 발견할 수 없었던 그의 모습을 발견한 로삼은 어이가 없었다. 미친놈. 맨주먹으로 바위를 부수기라도 하겠다는 거냐. 별 웃기는 놈 다 있군. 저런 무모한 짓을 한다는 게 말이나 되나. 그는 미친놈을 향해 화살을 쏘았지만 빗나갔다. 몇 번이나 다시 화살을 쏘려 했지만 그때마다 옆에 있는 기수가 방해하는 바람에 뒤로 밀려나고 말았다.

"빌어먹을! 누구든 저 괴물을 쏴!"

로삼이 악을 지르는 동안 몇몇이 황제의 뒤통수를 향해 화살을 날렸지만 연거푸 실패했다. 아니, 몇 발은 맞기는 맞앉는데 질긴 황제의 피부를 뚫지 못하고 튕겨 나갔다. 가히 강철을 방불케 하는 피부의 소유자였다.

무모한 짓을 하고 있는 미친 황제의 주먹질이 다섯 번에 도달하는 순간이었다.

콰드득 소리를 내면서 돌 부스러기가 떨어져 내리기 시작했다.

"어?"

"악?"

돌이 쏟아지고 바위가 무너져 내렸다. 다시 말해 산사태가 일어났다.

크고 작은 바윗돌이 급경사 진 골짜기로 그대로 굴러떨어졌다. 흙먼지가 비산하고 피와 살이 튀었다. 수천 년간 인간의 손이 닿지 않았던 천연의 골짜기가 그대로 무너져 내리며 백여 명의 기마를 짓이겼다.

"살려줘!"

"아아악!"

신을 부르며 순식간에 사람들이 죽어갔다. 시커먼 바윗돌이 툭툭 떨어지며 무력한 인간의 몸뚱이를 박살 냈다. 가장 후미에 있었던 베이딘의 대전사 로삼은 결사적으로 뒤로 물러나며 달아났다. 엄청난 소음과 먼지 때문에 시야는 완전히 차단되었지만 무조건 뒤로 물러서야 한다는 것쯤은 알 수 있었다. 그의 주변에 있던 다른 전사들도 뒤로 물러났지만 통로가 좁은 탓인지 다시 말과 말이 뒤엉켜 참변을 일으

컸다.

'신이여!'

로삼은 절규했다. 대체 이 재난에서 살아남을 자가 몇이나 될 것인가. 저 괴물은 어디에서 온 것일까? 이것이 바로 신이 내린 고난일까?

그의 비통한 절규는 쏟아지는 바윗돌 사이로 사라졌다. 안타깝게도 신이 내린 고난이 아니라 미친 황제가 내린 고난이었다.

툭툭.

끔찍한 살육이 끝나고 한참 후에야 먼지가 걷혔다. 그 먼지를 휘휘 저으면서 황제는 바닥에 내려섰다. 바위를 무너뜨리고 건너편에 잽싸게 옮겨 앉아 산사태를 피했다. 피하긴 했지만 그래도 흙먼지까지 피할 순 없었다. 그는 얼굴에 묻어난 얼룩을 적당히 손바닥으로 문질러 닦아냈다.

"흐음."

참혹한 상황을 훑어보며 그는 피식 웃었다.

여기저기서 신음 소리가 들리긴 하지만 살아남을 가망성은 거의 없어 보인다. 바윗돌 아래에 깔려 있으니 끄집어내기 전에야 살아남을 리 없다. 그는 여기저기서 들려오는 부상자들의 죽여달라는 애원도 깡그리 무시했다. 어차피 죽을 거 굳이 손을 쓸 필요가 있으랴.

지극히 악당다운 태도를 취하며 그는 골짜기의 반을 메운 돌 더미 너머를 살폈다. 살아서 달아난 놈이 있을까 싶어서였다.

"주인님."

놀랍게도 어느새 메리테인이 그에게 다가왔다. 물수건을 내미는 가디언의 시중을 받으며 황제는 고개를 갸웃했다.

"그런데 이놈들, 뭐하는 놈들이지?"

"베이딘족이 분명하지 말입니다. 베이딘족 말이 튀어나왔지 말입니다."

아까 졸도한 거 같아서 바윗돌에 걸쳐 놓았던 녀석이 잽싸게 고해왔다. 얼굴을 보니 3번이다. 나머지 둘도 안 죽었다. 잽싸게 피했던 모양이다. 구해주셔서 감사합니다요. 감사하지 말입니다. 저마다 한마디씩 하는 놈들을 보다가 황제는 잠시 생각했다. 구해줘? 이놈들을 도우려고 내가 싸운 거였던가? 그래, 난 이것들을 구하려고 싸웠어. 아아, 나의 이 관대한 마음.

스스로를 세뇌하면서 황제는 벅찬 마음을 가다듬었다.

"이들 말고 다른 놈들도 있습니다. 본대가 저 너머에 있는 것 같습니다. 이 골짜기 너머 작은 분지가 있는데 그 분지에 삼백여 명 정도 되는 놈들을 발견했습니다."

9번과 11번이 고해왔다.

"그 빌어먹을 새 대가리는?"

"못 찾았습니다. 하지만 그 야만족 놈들도 새를 찾고 있는 것 같으니 놈들의 뒤를 쫓아가면 어떨까요?"

눈을 반짝이며 메리테인이 고해왔다.

"그놈들도 찾는다고?"

"그놈들이 바로 신탁이니 뭐니 해서 황금 새를 찾는 이교도들일 겁니다. 태양신의 이교도들이요. 틀림없습니다."

"흐음."

그놈들이 찾으면 뒤치기를 하는 겁니다. 새도 얻고 놈들도 괴롭히고. 일거양득의 즐거움이 아닐까요? 가디언의 수장이 하는 말에 다른 가디언들은 얼굴을 구겼다. 역시 저게 악의 근원이야. 대장이 제일 나쁘지 말입니다.

황제는 잠시 생각했다. 황금 새에 대해 내가 아는 게 있던가? 아니, 없다. 신탁을 받긴 받았던가? 받았지만 위대하신 카자르 엔더께서는 별로 자상한 양반이 아니라 아는 게 없다. 알려준 것도 없다. 그냥 황금 새를 잡으라는 말만 했을 뿐.

"카자르 엔더께서는 태양신 마이… 라는 그 신을 밟아주고 싶어하신다. 그래서 태양 새를 나보고 잡으라 하신 거지."

태양신의 이름도 잘 기억 안 난다. 별로 중요한 건 아니겠지. 황제는 신탁을 나름대로 정리했다. 그래 봐야 별 내용은 없었다.

"그러니까 뭐, 상관없겠지. 놈들의 뒤를 밟아 그 태양 새를 잡자."

"폐하, 태양 새가 아니라 황금 새이지 말입니다."

한마디 던지는 녀석을 향해 황제는 대꾸 대신 발길질을

안겨주었다. 과묵한 가디언들 중에도 꼭 매를 버는 애가 있다는 것이 참으로 신기하다.

"가자."

그들이 막 골짜기를 넘어가려는 순간이었다.

"잊은 거 없으십니까?"

갑자기 과묵한 2번이 물었다.

"뭔데?"

황제가 묻자 2번이 거북한 표정으로 말했다.

"거, 달맞이꽃 마마하고 신관 하나, 저 위에 있는 거 아니었습니까?"

"아, 그렇군. 데리고 와."

까맣게 잊고 있던 존재를 떠올린 황제는 턱짓을 했다.

그에 따라 방금 씻어낸 빛나는 백금발이 우아하게 흔들린다. 마침 구름 사이로 비친 한줄기 햇살이 신의 아들이라고 자칭하는 남자의 모습을 비추었다. 우월한 외모를 자랑하는 그의 모습은 외관상 방금 백여 명을 참살한 흡혈살인마로는 보이지 않는다. 이 모습을 안데르나 반니레다가 보았다면 눈에 낀 콩깍지가 떨어져 나갔을 테지만 불행히도 그들은 이 자리에 없다. 빌어먹을 외모 지상주의다.

밤의 어둠이 내려왔다.

베이딘족의 희망이자 국왕이 될 리카르는 침중한 얼굴로 모닥불을 노려보고 있었다. 그의 주변으로 앉은 이들은 주술사이자 무녀인 시니렌, 대전사 루다아민 등등이었다.

"정말 소식이 없었소?"

북베이딘족의 대전사 테치아룬이 험악한 음성으로 되물었다.

리카르의 심복인 로삼이 백여 명의 전사들을 이끌고 주변을 살펴보겠다고 나간 뒤 소식이 없다. 인적도 드문 이 산중 오지에서 벌어진 대규모 실종에 마음이 뒤숭숭해진 것은 당연지사였다. 특히 북베이딘족의 테치아룬은 전설의 황금 새를 로삼이 빼돌린 게 아니냐 하는 의심마저 품기 시작했다. 그들이 보기에 이곳은 정말로 인적이 없는 첩첩산중이었다. 내로라하는 백여 명의 전사들이 이유도 없이 순식간에 사라진다는 것은 미심쩍기 그지없는 일이다.

"걱정이오. 이곳에 뭔가 있는 게 아닐까 하는 생각이 들기 시작하는구려."

40세가 넘은 노련한 대전사 루다아민이 조카뻘인 리카르를 바라보며 조용히 말했다. 리카르는 주먹을 쥔 채 진지하게 말했다.

"로삼은 신중한 성격이오. 이유없이 돌아오지 않을 리가 없소. 연락을 못할 상황이거나……."

"달아났거나."

흥 하고 테치아룬이 비꼰다.

"테치아룬! 로삼은 겁쟁이가 아니다!"

리카르가 낮게 경고하자 테치아룬은 입을 다물었다.

열 갈래로 머리를 땋아 내린 이 북베이딘의 전사는 사실 리카르가 마음에 들지 않았다. 비록 전쟁에서 지고 태양신의 신탁을 받은 존재라고는 해도 리카르가 보여준 신위는 북베이딘족의 전사들을 사로잡기에는 무리가 있었다. 대족장이 인정하고 따르라 외치지 않았다면 그는 리카르를 따르지 않았을 것이다. 태양신의 아들이라는 리카르는 지나치게 신중하고 지나치게 온건하다. 또 지나치게 잘생겼다는 것도 반감의 이유가 된다. 북베이딘족은 거친 전사들을 선호했다. 베이딘족들이 숭배하는 황금 머리칼이나 하얀 피부, 푸른 눈 같은 것은 제국인들 사이에서는 흔한 것이다. 그가 순혈의 베이딘족이 아니었다면 그냥 제국인이라 여겼을 것이다.

"기다리세요."

가느다란 목소리로 시니렌이 말했다. 앞 머리칼만 황금으로 장식한 태양신의 무녀는 공깃돌을 모아 점을 쳤다.

"위험한 것이 있군요. 위험한 짐승이 우리를 노리고 있습니다."

리카르가 눈을 크게 떴다.

"위험한 짐승? 그게 점에 나왔소?"

시니렌은 미간을 찌푸렸다.

"분명치 않네요. 위험이 가까이 있는 것은 사실입니다. 우리는 서둘러야 합니다."

무녀는 약지를 깨물어 피를 내고는 공깃돌에 뿌렸다. 핏방울이 맺힌 공깃돌이 이리저리 나뒹굴며 그림자를 만들었다. 모닥불에 비친 공깃돌의 그림자는 점점 커졌다.

"대체 어떤 게 있기에 위험한 거요?"

다그치듯 테치아룬이 물었지만 무녀는 대답 대신 몸을 떨었다.

"모르겠습니다. 어쨌든 무척 위험하다는 것은 사실입니다. 이것이 어쩌면 신이 내리신 시련일지도 모릅니다."

"황금의 새는 어디에 있소?"

리카르가 묻자, 파리해진 무녀는 다시 한 번 공깃돌을 뿌렸다. 하지만 별로 신통치 않은지 다시 한 번 거두어들여 또 한 번 뿌렸다. 그녀의 호흡이 거칠어졌다.

"지도를 주세요."

무녀는 지친 얼굴로 양피지로 만들어진 지도를 바닥에 깔고 다시 한 번 공깃돌을 뿌렸다.

이번에도 별것이 없었는지 그녀는 깊게 한숨을 내쉬었다. 파리해진 얼굴에서는 땀이 뚝뚝 떨어져 내렸다.

"내일 아침 태양신께서 오실 때 다시 점을 치겠습니다."

"점괘가 안 나오는 거요?"

"네, 선명하지 않습니다."

그녀는 부르르 떨면서 모포를 뒤집어썼다. 지친 기색이 확연한 그녀를 두고 뭐라 할 사람은 없었는지라 다들 입맛만 다시며 뒤로 물러섰다. 하지만 리카르는 걱정스러운 듯이 다시 물었다.

"로삼에 대해선 어찌 나왔소?"

그 말에 시니렌은 고개를 내저었다. 시선을 피하는 모습이 꽤나 절망적이어서 리카르는 불안한 어조로 다시 물었다.

"안 나왔단 말이겠지?"

그녀는 대답하지 않았다.

리카르는 탄식하며 입을 다물고 말았다. 옆에 있던 루다아민이 그의 어깨를 토닥이며 먹고 쉬라 권했다. 그는 이미 위험에 대비해서 번을 설 전사들을 배치해 둔 뒤였다.

새조차 드문 북요르문 산이었다. 인적은 고사하고 이상할 정도로 짐승조차 눈에 띄지 않는다. 과연 신의 손길이 닿은 신성한 산이라 부를 만했다.

평원에 익숙한 전사들은 이 험악한 산에 위압감을 느꼈다. 높기도 높거니와 거친 산세와 기기묘묘한 지형들이 그들에게는 너무나 생소했던 것이다. 게다가 이들의 산행은 신탁에 의한 것이다. 일거수일투족이 조심스러운 것은 당연지사. 평상시 먹고 마시며 떠들던 북베이딘족조차 조심하고 있었다.

"이상한 게 있어."

황제의 말에 모두가 돌아보았다.

황제 일행은 리카르 일행이 내려다보이는 큰 바위 위에 위치하고 있었다. 기이하게도 그 바위 사이로 샘이 있었기 때문이다.

"저들은 어떻게 말을 데리고 여기까지 온 거지? 베이딘족의 말은 절벽도 기어올라 갈 수 있는 거냐?"

음산한 어조에 모든 시선이 바인데에게 쏠렸다.

"허허, 그게……."

바인데의 등줄기로 땀이 흘러내렸다. 그도 깜짝 놀랐던 차다. 북요르문 산에 기마대가 나타나리라고는 상상도 해본 적이 없었기 때문이다. 그것도 한둘이 아니라 수백의 기마대다. 그가 모르는 샛길이 있다고밖에는 말할 수 없다.

"베이딘족만 아는 샛길이 있는 것 같습니다."

그가 그렇게 말하자 황제의 눈초리가 더 사나워졌다. 가디언들의 눈은 더 사납다. 절벽 오른답시고 깨지고 부러진 사지가 아직도 아프다.

"얼마나 대단한 샛길이기에 수백의 기마대가 오른단 말이오?"

메리테인이 이를 북북 갈며 말하자 바인데가 고개를 저었다.

"그건 저도 모릅니다. 하지만 저기에 있는 태양신의 무녀가 점을 치는 걸로 보아 태양신께서 인도해 주셨을 가능성이 있습니다. 게다가 이들은 북요르문 산을 오른 게 아니라 어쩌면 우회해서 올랐을지도 모릅니다. 이들이 신탁대로 출발한 것은 넉넉잡아 우리 일행보다 열흘은 먼저였을 겁니다. 그렇지만 여기에 도착한 것은 비슷한 시기 아닙니까?"

바인데의 말에 일행은 침묵했다. 허기야 그 빌어먹을 절벽을 넘어서 시간을 단축했다고 한다면 할 말은 없다. 저들은 열흘 걸렸지만 이쪽은 사흘 만에 도착했다 친다면 억울할 것은 없었다. 지름길로 온 것이다.

어차피 전 이 길밖에 몰라요 하고 말하는 바인데를 보며 황제는 카자르 엔더의 얄미운 얼굴을 떠올렸다. 그 성질 더러운 신이 쉽게 쉽게 그를 도와줄 리 없다. 너는 가진 건 힘밖에 없는 종이다 하고 단언한 짜증나는 신이다.

"잠자리나 마련해."

모포로 잠자리를 마련하던 가디언은 졸고 있는 반니레다를 깨웠다.

졸다 깬 반니레다는 황제에게 음식을 바치면서 슬그머니 두려운 표정을 지었다. 밤마다 시달리다 보니 밤이 좀 두려워진 그녀였다.

오늘은 혹시 그냥 넘어가려나 하는 기대심리로 그를 올려다보자, 황제는 한숨을 내쉬면서 그녀의 뺨을 토닥였다.

"알았어, 알았어. 거참, 굉장히 밝히는군. 피곤해 보이길래 그냥 넘어가려 했더니."

그는 굳어버린 반니레다에게 키스를 하면서 옷을 벗겼다.

"계집애가 진짜 어지간히 밝히는구나. 그렇게 안기고 싶었어? 끌끌."

가디언들은 얌전히 모포를 겹쳐 깔았고, 바인데는 외면했다. 황제의 말이 무슨 소리인지 모르는 반니레다는 사랑해

주는 건 좋은데 그냥 자면 안 되나 싶어 한숨을 내쉬었다. 역시나 짐승이다.

무녀 시니렌은 어둠 속에 있었다. 짙고 어두운 공간 안에서 그녀는 두 손을 모아 일족의 번영을 기원했다. 도와주소서. 우리들은 어찌해야 합니까?

―움직여라! 늦으면 안 된다.

웅장한 목소리가 들려왔다. 어둠을 찢고 나타난 황금의 신이 쩌렁하게 울리는 목소리로 그녀에게 명령했다.

―시간이 없도다. 너희에겐 시간이 없어!

황금의 머리칼을 가진 신이 한탄하며 말했다. 그는 황금으로 만든 화살을 쏘아 어둠을 깨치며 종용했다.

―서둘러라! 강철의 이빨을 가진 짐승이 덮치기 전에!

태양신의 무녀 시니렌은 눈을 부릅떴다.

그녀는 황급히 몸을 일으켜 주변을 살펴보았다. 아직도 어두운 것을 보아 해도 뜨지 않은 새벽이다. 그녀는 엉거주춤 일어나 주변에 있는 전사들을 돌아보았다. 각자 추위를 이기기 위해 모포를 둘러싼 채 깊은 잠에 빠져 있었다. 하늘을 올려다보니 샛별이 빛나고 있었다. 주술사들 사이에서 새벽의 별은 전쟁의 별이라 알려져 있었다. 전쟁의 별은 강철의 이빨을 가진 야수. 새벽의 별이 사라지지 않으면 태양은 빛나지 않는다.

식은땀이 흘러내렸다. 무녀는 덜덜 떨리는 몸을 추스르며 급히 리카르를 깨웠다.

"왕이여! 리카르님!"

번을 서던 전사가 새된 소리를 지르는 무녀에게 놀라 무기를 고쳐 들고 달려왔다. 그뿐만이 아니라 쪽잠을 자던 이들이 전부 다 눈을 떴다.

"무슨 일이오?"

"서둘러야 합니다. 어서! 어서!"

그녀는 달달 떨면서 서쪽을 가리켰다. 해가 뜨기도 전이라 사방은 어둡고 침침했다. 새된 소리로 고함을 지르는 무녀의 분위기에 휩쓸린 전사들은 다급히 짐을 꾸렸다. 무녀의 안내로 모진 여정을 감수해 왔던 이들은 순순히 그녀의 말을 따랐다. 리카르는 잠이 덜 깬 자들과 말들을 일깨우고 다급히 횃불을 만들었다. 낮은 관목들과 바위로 이루어진 주변의 산길은 험하고 거칠었다. 말을 몰기엔 적합하지 않았다. 하지만 선택의 여지는 없다. 그들은 어서 황금 새를 찾아가는 여정을 마무리 지어야 했다.

그래도 이백여 명이나 되는 기마들이 준비를 마치기까지는 제법 시간이 걸렸다. 피곤에 절어 있는 이들은 꾸벅꾸벅 졸고 있었고, 낯선 추위 때문에 오한을 느끼는 자들도 있었다. 말도 편치는 않았다. 원래 평원에서 내달리던 말들이라 무리한 산행에 관절에 무리가 간 말도 많았다. 전사들은 형제와도 같은 말들을 버릴 수도 없어 끌고 오긴 했지만 이런 어둠 속에서 말을 모는 것이 얼마나 위험한 일인지는 잘 알고 있었다. 날카로운 바위나 나뭇가지에 여기저기 다친 말들은 고통에 신음했다.

"말을 버려야겠습니다."

"다리를 다친 말들이 너무 많아서……."

몇몇이 한탄하며 말했다. 리카르는 서두르라는 명령만으로 입을 다물었다. 무녀가 저토록 당황하는 것을 보면 보통 일은 아닌 듯했다. 그녀의 공포가 그에게도 전염이 되는 것만 같았다.

결국 리카르 일행이 그 자리를 떠나 무녀의 안내로 길을 떠난 것은 희미한 여명이 드러나기 시작할 즈음이었다. 서둘러 달리는 그들의 등 뒤로 다리를 다쳐 꼼짝도 하지 못하는 말 열댓 마리가 남았다.

요르문 산의 지형은 기이했다. 북요르문 산의 절벽을 넘어 드러난 분지 안에는 날카로운 바위 골짜기와 바람에 익숙한 낮은 관목림들이 수풀과 함께 흔들렸다. 거기에 얼음처럼 차가운 안개가 짙게 깔리기 시작했다. 음습하기까지 한 회색빛 관목 숲은 언덕이라기엔 무안한 산등성이를 온통 바늘처럼 날카로운 잎새로 뒤덮고 있었다. 누가 뭐라 해도 말을 달리기에 적합한 지형은 결코 아니었지만 서둘러야 하는 이들의 입장으로서는 방법이 없다.

특히, 말이 아예 없어 도보로 여행해야 하는 이들로서는 짜증날 수밖에 없다.

"뭐야."

황제는 이를 갈았다.

그는 높은 바위 위에 올라서서 발을 굴렀다.

한숨 자고 일어났더니 놈들이 달아나고 없었다. 물론 그들은 그냥 서둘렀을 뿐이지만 그의 입장에서는 달아난 것이다.

"이거 곤란한데."

그는 육포를 씹으면서 중얼거렸다. 옆에 있던 가디언들도 퉁퉁 부은 얼굴로 안절부절못하고 있었다. 반니레다는 아예 일어나지도 못하고 숙면 중이고 바인데는 피곤에 찌든 얼굴로 눈을 비비고 있었다.

이제 겨우 해가 떴다 싶었더니 벌써 놈들이 사라졌다.

"뒤를 따라갈 수는 있겠지만 문제는 속도다."

"놈들은 말을 타고 갔지 말입니다. 남은 놈들은 병신 된 말뿐이지 말입니다."

"성한 놈들이 없습니다."

가디언들이 재빨리 남겨진 말들의 상태를 확인하고 돌아왔다. 그들은 낭패한 얼굴로 황제를 올려다보았다. 황제는 구겨진 계획에 성질이 나 확 가디언들을 찢어 죽이고 싶은 충동이 치밀었다. 이것들이 뒤치기하자고 해서 놔둔 건데 저 야만인 놈들은 벌써 튀었다. 말도 없이 저것들을 따라잡으려면 얼마나 달려야 하는 건가!

울화가 치밀어 막 앞에 있는 가디언 4번의 멱살을 쥐려 하는 순간, 그는 무의식중에 움찔했다.

잠도 못 자고, 다쳤고, 지쳤고, 굶주린 가디언의 얼굴은 퉁퉁 부어 있었다. 절벽에서 입은 타박상에 열이라도 오르는지 눈알은 벌겋고 콧물은 훌쩍거린다. 찢어진 눈두덩은 여전히 시퍼렇다. 강철의 체력과 회복력을 가지고 사시사철 씻기만 하면 뽀얀 피부 상태를 자랑하는 황제와는 엄청나게 다른 몰골이었다.

'구질구질해.'

황제는 생각했다. 뭐가 이렇게 구질하게 생겼냐? 가디언들이 이렇게 구질구질한 것들이었나?

'게다가 빈약해.'

말똥거리고 바라보는 가디언의 눈은 아무런 생각도 없이 무구했다. 빌어먹게도 말간 눈동자에는 죽이든 살리든 맘대로 하십쇼 하는 의사 표현이 고스란히 녹아 있었다.

그의 가디언들은 항상 최상의 상태를 유지하기 위해 수시로 교대해 왔었다. 그러나 지금 오지에 나와 있는 이 순간 교대할 인원이 부족하다. 하늘에서 가디언들이 떨어지는 것도 아니니 이 자리에 있는 이들은 황궁에서 떠나올 때부터 그의 곁에 있던 자들이다.

황제는 새삼 메리테인도 돌아보았다.

메리테인의 얼굴 역시 꼬질꼬질했다. 다른 가디언들보다는 나았지만 씻지도 자지도 먹지도 못한 거지 몰골이다. 수면 부족으로 벌겋게 된 눈에 퉁퉁 부은 얼굴. 괜찮다고 말은 하지만 추위 때문에 코끝은 시뻘겋다. 다친 놈들의 몰골은 더 심각하다. 사지가 부러진 채로도 움직였으니 온전할 리가 없다. 먼지만 털어도 빛나는 황제와는 아예 인종이 달라 보인다.

"폐하?"

메리테인이 충혈된 눈알을 번들거리며 물었다. 주인님이 성질이 났으니 잡힌 놈은 이제 죽겠구나 하고 생각했는데 의외로 주인님은 기이한 얼굴로 다른 놈들의 얼굴을 훑어본다. 혹시 다 죽이시려나. 메리테인이 태연하게 그런 생각을 하고 있을 즈음, 황제는 멱살을 쥐고 있던 놈을 휙 내던졌다.

황제는 신경질적으로 머리칼을 쓸어 올렸다.

가디언들도 무쇠는 아니다. 아무리 단련된 놈들이라고는 해도 신혈의 주인을 따라올 수는 없는 것이다. 절벽에서 떨어지면 죽고 바위에 부딪치면 부러지고 맞으면 죽는다.

갑작스런 깨달음에 황제는 왠지 더 짜증이 났다. 발을 구르고 돌멩이를 걷어차도 이 기묘한 짜증은 풀리지 않는다. 그래서 바위를 후려쳤다. 퍽퍽 소리를 내며 큼지막한 바위에 주먹만 한 구멍이 뚫린다.

"염병할!"

겁에 질린 바인데는 얼른 고개를 돌려 외면했다. 황제의 화풀이 대상이 되면 끝장이라는 것을 본능적으로 느끼고 있었기 때문이다. 그러나 가디언들은 오히려 서로 눈을 마주치며 어째야 하나 망설이고 있었다. 달려가서 그 야만인들을 추적해야 하는지, 아니면 얌전히 목을 내밀고 황제의 화풀이로 죽어야 하는지.

그들이 망설이고 있을 때 갑자기 바인데가 헉 소리를 냈다.

"폐하! 저곳을!"

바위에 구멍을 뚫으며 화를 가라앉히고 있던 황제는 갑작스런 빛에 눈이 부셔서 눈을 감았다.

"저게 뭐지?"

"어?"

리카르 일행이 떠난 빈터에 새하얀 불꽃이 갑자기 생겨나 있었다. 작은 태양처럼 거대한 불꽃은 그 자리에서 절룩거리고 있던 말들을 내쫓아 버리고는 오색의 불꽃을 피워 올리고는 순식간에 사라졌다. 그 자리에 있던 낮은 관목들이 재가 되어 스러졌다. 하얀 재가 눈송이처럼 휘날리는 가운데 나타난 것은 백여 기의 기마. 강철의 매를 새긴 갑주를 입은 기사들이었다.

"호르데마누!"

"루네릭 경!"

드물게 가디언들도 헉 소리를 내질렀다.

황제는 눈을 비볐다. 이 무슨 황당한 사태인가. 어떻게 그의 친위대들이 난데없이 하늘에서 뚝 떨어진단 말인가. 그동안 사리에 안 맞는 일을 무수히 저질러 온 그로서도 이 사태는 도저히 믿을 수 없는 상황이었다.

그러나,

"우웩!"

"억!"

오십여 명의 기사들이 일제히 토악질을 하면서 토하기 시작하자, 그 신비로운 현상도 현실이 되었다. 말들도 캑캑대며 푸드득 침을 뿌려댔다. 다소 지저분한 사태다.

"으음."

황제는 뜨악한 얼굴로 한걸음에 그들에게 달려갔다.

"폐, 폐하!"

토악질을 참느라 눈물콧물을 흘리면서 루네릭이 제일 먼저 그의 앞에 무릎을 꿇었다.

"이게 어찌 된 거냐?"

"그, 그러니까… 검의 여신께서 저희들에게 도움을 주셨습니다."

헐떡이면서 구토를 참는 기사단장의 모자란 설명에 짜증이 난 황제가 다른 기사들을 둘러보자, 그나마 그럭저럭 괜찮아 보이는 앙데라그가 설명했다.

"검의 여신께서 우리를 폐하의 곁에 보내주시겠다고 하셨습니다. 빠른 것은 좋은데 생각보다 과격해서……."

아침이 되어 출발하자고 말에 오르는 그 순간 갑자기 모든 인원이 허공으로 떴다. 그리고 곤두박질쳤다. 상하좌우로 흔들리는 그 끔찍한 감각. 거대한 통 속에 넣고 이리저리 흔들어놓았다 풀어놓은 것 같은 감각이었다. 그들이 기억하고 있는 그 순간은 끔찍할 지경이었다. 빈속이라서 더 끔찍했다.

"우에에엑!"

"쿠억!"

여기저기서 연신 구토하는 소리가 들려오자 황제는 더 미간을 구겼다. 검의 여신이 어쨌다고? 검의 여신에 대해 잘 알지도 못하는 황제는 토하느라 바쁜 놈들을 향해 침을 뱉었다. 더러운 것들. 니들이 애송이냐? 어떻게 좀 빨리 달렸다고 기사란 것들이 토까지 해?

"야, 서둘러."

헥헥대는 기사의 뒤통수를 잡아 내던지고 황제는 대신 말에 올라탔다.

다른 가디언들도 급히 그 뒤를 따라 말 위로 올랐다. 말의 수는 부족하지만 그래도 호르데마누의 전마들은 유달리 다리가 짧고도 힘이 세기로 유명한 괴물들이다. 평원의 얌전한 말들과는 다른 그것들은 가디언 한둘 매달았다고 흔들리지 않았다. 문제는 검의 여신이 펼친 멀미의 마법이다.

서둘러 간다고 하지만 말들은 여전히 비틀거렸다. 인간처럼 토하진 않지만 허옇게 거품을 물고 침을 뱉어대는 기사단의 말들은 참으로 불량해 보였다.

"퉤!"

"카아악, 퉤!"

그 위에 있는 기사들도 다를 바 없는 몰골이었다. 얼굴은 허옇게 들떠서 연신 침을 뱉느라 바쁘다. 보통이라면 황제 앞에서 침을 뱉는 이들은 없겠지만 현재는 비상시다. 호르데마누 근위기사단은 참으로 어울리지 않는 몰골로 연신 침을 뱉으며 황제의 뒤를 따르고 있었다. 속이 뒤집히는데 어쩌랴. 침이라도 뱉어서 속을 가라앉혀야 할밖에.

제일 앞에서 달리는 황제의 뒤에는 반니레다가 잠들어 있었다. 연신 흔들려도, 소음에 시달려도 매달린 반니레다는 자고 있었다. 밤마다 황제가 너무 괴롭힌 탓이다.

그 뒤를 따르며 바인데는 생각했다.

대체 왜 뜬금없이 검의 여신이 등장했을까. 검의 여신은 하위 신으로 현현하는 일이 굉장히 드문 신이다. 검사들과 대장장이의 여신이 어떻게 황제의 근위기사단 앞에 나타날 수 있단 말인가. 금욕적이고도 냉혹한 여신이 귀족 기사의 앞에 나타나 도왔다니. 그게 가능한 일일까? 여신이 이렇게나 직접적으로 힘을 행사한다는 건 신들의 전쟁이라도 일어났다는 뜻일까. 전쟁의 신 카자르 엔더의 편에 검의 여신이 섰다는 의미일까. 검의 여신의 계보가 어떻게 되더라.

그가 아무리 머리를 굴려도 그 깊은 사연은 알지 못했다.

"알아봐!"

"네?"

"신관이잖아! 야히라고, 신관이잖아! 신관은 무녀랑 비슷한 거잖아!"

무지하고 무식하며 배려없는 그 명령에 새삼 바인데는 현기증을 느꼈다. 아아, 나의 신이시여, 가혹하나이다.

황제는 먹이를 노리는 표범처럼 말을 달리며 가련한 신관을 향해 살기를 날렸다.

"저쪽의 무녀는 쬐깐한 주제에 신에게 직접 말도 듣고 점까지 쳐가면서 쳐달리는데 왜 근육 탱탱한 늙은 신관이 점도 못 치냐!"

근육 탱탱한 것은 언제 보셨는가. 절로 가슴 설레는 옥음에 중년의 신관은 눈시울이 뜨거워졌다. 흑, 이젠 근육이 탱탱한 것도 죄다.

"씨발! 혓바닥 뽑아 발라 버리기 전에 주둥이 좀 놀려보란 말이다! 이것들아, 침 그만 뱉어! 그 더러운 주둥이 막아!"

다시 욕설 난무. 그렇게 내달리면 누구라도 혀를 깨물 텐데 황제는 혀도 안 깨문다. 어쩌면 그의 혀는 강철처럼 단단할지도 모른다.

근위기사들은 입을 다물었다. 속이 느글거리지만 참았다. 그러다 보니 절로 눈물이 그렁그렁해진다. 구박받아도 우린 안 울 거야. 우린 버틸 수 있어. 울면 더 혼나. 눈물 글썽한 근육질 기사들의 행진에 침을 뱉던 말들도 입을 다물었다.

황제는 눈이 썩는다며 달리면서도 이를 갈았다.

얼른 저 태양신 족속들을 쫓아가지 않으면 태양 새든 황금 새든 놓칠지도 모른다. 그렇다면 분명 요즘 잠잠하시던 전쟁신께서 그를 산 채로 회를 뜨며 소금 가마니를 뿌릴지도 모른다. 요 며칠 현신을 하지 않고 계시니 더 무서워진 황제는 이때를 대비해서 그를 놔두고 있는 거라 지레짐작했다. 물론 이는 전쟁신을 너무나 과대평가한 것이다. 그분께서는 지금 현재 바다의 여신과 꽃의 여신 사이에서 술래잡기를 하면서 대체 왜 내 신력이 갑자기 증가했을까 하고 연구 중이셨다. 다시 말해, 일을 시켜놓고 잊고 계셨다는 의미다.

'위대하신 전쟁의 신이시여, 나의 주인이시여! 이 가련한 종의 기원을 들어주소서!'

그렇지만 가련한 중년 신관이 황제의 욕질과 위협에 못 이겨 간절한 기도를 올리자, 갑자기 증가한 신력에 기분이 좋아진 전쟁신 카자르 엔더는 귓구멍을 열었다.

'앞서 가고 있는 태양신의 이교도들을 물리치고 위대하신 분의 분신께서 뜻을 이루실 수 있을까요?'

난생처음으로 간절히 진지하게 기도를 올리는 신관의 음성은 절절했다.

시뻘겋게 눈을 부릅뜨고 말을 달리고 있는 황제가 무섭다기보다는 지금 이 상황이 심각하다는 것을 그도 알고 있기 때문이다. 정말로 신화 속 존재인 황금의 새를 태양신을 추종하는 부리들이 취하게 되면 제국의 근간이 흔들릴 것이다. 신화가 재현되었다는 것은 간단한 문제가 결코 아니었다.

'저 황금의 새를 황제께서 취하시여 이교도의 야망을 저

지할 수 있게 해주십시오!'

신관이 절절하게 기도하는 순간, 그의 등 뒤로 매가 날았다.

짐승은커녕 나는 새 한 마리 없다고 하는 요르문 산에 나타난 매.

기사들은 신관의 머리 위로 강철의 매가 스쳐 지나가는 것을 보았다. 그들은 욕지기를 잊고 일제히 입을 벌렸다. 그들이 모시는 신의 상징이 방금 나타났던 것이다.

"아!"

바인데는 자신의 눈앞에 스쳐 지나가는 강철의 매가 가리키는 방향을 보았다.

그리고 영원히 녹지 않을 빙벽 위로 떠오르는 두 번째 태양을 보았다. 유유히 빙벽을 타고 오르는 빛 덩어리는 동녘에서 떠 있는 태양 못지않게 황금빛으로 빛나고 있었다. 너무 빛나는 나머지 형체를 잘 알아볼 수는 없었지만 그것이 분명 새처럼 유유히 푸른 하늘을 날아 빙벽을 향해 오르는 것만은 확인할 수 있었다.

"황금의 새!"

바인데가 외치는 순간, 그의 머리 위에서 맴돌던 강철의 매가 쏜살같이 날아가 그 빛나는 황금의 새와 충돌했다.

"헉!"

보던 이들이 일제히 비명을 지르는 순간, 황금 새가 휘청거렸다. 강철의 매는 약을 올리듯이 그 위를 빙빙 돌더니 황금 새의 등짝을 날카로운 발톱으로 콱 한 번 더 찍고 다시 날아올랐다. 약을 올리는 것 같은 태도였다.

휘청거리던 황금 새는 화가 났는지 그 뒤를 쫓아 날아올랐지만 황금 새의 뒤통수를 갈기던 얄미운 강철의 매는 이미 사라진 뒤였다.

"멋지다!"

"역시! 저건 저희에게 보라고 계시를 내리신 겁니다! 뒤치기가 진리입니다!"

메리테인이 황홀한 듯 두 손을 모으며 외쳤다.

우리가 이길 거라고 신께서 보여주신 겁니다! 우리가 이기지 말입니다! 우와! 역시 우리의 신조는 멋지지 말입니다! 와와! 우리는 이길 거야! 뒤통수를 갈길 거야! 이왕이면 잡아다 주고 가시지! 그럼 우리가 달릴 필요도 없지 말입니다! 가디언이나 근위기사나 할 것 없이 모두 떠들었다. 정정당당함을 사랑하는 기개 높은 근위기사들이라기보다는 작당하고 몰려다니는 산적 같은 몰골을 한 기사들이 때는 이때다를 외치며 침을 튀기고 떠들었다.

바인데는 황금 새의 뒤통수를 보란 듯이 갈기고 떠난 강철의 신조(神鳥)를 떠올리며 왠지 서글퍼졌다.

"저거 얄밉군."

황제가 중얼거렸다.

뭐, 어쨌든 황금 새가 어디에 있는지는 확인했다. 바로 정면에 보이는 거대한 얼음의 산, 북요르문 산의 빙벽이다. 그들이 넘어왔던 바로 그 빙벽 옆에 있는 벽.

"또… 기어올라 가야 하는 거냐?"

황제는 이를 갈았다.

위쪽은 얼음으로 덮여 있는 빙벽. 아래는 칼날처럼 날을 세운 바위들이 늘어선 험지. 하늘에서 내리쬐는 햇빛이 파리한 얼음벽을 뚫고 오색찬란한 빛을 뿌렸다. 멀리서 보면 아름다울 수도 있는 광경이었지만 가까이서 보는 이들에게는 시각장애였다.

바위와 얼음으로 뒤덮인 산, 낮은 가시덤불과 날카로운 바위와 이끼만이 존재하는 산은 험했다. 살아 있는 네발짐승은커녕 나는 새 한 마리 아직 한 번도 보지 못했다. 사냥을 하려던 전사들은 위축되고 공포감마저 느끼고 있었다.

"이 근방일 텐데요."

새파랗다 못해 허옇게 질린 낯으로 태양신의 무녀가 말했다.

'잊지 마라, 시니렌. 너는 내가 본 중 가장 재능이 뛰어난 아이다. 너의 노래는 태양신의 은총을 받고 있나니.'

그녀는 가시덤불 사이에 서서 멍청히 먼 곳을 살펴보다가 문득 죽은 스승의 말을 떠올렸다. 갑자기 왜 그런 말이 기억나는 건지 모르지만 그녀는 얼른 털어냈다. 스승의 생각만으로도 가슴이 아렸다. 그녀는 부족을 잃고 떠돌던 부랑아였다. 스승인 무녀 판시아가 거두어주지 않았다면 이름 없는 시체로 남았으리라.

꽤 오랫동안 산을 바라보았으나, 망망대해처럼 거친 바위산만 보일 뿐 달리 표적으로 삼을 만한 사물이 보이지 않았다. 기분 탓일까. 그녀는 소름이 끼쳤다. 요르문 산은 기이한 곳이었다. 들어온 것은 처음이지만 바람이 전해주는 말에 따르면 이곳은 신의 숨결이 닿은 곳이다. 가끔 앉은뱅이 나무 하나가 바람도 없는데 이유없이 가지를 움직이거나 바위라고 생각했던 물체가 슬금슬금 움직이는 것처럼 보였다. 이끼는 이유없이 짙어졌다 옅어지며 시야를 어지럽게 했다. 말들이 두려워하고 눈이 밝은 전사들도 잔뜩 긴장해 있는 것은 그 때문이다. 걸으면 걸을수록 공포감은 부피를 더했다. 지금 저기서 움직이는 것은 단순한 그림자일까, 아니면 신의 숨결이라 불리는 정령들일까.

"언제까지 가야 해?"

성마른 북베이딘 전사 하나가 뒤에서 소리를 지르며 짜증을 부렸다.

누구든 짜증이 난 상태라서 그런지 말리기도 전에 북베이딘의 대전사 테치아룬이 응징을 가했다. 쇳덩이 같은 주먹을 휘두른 것이다.

리카르는 설친 잠을 보충하고 싶었지만 참고 있었다. 안 그래도 긴장감으로 숨이 턱턱 막혔다. 그의 친구이자 동료인 로삼은 대체 어떻게 된 걸까. 그는 치미는 하품을 참고 아래를 내려다보았다. 꼬불꼬불 구부러진 길을 타고 산을 오르기 시작한 지 벌써 세 시간째. 해는 떴지만 산그늘 아래 계곡은 음습한 공기를 내뿜으며 어둠을 흩뿌렸다. 잘 보이지 않는 회색 그늘 속에서 앞서 가던 전사가 수신호를 보내고 있었다. 별거 없다는 신호다.

"뭐 보이는 게 있어?"

"없어요."

"보이는 게 있으면 알려줘."

선두에서 움직이고 있던 시니렌의 시선이 리카르에게 닿았다. 말은 하지 않았지만 그녀는 리카르를 존경하고 또 사랑했다. 태양신의 무녀치고 아름다운 외모를 가진 그를 보고도 태연하기란 쉽지 않았다. 게다가 그는 태양신과 너무도 닮았다.

"잠시 쉬자. 얼굴이 엉망이야."

수통을 입에 대며 리카르가 손짓하자 뒤의 일행으로 의사가 전달되었다. 길이 좁은 게 항상 문제였다. 간신히 말 한 필이 지나갈 만한 길이 얼음으로, 절벽으로 향해 있다. 중무장한 채 움직이는 건 무리인 지형이란 걸 알면서도 그들은 습성상 말을 버리지 못했다.

"네에."

말에서 내리는 그를 보고 선두도 멈추어 섰다. 시니렌도 삐죽한 바위 아래 앉았다. 바위 아래는 너무 어두웠다. 해가 뜬 것은 분명했지만 음습하고 은밀한 길목까지는 빛이 잘 닿지 않았다. 구불구불 구부러진 길과 날카로운 바위가 둘러싼 길이다.

이곳은 베이진 평원과는 전혀 달랐다. 일행 모두 일당백의 전사들이었건만 모두들 녹초가 되어 있었다. 일행인 로삼과 백여 명의 전사를 잃은 것도 사기 저하의 이유가 되었다. 그녀는 점점 자신감을 상실할 것 같았다. 자칫 신의 인도를 제때 받지 못해 리카르의 대업에 도움을 주지 못할까 두려웠다.

바로 그때였다.

"어?"

앞을 정찰하러 갔던 전사 하나가 고함을 질렀다.

"저길 봐!"

갑자기 하늘이 밝아졌다.

긴장한 전사들이 모두 하늘을 올려다보았다. 시니렌은 눈을 크게 떴다.

어느새 태양이 두 개가 되어 있었다. 눈이 부셔서 똑바로 바라보기도 어려운 빛을 품고 무언가 날아가고 있다.

"저, 저것이!"

"황금의 새!"

빛의 덩어리였다. 눈알이 타버릴 것 같은 광채를 뿌리며 그것은 유유히 하늘을 날고 있었다. 리카르는 말고삐를 쥐고 채찍을 휘둘렀다. 허공을 나는 황금 새를 보는 순간 가슴이 벅차올라 참을 수가 없었던 것이다.

"왕이여!"

전사들이 말리는 것도 무릅쓰고 그는 하늘을 바라보며 말을 달렸다. 날카로운 바위와 가시덤불이 말의 다리와 배를 가차없이 베고 찌르며 상처를 남겼지만 그는 눈치채지 못했다.

신이 말한 황금의 새. 부족을 일으키고 나라를 일으킬 신의 존체(尊體)를 상상하는 것만으로도 그는 정신을 잃을 것만 같았다.

"저 위로!"

황금의 새는 그를 유인하듯이 날아 얼음으로 둘러싸인 빙벽을 향해 솟구쳤다. 그러다가 휘청했다. 강철의 매가 뒤통수를 찍고 달아난 것이지만 리카르들은 황금 새의 빛에 가려 그걸 제대로 보지 못했다.

황금 새는 빙벽으로 날았다. 빙벽의 정상, 북요르문 산의 정상을 향해 날고 있었다. 황제 일행이 넘어온 북요르문 산의 절벽만큼이나 높고 가파른 빙벽이다. 아니, 방벽처럼 둘러친 그 절벽은 사실 북요르문 산의 일부였으나 그들은 그런 걸 따질 여력도 없었다.

"기다려!"

마음이 급한 리카르는 단검을 빼내어 자신을 가로막은 절벽에 꽂아 넣었다. 두 개의 단검으로 절벽을 급히 타고 오르는 그는 꽤나 빨랐으나 위태롭게만 보였다.

"리카르 왕! 조심하시오!"

뒤에서 보고 있던 테치아룬이 그의 뒤를 따라 절벽을 오르기 시작했다. 두 전사가 맨손으로 산을 오르는 것을 본 다른 전사들도 황급히 달려들어 산을 오르기 시작했다.

그들에게는 불행하게도 베이딘족에게는 등산의 경험이 거의 없었다. 홀리족이나 북베이딘족은 그나마 그럭저럭 산을 오르는 데 익숙했지만 평원의 부족인 베이딘족에게는 벽을 타고 오른다는 생소한 경험은 숨 막히는 압박감을 주었다. 이들 일행의 대부분이 베이딘족이었고 홀리족은 한 명도 없었다. 그나마 북베이딘족은 열서너 명에 불과했다. 말을 잘 안 듣는 북베이딘족과 홀리족을 두고 베이딘족을 중심으로 원정대를 꾸렸기 때문이다. 뿐만 아니라 그동안 무녀를 따라 여유작작 말을 타고 산을 올랐던 그들에게는 이 거대한 절벽은 절망과도 같았다.

순식간에 열댓 명이 비명을 지르며 바닥으로 곤두박질쳤다. 팔이 부러진 자, 머리통이 깨진 자 등 부상자가 속출하고 심각하게 다친 자들이 생겨나자 오르고 있던 테치아룬이 아래를 내려다보며 악을 질렀다.

"안 되겠다! 너희들은 여길 지켜라!"

리카르나 로삼이 없는 상황에서 테치아룬의 말을 어길 이들은 없었다. 그래도 오기랍시고 몇몇이 리카르처럼 절벽을 오르다가 또 떨어졌다. 콰직 소리를 내며 바위에 몸을 다치는 것을 본 전사들은 새파랗게 얼굴이 굳었다.

"천천히 올라야 하오! 리카르 왕! 이 높이의 벽을 타려면 침착해야 해!"

테치아룬은 혀를 찼다. 리카르는 뒤도 안 돌아보고 급히 오르고 있었다. 강인한 체력이야 자랑할 만한 일이지만 올라가는 것만이 능사가 아니다. 처음부터 끝까지 힘을 조절해 올라가서 황금 새를 잡아야 한다. 도와줄 손이 없는 이런 절벽 위에서 믿을 것은 자신의 체력뿐이다.

"야, 이놈들아! 필라이, 쿠샤! 니놈들이 따라와!"

분명 리카르는 힘들이지 않고 벽을 오르고 있긴 하지만 맨몸으로 오르는 상황은 위험하기 짝이 없다. 말도 안 듣고 또 따라오다가 떨어져 다치는 전사들을 지켜보면서 테치아룬이 자신의 일족들을 불렀다. 쓸모없는 베이딘족 놈들은 놔두라고 악을 지르면서도 그는 리카르의 뒤를 보조하듯이 벽에 매달린 채 밧줄로 몸을 감고 발 디딜 곳을 확보했다. 그의 뒤를 따라 오르는 익숙한 심복들을 확인한 그는 수신호를 보내 밧줄을 연결했다.

"얼마나 걸릴 거 같나?"

"적어도 반나절. 너무 서둘러 올라가지 않도록 하시오! 리카르 왕!"

능숙한 북베이딘족 전사들은 밧줄로 몸을 휘감고 단검과 횟가루 주머니를 허리에 매단 채 가죽 장갑을 고쳐 끼었다. 그들이 부러워 보였는지 다른 젊은 전사들이 절벽 오르기에 도전했다가 번번이 떨어져 머리가 깨지고 사지가 부러지는 상처를 입었다.

"조심하세요!"

시니렌이 두 손을 모아 기도하는 가운데 다른 전사들은 다급히 가죽 모포를 모아 절벽 밑에 깔았다. 그래 봐야 떨어져 죽을 테지만 그래도 조금이나마 보탬이 되길 바라는 마음이었다.

리카르는 정상만을 바라보며 움직였다.

그는 태양신의 축복을 받은 전사였지만 황제처럼 초인적인 인간은 아니었다. 다치면 아프고 칼을 맞으면 피가 흐르고 독을 먹는다면 중독되는 인간이었다. 하지만 그는 날카로운 바위에 베인 손끝이 갈라지고 찢어지는 것도 거의 느끼지 못했다.

그의 머리 위에서 태양처럼 빛나는 황금의 새가 있었다. 수백 년간 구전되어 오던 신화 속에나 존재하던 태양의 상징인 황금 새 리르카이야. 그의 이름도 황금 새의 이름에서 유래되었다. 그의 머리칼이 금발이었기 때문이다.

'저것을 취하고 저 새가 우리 부족에게 머물면 항상 굶주리고 힘이 없던 우리 부족도 신의 제국을 건설할 수 있다!'

전쟁신의 후예라는 제국이 대륙을 지배하고 있다. 그러니 태양신의 후예인 그들이 새로운 제국을 건설하지 말라는 법은 없는 것이다. 부족의 전사들은 약하지 않았다. 그저 구심점이 없을 뿐이다. 매일 물을 찾아 떠돌다 병에 걸린 어린애를 황야에 묻는 일도 없을 것이다. 먹을 것이 없어 목숨과도 같은 말의 피를 마시다가 울부짖는 일도, 야적 떼와 같은 자들에게 노예로 팔려가는 일도 없을 것이다. 건기마다 벌어지는 기아와 살육도 없어질 것이다. 희망이 없는 삶. 하늘만 올려다보며 살아야 하는 서러움.

"신이여! 우리를 도와주소서!"

리카르는 뜨거운 가슴으로 절규했다.

베이딘족의 영웅이 그렇게 외치고 있는 동안 제국의 영웅이라기보다는 제국 멸망의 원흉에 가까운 황제는 팔짱을 끼고 킬킬대고 있었다.

"놈들도 역시 오르는군."

"세상은 공평한 겁니다."

역시 자신들만 절벽을 오른 게 억울했던 것이다.

"야."

황제는 이제 욕지기를 가라앉힌 근위기사들을 불렀다.

재빨리 루네릭 백작이 다가오자 그는 턱짓을 했다.

"저기 절벽 밑에서 찌질거리는 것들을 발라 버려. 저것들이 내 달맞이꽃을 괴롭힌 것들이거든."

사실은 아니다. 리카르를 따르는 전사들은 전혀 관계없다. 하지만 황제의 눈에는 그놈이 다 그놈이었다.

"달맞이꽃?"

루네릭은 자신이 무엇을 들었는지 귀를 의심했다. 그뿐만이 아니라 근위기사들 모두가 눈을 부릅떴다. 혹여 내가 귀가 멀었나. 우리 폐하께서 꽃 이름을 아실 리 없잖아. 우리 폐하가 아는 꽃은 독초나 장미밖에 없어.

"아, 이 뒤에 있는 이게 달맞이꽃이다."

황제는 그제야 잊고 있었던 등에 매달린 반니레다를 근위대들에게 보였다. 그동안 짐짝을 메고 있는 걸로 알고 있던 근위대들의 눈이 더 커졌다. 헉! 여자를 업고 다니셨어? 그렇게 총애하신단 말인가!

"이거는 카자르 엔더께서 찍어놓으신 여자야. 게다가 벌써 내 아이를 가졌어. 그래서 2궁비로 임명했거든. 루네릭, 네가 돌봐라."

그는 등에 메고 있던 반니레다를 휙 루네릭에게 던졌다. 헉 소리 날 일이지만 그래도 루네릭은 고수다. 강한 기사들만 모아놓은 근위기사단의 우두머리란 강할 수밖에 없다. 그는 조심스럽게 반니레다를 받아 안았다.

근위기사단장은 놀랍게도 품에 있는 그녀가 잠들어 있다는 것을 깨달았다. 쌕쌕 자는 것이 너무도 평화로워 보이는 얼굴이다. 이민족이긴 하지만 황제가 명했으면 따르는 것이 진리.

"2궁비 마마이십니까?"

"그래. 니들은 그거를 지키고 니들은 저기 있는 것들을 쓸어. 난 저길 올라가겠다."

끝이 까마득한 절벽을 가리키며 하는 황제의 말에 루네릭이 눈을 부릅떴다.

"폐하! 어찌 혼자!"

"니들은 따라오지 마. 가디언들도 오지 마."

"안 되지 말입니다!"

"안 돼요!"

"안 됩니다!"

가디언들과 기사들이 동시에 소리쳤다.

"입 닥쳐."

황제는 음산하게 명령했다. 떨어지는 것들을 신경 쓰려면 짜증난다. 아예 신경을 안 쓰면 모를까, 지금 보니 생각 외로 호르데마누도 많은 숫자가 아니다. 항상 덩어리로 몰려 다녀서 꽤 되는 줄 알았는데 그래 봐야 오십 명 남짓한 숫자다.

"니들이 나보다 빨라? 니들이 나보다 세? 니들이 나보다 저길 더 잘 올라가?"

가디언들보다도 오히려 날렵하지 못한 기사들이다. 기사의 갑주를 입고 기사답게 장검 두 자루에 각종 무기로 온몸을 도배한 놈들이니 몸도 무겁다. 아무리 봐도 절벽을 착착 기어올라 갈 수준으로는 안 보였다.

황제의 말에 입을 다문 근위기사들은 땀을 뻘뻘 흘리며 메리테인을 바라보았다. 이봐, 그래도 그렇지, 황제 폐하를 홀로 저런 데 보낼 순 없어! 뭐라 말 좀 해봐. 부상당한 건 알겠지만 그래도 가디언인데 정말 폐하를 혼자 보낼 건 아니지? 호르데마누잖아요? 근위기사단장, 뭐라 말 좀 해. 우리야 부상당했다지만 당신들은 팔팔하잖아? 빨리 말려! 말리지 말입니다! 니들, 그러고도 가디언이냐? 당신들은 그러고도 근위대야? 단련된 경험과 눈치로 나누는 소리없는 대화들이 중구난방으로 오갔다. 소리만 안 났지 표정으로는 악을 지르고 있다. 핏대가 오르는 그들의 얼굴을 무시하고 황제는 짐 덩이(=반니레다)를 넘긴 편안한 자세로 말을 달렸다. 그 뒤를 부랴부랴 메리테인이 뒤따랐다. 그러자 다른 가디언들도 줄줄이 따라 달렸다. 그리고 그다음 일제히 낙마했다.

"꾸에엑!"

황제가 휘두른 채찍이 공기를 찢으며 그들의 머리통으로 날아들었다. 말채찍이 내는 소리가 허공을 바락바락 찢으며 살벌한 소음을 만들어냈다.

"이것들이 말을 안 들어? 뒈질래? 그냥 여기서 갈아주랴?"

이를 가는 황제의 시퍼런 눈빛을 접한 가디언들은 굳었다. 아, 무섭지 말입니다. 진짜 목 부러질 뻔했지 뭡니까. 넘하시지. 진짜 우리를 버리고 가실 셈입니까?

질질 짜는 얼굴로 바닥을 구르면서 가디언들이 떼를 썼지만 황제의 한마디에 얼어붙었다.

"짐 덩이 주제에."

비수와 같은 한마디. 차디찬 황제는 매몰차게 달려가 버렸다.

그 뒤를 재빨리 메리테인과 루네릭이 뒤따랐다. 다른 기사들이야 둘째 치고 루네릭만은 그냥 가만히 있을 수 없었기 때문이다. 메리테인 역시 이하 동문이다.

그 세 명이 사라지고 나자 멀미를 잊은 근위기사들과 땅바닥에서 구르며 버둥대고 있는 가디언들만 남았다. 부상을 입은 건 맞지만 그렇다고 해서 진짜로 황제의 가디언들이 황제와 떨어진 것은 처음 있는 일이다. 바닥에 망연히 앉아 있던 가디언들의 눈에서 빛이 꺼졌다. 그들은 다시 인형처럼 굳은 채로 벌써 점이 되어 사라진 황제의 뒷모습을 좇았다. 그들의 눈에서 서러움이 뚝뚝 떨어져 데굴데굴 굴렀다.

아아, 주인님은 가셨습니다. 아아 사랑하는 우리 주인님은 갔습니다. 푸른 산 빛을 깨치고 무시무시한 바위 계곡을 지나 사나운 말을 타고 우리를 차마 떨치고 갔습니다. 폐자폐지의 모루같이 굳고 빛나던 우리의 맹서는 차디찬 티끌이 되어서 주인님의 채찍 한 방에 날아갔습니다. 날카로운 주인님의 주먹질의 추억은 우리의 운명의 지침(指針)을 돌려놓고 뒷걸음쳐서 사라졌습니다. 우리는 무시무시한 주인님의 말소리에 얼어붙고 살벌한 주인님의 시선에 말라붙었습니다. 우리는 맞을 때에 또 맞을 것을 염려하는 것과 같이 맞고 또 맞아도 죽이진 않으실 것을 믿습니다. 아아, 주인님은 가셨지만 우리는 주인님을 보내지 아니하였습니다.

버려진 가디언들이 단체로 시를 쓰고 있는 동안 역시나 버려진 근위기사들도 망연자실한 상태였다. 또 혼자 가셨어? 엉? 우리가 진짜 근위대 맞아? 너무하시는 거 아냐?

"거, 참."

수석기사 앙데라그 역시 루네릭이 던지다시피 해서 안겨준 '황제의 달맞이꽃'을 안은 채 망연자실 서 있었다. 그런 그를 무시한 채 부단장 레비스가 손짓했다.

"자, 일단 황명에 따라서 저기에 모여 있는 야만족들을 처치한다."

"네에에……."

"아무리 생각해도 우린 근위기사단이 아니라 그냥 졸병 1이나 레인저 같지 말입니다아아."

 막내 기사가 울먹이며 중얼거렸다. 만날 버리고 가시니 넘하십니다아.

"얌마, 그래도 우린 지금 현재 황손을 잉태하신 2궁비 마마를 모시고 있는 거니까 근위기사단 맞아. 황족을 지키는 게 근위기사단이잖아."

 앙데라그의 융통성있는 설명을 듣고 빛이 꺼졌던 가디언들의 눈빛에 빛이 돌아왔다. 3번이 엉금엉금 기어 자고 있는 반니레다의 옆으로 들러붙었다. 그 뒤를 이어 다른 가디언들도 기어왔다. 뒤늦게 다가온 2번이 은근슬쩍 3번을 밀었다. 야, 서열을 생각해, 서열. 내가 지금은 대장이다.

"그렇지 말입니다. 달맞이꽃 마마의 배 안에 셋째 도련님이 계시지 말입니다."

"그렇다네."

"그렇지. 달맞이꽃 마마는 카자르 엔더의 계시까지 받으신 분이 아니던가."

슬금슬금 와 달라붙은 가디언들의 말에 앙데라그의 눈이 빛났다. 우와, 진짜진짜 신혈을 이어받으신 분이란 말인가?

"그런데 왜 셋째 도련님이 된다는 거지? 폐하의 소생은 많으신데. 이분이 황자이시라면 한 열 번째 소생이 되시지 않을까 싶은데."

궁 안에 있는 황자의 수와 앞으로 태어날 황자의 수를 어림짐작한 근위기사의 질문에 가디언들이 눈을 멀뚱거리며 대꾸했다.

"폐하의 심중에 계셔야 도련님이 되시는 거지 말입니다."

"첫째는 황태자 도련님이시고 둘째는 다흐마르 도련님이 되시니까 이분은 셋째 도련님이 되시는 거 맞지 말입니다."

"그렇지. 울 주인님 마음이지."

황실 계보, 황족 서열 다 무시한 단순무식한 그들의 말에 근위기사들은 침묵했다. 틀린 말은 아니다. 황족은 언제 죽을지 모른다. 황제의 심중에 남아 있어야 뭐가 되도 된다.

"자, 수다는 그만하고, 가디언들과 앙데라그 외 셋만 남고 나머지는 전부 저기 있는 것들을 치우러 출발한다."

루네릭과 달리 흐릿한 존재감을 자랑하는 부단장 레비스가 턱짓했다. 그 흐릿한 명령에 따라 역사상 실전 경험이 가장 풍부한 가련한 근위기사단은 각자 무구를 점검했다.

"누가 많이 없애나 내기하자."

"그건 나지. 난 열둘 해치웠거든."

"전에도 내가 이겼거든. 난 스물."

살벌한 살기를 풍기며 기사들은 살벌한 잡담을 주고받았다. 수다나 떨며 늘어져 있던 이들의 얼굴에 살기가 돌고 팽팽한 긴장감이 감돈다. 침만 흘리고 있던 전마들의 눈동자도 시뻘겋게 물들었다.

"나의 주군을 위하여!"

"카자르 엔더를 위하여!"

무기를 빼 든 기사들의 얼굴에 떠오르는 것은 맹목적인 광기.

콰아아아앙. 쐐기 대형으로 돌진 태세를 갖춘 기사단은 굉음을 내며 일제히 내달리기 시작했다.

"신이여, 저들을 보우해 주소서!"

낭랑한 목소리로 바인데가 외쳤다. 그 뒤를 이어 가디언들이 외쳤다. 놀다 오십셔!

To be continued…